Os deuses têm sede

FUNDAÇÃO EDITORA DA UNESP

Presidente do Conselho Curador
Mário Sérgio Vasconcelos

Diretor-Presidente
Jézio Hernani Bomfim Gutierre

Superintendente Administrativo e Financeiro
William de Souza Agostinho

Conselho Editorial Acadêmico
Danilo Rothberg
Luis Fernando Ayerbe
Marcelo Takeshi Yamashita
Maria Cristina Pereira Lima
Milton Terumitsu Sogabe
Newton La Scala Júnior
Pedro Angelo Pagni
Renata Junqueira de Souza
Sandra Aparecida Ferreira
Valéria dos Santos Guimarães

Editores-Adjuntos
Anderson Nobara
Leandro Rodrigues

A coleção CLÁSSICOS DA LITERATURA UNESP constitui uma porta de entrada para o cânon da literatura universal. Não se pretende disponibilizar edições críticas, mas simplesmente volumes que permitam a leitura prazerosa de clássicos. Nesse espírito, cada volume se abre com um breve texto de apresentação, cujo objetivo é apenas fornecer alguns elementos preliminares sobre o autor e sua obra. A seleção de títulos, por sua vez, é conscientemente multifacetada e não sistemática, permitindo, afinal, o livre passeio do leitor.

ANATOLE FRANCE
Os deuses têm sede

TRADUÇÃO E NOTAS JORGE COLI

© 2021 EDITORA UNESP

Título original: *Les dieux ont soif*

Direitos de publicação reservados à:
Fundação Editora da Unesp (FEU)
Praça da Sé, 108
01001-900 – São Paulo – SP
Tel.: (0xx11) 3242-7171
Fax: (0xx11) 3242-7172
www.editoraunesp.com.br
www.livrariaunesp.com.br
atendimento.editora@unesp.br

Dados Internacionais de Catalogação na Publicação (CIP)
de acordo com ISBD
Elaborado por Vagner Rodolfo da Silva – CRB-8/9410

F815d   France, Anatole

          Os deuses têm sede / Anatole France; traduzido por Jorge Coli. – São Paulo: Editora Unesp, 2021.

          Tradução de: *Les dieux ont soif*
          Inclui bibliografia.
          ISBN: 978-65-5711-098-0

          1. Literatura francesa. 2. Romance. I. Título.

2021-3616   CDD 843.7
                                CDU 821.133.1-31

Editora afiliada:

SUMÁRIO

Apresentação
7

Os deuses têm sede

Capítulo I
13

Capítulo II
19

Capítulo III
31

Capítulo IV
45

Capítulo V
53

Capítulo VI
61

Capítulo VII
73

Capítulo VIII
83

Capítulo IX
89

Capítulo X
99

Capítulo XI
115

Capítulo XII
127

Capítulo XIII
133

Capítulo XIV
143

Capítulo XV
155

Capítulo XVI
159

Capítulo XVII
167

Capítulo XVIII
173

Capítulo XIX
183

Capítulo XX
193

Capítulo XXI
197

Capítulo XXII
203

Capítulo XXIII
207

Capítulo XXIV
209

Capítulo XXV
217

Capítulo XXVI
223

Capítulo XXVII
225

Capítulo XXVIII
231

Capítulo XXIX
235

APRESENTAÇÃO

EM 1894, UM EPISÓDIO ENVOLVENDO UM SUPOSTO TRAIDOR no coração das Forças Armadas francesas repercutia mundo afora. O "Caso Dreyfus", como o evento passaria à história, envolvia um capitão da artilharia, Alfred Dreyfus, como o vilão que teria aberto segredos militares da França para os alemães. Na época, uma certa histeria coletiva contaminava as animosidades domésticas quanto aos potenciais inimigos da nação. A condenação do acusado foi tão rápida quanto inflexível: prisão perpétua. Tratava-se, no entanto, de uma fraude: se o traidor existia, as evidências recaíam fortemente não sobre Dreyfus, mas sobre uma outra figura do Exército, um major. O capitão, no entanto, era visto como o bode expiatório perfeito: culpá-lo, tendo Dreyfus ascendência judaica, significava alimentar oportunamente o antissemitismo e o reacionarismo contra o regime republicano.

O imbróglio dividiu a opinião pública. Foi muito pela intervenção da intelectualidade francesa, notadamente de Émile Zola e Anatole France, que se pôde fazer justiça, sendo a Dreyfus reconhecida a inocência e, assim, restituídos sua liberdade e seu posto na artilharia. O envolvimento de Anatole France no caso é expressivo em muitos sentidos. Primeiro: por mostrar o tamanho de sua influência dentro da agenda pública francesa. Segundo: por evidenciar seu o olhar humanista e o profundo interesse por temas sociais e políticos que reverberam por toda a sua obra, até culminar com a conquista do Prêmio Nobel de Literatura, no ano de 1921.

Leitor compulsivo desde muito novo, sempre respirou ares literários. Filho de um livreiro parisiense, não por acaso adotou o pseudônimo Anatole France – seu nome de batismo era François-Anatole Thibault – a partir do nome da bem reputada livraria do pai, Librairie de France. Anatole já burilava seu trabalho como escritor quando se tornou bibliotecário do Senado, cargo que ocuparia de 1876 a 1890. Produzindo críticas literárias para o periódico *Le Temps*, do qual era colunista, rapidamente marcou terreno entre os grandes escritores de seu tempo a partir de uma produção prolífica e consistente. Já em seus primeiros trabalhos, as narrativas curtas compiladas em *Jocaste et le chat maigre* (1879), ganhou palavras elogiosas de Flaubert. Mas foi especialmente a partir dos romances, notadamente *O crime de Sylvestre Bonnard* (1881), *Thais* (1890) e *O lírio vermelho* (1894), que o autor obteve notoriedade, acabando por ser eleito para a Academia Francesa no ano de 1896.

Ceticismo, ironia e desencanto para com a sociedade moderna: eis as marcas mais invariavelmente associadas a esse autor. Importante lembrar que o estilo ferino não se desenvolveu alheio ao cimento frio das sarjetas da vida real: na Guerra Franco-Prussiana, Anatole France chegou a servir como guarda nacional em Paris, ainda que sua atuação na defesa da pátria tenha tido duração efêmera – acabou declarado impróprio para o serviço por sua compleição. Ainda assim, o que vivenciou no conflito ele certamente pôde absorver e aproveitar na forma de matéria literária que daria vida, cor e emoção aos seus enredos, como no presente *Os deuses têm sede*, um clássico que reconstitui, com tintas realistas, o Grande Terror, fase mais violenta da Revolução Francesa (1792-1794).

Lançando novas luzes sobre noções da Revolução Francesa já consolidadas no imaginário popular, sobretudo quanto a simplificações maniqueístas comumente feitas pelos livros didáticos,

Os deuses têm sede desbrava novos vieses, contextualizando de forma complexa tendências, encruzilhadas e paradoxos políticos que atravessavam o *mainstream* francês. A trama, respaldada por consistente documentação histórica, se desenrola na capital francesa, pouco tempo depois dos explosivos acontecimentos da tomada da Bastilha, evento tido como o marco desencadeador da Revolução Francesa.

O país experimenta então um período de profunda opressão instaurada pelo governo revolucionário dos jacobinos, cujo Comitê de Salvação Pública – sob a liderança de Robespierre – instaura o terror: os opositores são sistematicamente perseguidos e trucidados. Se, a princípio, esses opositores se limitavam aos girondinos – a alta burguesia –, logo passaram a incluir qualquer potencial ameaça, em julgamento que normalmente respeitava critérios subjetivos. É em meio a esse tenso estado de coisas que acompanharemos, atarantados, a jornada deste (anti)herói Évariste Gamelin.

Pintor pouco virtuoso, representante típico da plebe, Gamelin parece ser um idealista. Gosta de demonstrar sua completa ojeriza pela nobreza e pela aristocracia, o que ele supõe ser sua manifestação pessoal mais desabrida de ufanismo. O mantra de liberdade, igualdade e fraternidade anima seu engajamento patriótico. Assim, Gamelin é visto como o perfil ideal para executar uma missão-chave dentro do terrorismo de Estado proposto pela nova era: o de jurado do Tribunal Revolucionário – o que, na prática, significa carta branca para mandar à guilhotina quem lhe der na veneta. Conforme Gamelin se familiariza nesse papel de operador da máquina totalitária, seus valores morais, éticos, humanos, enfim, vão sendo postos à prova. "Quando a nação se encontra sob o canhão dos inimigos e sob a adaga dos traidores, a indulgência é parricídio", discursa ele. Como diria Maquiavel, "dê poder a um homem e verás quem ele é".

ANATOLE FRANCE
(PARIS, 1844 – SAINT-CYR-SUR-LOIRE, 1924)

RETRATO DE ANATOLE FRANCE, POR PAUL NADAR, 1889

ANATOLE FRANCE
───────────

Os deuses têm sede

CAPÍTULO I

ÉVARISTE GAMELIN, PINTOR, ALUNO DE DAVID, membro da seção Pont-Neuf, precedentemente seção Henrique IV, tinha ido de manhã cedinho à antiga igreja dos barnabitas, que havia três anos, desde 21 de maio de 1790, servia de sede à assembleia geral da seção. Essa igreja se erguia em uma praça estreita e sombria, perto da grade do Palácio. Na fachada, composta por duas ordens clássicas, ornada com consoles invertidos e tocheiras, entristecida pelo tempo, ofendida pelos homens, os emblemas religiosos tinham sido martelados e haviam inscrito com letras negras sobre a porta a divisa republicana: "Liberdade, Igualdade, Fraternidade ou a Morte". Évariste Gamelin penetrou na nave: as abóbadas, que tinham ouvido os clérigos da congregação de São Paulo cantarem com suas túnicas os serviços divinos, viam agora os patriotas com bonés vermelhos reunidos para eleger os magistrados municipais e deliberar sobre os assuntos da seção. Os santos haviam sido retirados de seus nichos e substituídos pelos bustos de Brutus, de Jean-Jacques e de Le Peltier. A mesa dos Direitos do Homem estava no altar despojado.

Era nessa nave que, duas vezes por semana, das cinco da tarde às onze da noite, ocorriam as assembleias públicas. O púlpito, ornado pela bandeira com as cores da nação, servia de tribuna para os discursos. Do lado oposto, junto à Epístola, erguia-se um estrado de estrutura grosseira, destinado a receber as mulheres e as crianças, que vinham em número bastante grande a essas reuniões. Naquela manhã, diante de uma escrivaninha, ao pé do púlpito, estava, de boné vermelho e *carmagnole*,[1] o carpinteiro da Place de Thionville, o cidadão Dupont, o Velho, um dos doze membros do Comitê de Vigilância. Havia, sobre a escrivaninha, uma garrafa e copos, um estojo para escrita e um caderno de papel contendo o texto da petição que convidava a Convenção a afastar de seu seio os 22 membros indignos.

Évariste Gamelin pegou a pena e assinou.

– Eu sabia muito bem – disse o magistrado artesão – que você viria dar seu nome, cidadão Gamelin. Você é um puro. Mas a seção não está aquecida; falta virtude a ela. Propus ao Comitê de Vigilância que não emitisse um certificado de civismo a quem não assinasse a petição.

– Estou pronto para assinar com meu sangue – disse Gamelin – a proscrição dos traidores federalistas. Eles quiseram a morte de Marat: que morram.

– O que nos arruína – replicou Dupont, o Velho – é o indiferentismo. Em uma seção, que contém novecentos cidadãos com direito a voto, não há cinquenta que compareçam à assembleia. Ontem éramos 28.

– Pois então! – disse Gamelin. – É preciso obrigar os cidadãos a vir, sob pena de multa.

– Ei! Ei! – disse o carpinteiro franzindo a testa. – Se viessem todos, os patriotas ficariam em minoria... Cidadão Gamelin, quer beber um copo de vinho à saúde dos bons sans-culottes?[2]

Na parede da igreja, do lado do Evangelho, liam-se estas palavras, acompanhadas por uma negra mão cujo dedo indicador mostrava a passagem que conduzia ao claustro: Comitê

---

1 Casaco estreito com várias filas de botões, de uso popular. É também o título de uma famosa canção revolucionária. [N. T.]
2 Denominação dada pelos aristocratas aos republicanos que durante a Revolução Francesa passaram a usar calças compridas em lugar de calções. Identifica-se os sans-culottes com o povo revolucionário. [N. T.]

Civil, Comitê de Vigilância, Comitê de Beneficência. Alguns passos adiante, atingia-se a porta da antiga sacristia, encimada por esta inscrição: Comitê Militar. Gamelin empurrou-a e encontrou o secretário do Comitê escrevendo sobre uma grande mesa atulhada de livros, papéis, lingotes de aço, cartuchos e amostras de terra de salitre.

– Salve, cidadão Trubert. Como você está?
– Eu? Estou muitíssimo bem.

O secretário do Comitê Militar, Fortuné Trubert, dava invariavelmente essa resposta aos que se preocupavam com sua saúde, menos para informá-los de seu estado do que para abreviar toda a conversa sobre o assunto. Ele tinha, aos 28 anos, pele seca, cabelo ralo, maçãs do rosto vermelhas e costas arqueadas. Óptico no Quai des Orfèvres, era proprietário de uma casa muito antiga, que vendera em 91 a um velho escriturário para se dedicar às suas funções municipais. Uma encantadora mãe, falecida aos 20 anos, de quem alguns velhos da vizinhança conservavam comoventes lembranças, dera-lhe seus olhos lindos, ternos e apaixonados, sua palidez, sua timidez. De seu pai, engenheiro óptico, fornecedor do rei, levado pela mesma doença antes dos 30 anos, herdara um espírito justo e diligente.

Sem parar de escrever:
– E você, cidadão, como está?
– Estou bem. O que há de novo?
– Nada, nada. Você veja: está tudo muito tranquilo aqui.
– E a situação?
– A situação é sempre a mesma.

A situação era terrível. O mais belo exército da República investia em Mainz; Valenciennes estava sitiada; Fontenay, levada pelos vendeanos; Lyon, revoltada; as Cévennes insurgentes, a fronteira aberta para os espanhóis; os dois terços dos departamentos invadidos ou revoltados; Paris sob os canhões austríacos, sem dinheiro, sem pão.

Fortuné Trubert escrevia, tranquilo. Como as seções eram encarregadas, por um decreto da Comuna, de operar o recrutamento de 12 mil homens para a Vendeia, ele redigia instruções relativas ao alistamento e ao armamento do contingente que a "Pont-Neuf", anteriormente "Henri IV", tinha de fornecer. Todos os fuzis de munição deveriam ser entregues aos requisitantes. A guarda nacional da seção estaria armada com espingardas de caça e lanças.

– Trago para você – disse Gamelin – o estado dos sinos que devem ser enviados a Luxemburgo para ser convertidos em canhões.

Évariste Gamelin, embora não tivesse um centavo, estava inscrito entre os membros ativos da seção: a lei concedia essa prerrogativa apenas aos cidadãos ricos o suficiente para pagarem uma contribuição do valor de três dias de trabalho; e ela exigia dez dias para que um eleitor fosse elegível. Mas a seção da Pont-Neuf, tomada pela igualdade e ciosa de sua autonomia, considerava eleitor e elegível qualquer cidadão que tivesse pagado com seu dinheiro o uniforme da guarda nacional. Era o caso de Gamelin, cidadão ativo de sua seção e membro do Comitê Militar.

Fortuné Trubert pousou sua pena:

– Cidadão Évariste, vá à Convenção e peça que nos enviem instruções para cavar o solo dos porões, lavar a terra e os escombros e recolher o salitre. Não basta ter canhões, é preciso também pólvora.

Um corcundinha, com a pena na orelha e papéis na mão, entrou na antiga sacristia. Era o cidadão Beauvisage, do Comitê de Vigilância.

– Cidadãos – disse ele –, recebemos más notícias: Custine evacuou Landau.

– Custine é um traidor! – gritou Gamelin.

– Ele será guilhotinado – disse Beauvisage.

Trubert, com a voz ligeiramente ofegante, falou com sua calma habitual:

– A Convenção não criou um Comitê de Salvação Pública por nada. A conduta de Custine será examinada lá. Incapaz ou traidor, ele será substituído por um general decidido a vencer, e *"ça ira"*![3]

---

3 Trubert diz *"Ça ira"*, ou seja, vai dar certo, que é o título e o refrão de uma canção revolucionária muito popular: logo depois ele cantarola essas palavras. [N. T.]

Folheou alguns papéis e passou neles o olhar de sua vista cansada:

– Para que nossos soldados cumpram seu dever sem problemas ou falhas, eles devem saber que o destino daqueles que deixaram em suas casas está assegurado. Se você é dessa opinião, cidadão Gamelin, pedirá comigo, na próxima assembleia, que o Comitê de Beneficência se coordene com o Comitê Militar para ajudar as famílias indigentes que têm um parente no exército.

Ele sorriu e cantarolou:

– *Ça ira! Ça ira!*

Trabalhando de doze a catorze horas por dia, em frente à sua mesa de madeira branca, em defesa da pátria em perigo, esse humilde secretário de um comitê de seção não via desproporção entre a enormidade da tarefa e a pequenez de seus meios, pois se sentia muito unido em um comum esforço com todos os patriotas, identificava-se muito com o corpo da nação, sua vida se confundia muito com a vida de um grande povo. Era daqueles que, entusiastas e pacientes, a cada derrota, preparavam o triunfo impossível e certo. Eles também tinham de vencer. Esses homens de nada, que haviam destruído a realeza, derrubado o velho mundo, esse Trubert, pequeno engenheiro óptico, esse Évariste Gamelin, pintor obscuro, não esperavam misericórdia de seus inimigos. Só tinham escolha entre a vitória e a morte. Daí tal ardor e serenidade.

CAPÍTULO II

AO DEIXAR A IGREJA DOS BARNABITAS, Évariste Gamelin dirigiu-se à antiga Place Dauphine, agora Place de Thionville, em homenagem a uma cidade inexpugnável.

Situada no bairro mais frequentado de Paris, essa praça havia perdido durante quase um século sua bela disposição: as mansões construídas em três lados, na época de Henrique IV, uniformemente em tijolo vermelho com encadeamentos de pedra branca, para magistrados magníficos, agora, tendo trocado seus nobres telhados de ardósia por dois ou três miseráveis andares erguidos com restos de entulhos, ou mesmo arrasadas e substituídas sem honra por casas mal caiadas de branco, ofereciam apenas fachadas irregulares, pobres, sujas, perfuradas por janelas desiguais, estreitas, inumeráveis, alegradas por vasos de flores, gaiolas de pássaros e roupa que secava. Ali se alojava uma multidão de artesãos, joalheiros, cinzeladores, relojoeiros, ópticos, impressores, remendeiras, costureiras, lavadeiras e alguns velhos advogados que não tinham sido arrastados com a justiça real na tormenta.

Era de manhã e era primavera. Jovens raios de sol, inebriantes como vinho doce, riam sobre as paredes e escorriam alegremente nas mansardas. As vidraças das janelas de guilhotina estavam todas levantadas e viam-se abaixo as cabeças despenteadas das donas de casa. O escrivão do Tribunal Revolucionário, saindo de casa para ir a seu posto, dava, ao passar, tapinhas nas bochechas das crianças que brincavam sob as árvores. Ouvia-se gritar, na Pont-Neuf, a traição do infame Dumouriez.

Évariste Gamelin habitava, ao lado do Quai de l'Horloge, uma casa da época de Henrique IV, que teria ainda boa aparência se não ostentasse um pequeno sótão coberto de telhas que tinha sido elevado sob o penúltimo tirano. Para adaptar o apartamento de algum velho parlamentar às conveniências das famílias burguesas e artesãs que ali viviam, tinham multiplicado as divisórias e cubículos. É assim que o cidadão Remacle, porteiro-alfaiate, se aninhava em um mezanino muito estreito em altura e largura, de onde se via pela porta envidraçada as pernas cruzadas sobre o estrado e a nuca encostada no forro, costurando um uniforme de guarda nacional, enquanto a cidadã Remacle, cujo forno só tinha como chaminé a escada, envenenava os inquilinos com a fumaça de seus guisados e frituras, e, na soleira da porta, a pequena Josephine, sua filha, coberta de melaço e bela como o dia, brincava com Mouton, o cachorro do carpinteiro. A cidadã Remacle, generosa de coração, peitos e ancas, era tida como dadivosa de seus favores a seu vizinho, o cidadão Dupont, o Velho, um dos doze do Comitê de Vigilância. Pelo menos seu marido suspeitava veementemente disso, e o casal Remacle enchia a casa com as explosões alternadas de suas querelas e de suas pazes. Os andares superiores da casa eram ocupados pelo cidadão Chaperon, ourives, que tinha sua lojinha no Cais de l'Horloge; por um oficial de saúde; por um advogado; por um batedor de ouro; e por vários funcionários do Palácio.

Évariste Gamelin subiu a antiga escada até o quarto e último andar, onde tinha seu ateliê com um quarto para sua mãe. Aí terminavam os degraus de madeira adornados com ladrilhos que sucediam aos grandes degraus de pedra dos primeiros andares. Uma escada de mão, apoiada contra a parede, conduzia a um sótão de onde descia naquele momento um homem corpulento, um tanto velho, de belo rosto rosado e florido, que segurava com dificuldade uma enorme trouxa, e que, no entanto, cantarolava: "Perdi meu criado".

Parando de cantarolar, disse um bom-dia cortês a Gamelin, que o saudou fraternalmente e o ajudou a descer seu pacote, pelo que o velho agradeceu.

– O senhor está vendo aí – disse ele, retomando seu fardo – bonecos que vou entregar a um comerciante de brinquedos da Rue de la Loi. Há aqui toda uma população: eles são minhas criaturas; receberam de mim um corpo perecível, livre de alegrias e sofrimentos. Não lhes dei pensamento, pois sou um Deus bom.

Era o cidadão Maurice Brotteaux, antigo vedor dos impostos, outrora nobre: seu pai, enriquecido nos partidos, havia comprado um título de nobreza. Nos bons tempos, Maurice Brotteaux se denominava sr. Des Ilettes e dava, em sua mansão na Rue de la Chaise, finas ceias que a bela sra. de Rochemaure, esposa de um promotor, plenamente mulher, iluminava com seus olhos, cuja fidelidade honrosa não se desmentiu enquanto a Revolução deixou para Maurice Brotteaux des Ilettes suas funções, suas rendas, sua mansão, suas terras, seu nome. A Revolução tirou-lhe tudo. Ele ganhava a vida pintando retratos nos portões, fazendo crepes e rosquinhas no cais da Mégisserie, escrevendo discursos para os representantes do povo e dando aulas de dança para as jovens cidadãs. Atualmente, em seu sótão, onde era preciso se esgueirar por uma escada de mão e onde não se conseguia ficar de pé, Maurice Brotteaux, cuja riqueza era constituída de um pote de cola, um pacote de barbantes, uma caixa de aquarela e alguns pedaços de papel, fabricava bonecos que vendia para grandes comerciantes de brinquedos, que os repassavam a vendedores ambulantes, que os passeavam pela Champs-Élysées na ponta de uma vara: brilhantes objetos dos desejos das crianças. Em meio a distúrbios públicos e no grande infortúnio que o oprimiu, mantinha a alma serena, lendo, como recreação, seu Lucrécio, que carregava constantemente no bolso escancarado de seu redingote vermelho-escuro.

Évariste Gamelin empurrou a porta de seu alojamento, que cedeu imediatamente. Sua pobreza o poupava da preocupação com fechaduras, e quando sua mãe, por costume, fechava com o trinco, ele lhe dizia: "Para que isso? Não se roubam teias de aranha... e as minhas também não". Em seu ateliê amontoavam-se, sob uma espessa camada de poeira, ou voltadas para a parede, as telas de seus primórdios, enquanto ele pintava, seguindo a moda, cenas galantes, acariciando, com um pincel liso e tímido, aljavas vazias e pássaros esvoaçantes, brincadeiras perigosas e sonhos de felicidade, esboçando rapidamente guardiãs de gansos e florindo de rosas o seio das pastoras.

Mas essa maneira não combinava com seu temperamento. As cenas, tratadas friamente, atestavam a irremediável castidade do pintor. Os amadores de pintura não se enganavam, e Gamelin jamais conseguiu passar por um artista erótico. Hoje, embora ainda não tivesse alcançado os 30 anos, esses temas pareciam-lhe datados de um tempo imemorial. Via neles a depravação monárquica e a consequência vergonhosa da corrupção nas cortes. Culpava-se por ter cedido a esse gênero desprezível e mostrado um gênio aviltado pela escravidão. Agora, cidadão de um povo livre, desenhava com vigoroso traço a carvão as Liberdades, os Direitos do Homem, as Constituições Francesas, as Virtudes Republicanas, os Hércules populares derrubando a Hidra da Tirania, e punha nessas composições todo o ardor de seu patriotismo. Coitado! Não conseguia ganhar a vida com isso. O tempo estava ruim para os artistas. Não era, sem dúvida, culpa da Convenção, que lançava exércitos por todos os lados contra os reis; que, orgulhosa, impassível, resoluta diante de uma Europa conjurada, pérfida e cruel consigo mesma, se dilacerava com suas próprias mãos; que punha o terror na ordem do dia; instituía, para punir os conspiradores, um tribunal implacável ao qual ela logo daria seus membros para devorar, e que ao mesmo tempo, calma, pensativa, amiga da ciência e da beleza, reformava o calendário, criava escolas especiais, decretava concursos de pintura e escultura, estabelecia prêmios para encorajar artistas, organizava salões anuais de exposição, abria o Museu e, seguindo o exemplo de Atenas e Roma, imprimia um caráter sublime na celebração de festas e lutos públicos. Mas a arte francesa, outrora tão difundida na Inglaterra, Alemanha, Rússia, Polônia, não escoava mais para o estrangeiro. Os amadores de pintura, os curiosos por arte, grandes senhores e financistas, estavam arruinados, emigraram ou esconderam-se. As pessoas que a Revolução enriqueceu, os camponeses que compraram propriedades nacionais, agiotas, fornecedores dos exércitos, crupiês do Palais-Royal, ainda não ousavam mostrar sua opulência e, além disso, não se importavam nada com a pintura. Era preciso a reputação de Regnault ou a habilidade do jovem Gérard para vender uma pintura. Greuze, Fragonard, Houin foram reduzidos à indigência. Prud'hon alimentava com dificuldade sua esposa e filhos desenhando temas que Copia gravava em pontilhado. Os pintores patrióticos Hennequin, Wicar, Topino-Lebrun passavam fome. Gamelin, sem conseguir arcar com o custo de um quadro, não podendo pagar pelo modelo ou comprar tintas, deixava apenas esboçada sua vasta tela do Tirano perseguido nos infernos pelas Fúrias. Ela cobria metade do ateliê com figuras inacabadas e terríveis, maiores do que o tamanho natural, e com uma multidão de serpentes verdes que, cada uma, dardejava duas línguas agudas e recurvadas. Distinguia-se, no primeiro plano, à esquerda, um Caronte magro e feroz em seu barco, detalhe poderoso e de belo desenho, mas que tinha cheiro de escola. Havia muito mais gênio e naturalidade em uma tela de menores dimensões, também inacabada, que pendia no ponto mais bem iluminado do ateliê. Era um Orestes que sua irmã Electra soerguia em seu leito de dor. E via-se a moça afastar, com um gesto comovente, os cabelos emaranhados que velavam os olhos do irmão. A cabeça de Orestes era trágica e bela, e reconhecia-se nela uma semelhança com o rosto do pintor.

Gamelin muitas vezes olhava com tristeza essa composição; às vezes seus braços, que vibravam com desejo de pintar, estendiam-se em direção à figura amplamente esboçada de Electra, e deixavam-se cair, impotentes. O artista se enchera de entusiasmo e sua alma se voltava para grandes coisas. Mas tinha de se exaurir em obras encomendadas, que executava mediocremente, porque necessitava satisfazer os gostos do vulgo e não sabia como imprimir nas menores coisas o caráter do gênio. Desenhou pequenas composições alegóricas, que seu camarada Desmahis gravava bem habilmente em preto e branco, ou em cores, e que eram compradas por preço baixo por um comerciante de gravuras da

Rue Honoré, o cidadão Blaise. Mas o comércio das estampas ia de mal a pior, dizia Blaise, que, já há algum tempo, não queria comprar mais nada.

Dessa vez, entretanto, Gamelin, que a necessidade tornava engenhoso, acabara de conceber uma invenção nova e feliz, pelo menos ele acreditava, que deveria fazer a fortuna do comerciante de estampas, do gravador e a sua própria: um baralho patriótico em que ele substituía por Gênios, Liberdades, Igualdades os reis, damas e valetes do Antigo Regime. Já havia esboçado todas as suas figuras, tinha terminado várias delas, e estava com pressa para entregar a Desmahis aquelas que se encontravam em estado de ser gravadas. A figura que mais lhe parecia bem-feita era um voluntário com tricórnio, vestindo um casaco azul com golas e punhos vermelhos, com calças amarelas e polainas pretas, sentado em um caixote, com os pés sobre uma pilha de balas, o rifle entre as pernas. Era o "cidadão de copas", substituindo o valete de copas. Havia mais de seis meses que Gamelin desenhava voluntários, e sempre com amor. Tinha vendido alguns, nos dias de entusiasmo. Vários estavam dependurados na parede do ateliê. Cinco ou seis, em aquarela, guache, dois lápis, estavam jogados sobre a mesa e as cadeiras. No mês de julho de 92, quando os estrados se erguiam para inscrições em todas as praças de Paris, quando em todos os cabarés, adornados com folhagens, ressoavam gritos de "Viva a nação! Viver livre ou morrer!", Gamelin não podia passar pela Pont-Neuf ou em frente à prefeitura sem que seu coração saltasse em direção à tenda embandeirada sob a qual magistrados com faixas inscreviam os voluntários ao som da "Marselhesa". Contudo, juntar-se aos exércitos significaria deixar sua mãe sem pão.

Precedida pelo ruído de sua respiração difícil, a cidadã viúva Gamelin entrou no ateliê, suando, calorenta, palpitando, a insígnia nacional pendurada com negligência em seu boné e quase se soltando. Colocou sua cesta em uma cadeira e, de pé para respirar melhor, gemeu reclamando com a carestia da comida.

Ela havia sido cuteleira na Rue de Grenelle-Saint-Germain, sob a tabuleta de "a Cidade de Châtellerault", enquanto seu esposo viveu, e agora, pobre dona de casa, a cidadã Gamelin vivia retirada no alojamento de seu filho pintor. Este era o mais velho de seus dois filhos. Quanto à filha Julie, outrora ajudante modista na Rue Honoré, o melhor era ignorar o que lhe acontecera, pois não era bom dizer que emigrara com um aristocrata.

– Senhor Deus! – suspirou a cidadã, mostrando ao filho um pão de massa espessa e acinzentada. – O pão está muito caro; e ainda está longe de ser de trigo puro. Não se acham nem ovos, nem legumes, nem queijos no mercado. De tanto comer castanhas, vamos virar castanhas. – Depois de um longo silêncio, ela retomou: – Vi mulheres na rua que não tinham com que alimentar seus filhos pequenos. A miséria é grande para o mundo dos pobres. E assim será até que os negócios sejam restabelecidos.

– Minha mãe – disse Gamelin, franzindo a testa –, a indigência que sofremos se deve aos atravessadores e agiotas que matam as pessoas de fome e conspiram com os inimigos de fora para tornar a República odiosa aos cidadãos e destruir a liberdade. É a isso que conduzem as conspirações dos Brissotins, as traições dos Pétions e dos Roland! Ainda somos felizes se os federalistas armados não vierem massacrar, em Paris, os patriotas que a fome não destrói rápido o bastante! Não há tempo a perder: é preciso taxar a farinha e guilhotinar quem especula com a comida do povo, fomenta uma insurreição ou conspira com o estrangeiro. A Convenção acaba de estabelecer um tribunal extraordinário para julgar os conspiradores. É composto por patriotas; mas seus membros terão energia bastante para defender a pátria contra todos os seus inimigos? Ponhamos esperança em Robespierre: ele é virtuoso. Tenhamos esperança sobretudo em Marat. Este é um que ama o povo, discerne seus verdadeiros interesses e os serve. Ele sempre foi o primeiro a desmascarar os traidores, a frustrar os complôs. É incorruptível e destemido. Só ele é capaz de salvar a República em perigo.

A cidadã Gamelin, balançando a cabeça, deixou cair de seu boné a insígnia negligenciada.

– Deixe disso, Évariste: seu Marat é um homem como os outros, e não vale mais do que os outros. Você é jovem, tem ilusões. O que você diz hoje sobre Marat, você disse antes sobre Mirabeau, La Fayette, Pétion, Brissot.

– Nunca! – gritou Gamelin, sinceramente esquecido.

Tendo limpado uma das extremidades da mesa de madeira branca atulhada de papéis, livros, pincéis e lápis, a cidadã pôs ali uma terrina de faiança, duas tigelas de estanho, dois garfos de ferro, o pão preto e uma jarra de vinho barato.

O filho e a mãe tomaram a sopa em silêncio e terminaram o jantar com um pequeno pedaço de toucinho. A mãe, tendo posto sua fritura no pão, levava gravemente os pedaços à boca desdentada com a ponta da faca e mastigava com respeito os alimentos que tinham custado caro.

Ela havia deixado no prato o melhor para seu filho, que permanecia pensativo e distraído.

– Coma, Évariste – ela lhe dizia a intervalos regulares –, coma.

E essa palavra tomava em seus lábios a gravidade de um preceito religioso.

Ela recomeçou a se lamentar sobre o alto custo dos alimentos. Gamelin voltou a dizer que a taxa era o único remédio para esses males.

Mas ela:

– Não há mais dinheiro. Os emigrados levaram tudo. Não há mais confiança. Tudo é desesperante.

– Cale-se, minha mãe, cale-se! – gritou Gamelin. – Que importam nossas privações, nossos sofrimentos de um momento! A Revolução fará a felicidade do gênero humano por séculos.

A boa senhora molhou o pão no vinho: sua mente clareou e ela lembrou, sorrindo, dos dias de sua juventude, quando dançava na relva na festa do rei. Lembrou-se também do dia em que Joseph Gamelin, cuteleiro de profissão, a pediu em casamento. E ela contou em detalhe como as coisas aconteceram. Sua mãe lhe dissera: "Vista-se. Vamos à Place de Grève, à loja do sr. Bienassis, ourives, para ver esquartejar Damiens". Tiveram grande dificuldade em abrir caminho através da multidão de curiosos. Na loja do sr. Bienassis, a jovem tinha encontrado Joseph Gamelin, vestido com seu belo casaco rosa, e compreendeu imediatamente do que se tratava. Durante todo o tempo em que ela ficou na janela para ver o regicida torturado, queimado com chumbo derretido, puxado por quatro cavalos e lançado ao fogo, o sr. Joseph Gamelin, de pé atrás dela, não cessara de elogiá-la por sua tez, seu penteado e sua cintura.

Ela esvaziou o fundo do copo e continuou a rememorar sua vida.

– Eu trouxe você ao mundo, Évariste, mais cedo do que esperava, por causa de um susto que tive, quando estava grávida, na Pont-Neuf, onde quase fui derrubada por curiosos, que corriam para a execução do sr. de Lally. Você era tão pequeno quando nasceu que o cirurgião acreditava que não viveria. Mas eu sabia muito bem que Deus me daria a graça de conservá-lo. Eu o criei o melhor que pude, não poupando nem o cuidado nem as despesas. É justo dizer, meu Évariste, que você foi grato e que desde pequeno procurou recompensar-me segundo suas possibilidades. Você possuía uma natureza afetuosa e doce. Sua irmã não tinha coração ruim, mas era egoísta e violenta. Você tinha mais pena do que ela dos infelizes. Quando os pequenos moleques da vizinhança pegavam ninhos nas árvores, você se esforçava para tirar os filhotes das mãos deles e devolvê-los à mãe, e muitas vezes só renunciava quando se encontrava pisoteado e cruelmente espancado. Com a idade de 7 anos, em vez de brigar com maus indivíduos, você ia tranquilamente pela rua recitando seu catecismo; e trazia para casa todos os pobres que encontrava, para ajudá-los, tanto que eu tive de bater em você com o chicote para lhe tirar esse costume. Você não podia ver um ser sofrendo sem derramar lágrimas. Quando terminou de crescer, você ficou muito bonito. Para minha grande surpresa, não parecia saber disso, muito diferente da maioria dos meninos bonitos, que são faceiros e vaidosos de sua aparência.

A velha mãe dizia a verdade. Aos 20 anos, Évariste tinha um rosto grave e encantador, uma beleza ao mesmo tempo austera e feminina, com os traços de uma Minerva. Agora seus olhos escuros e as faces pálidas expressavam uma alma triste e violenta. Mas seu olhar, quando se voltou para a mãe, por um momento retomou a suavidade da primeira juventude.

Ela prosseguiu:

– Você poderia ter aproveitado suas vantagens e corrido atrás das moças, mas gostava de ficar perto de mim, na loja, e às vezes eu lhe dizia para sair de minhas saias e ir esticar um pouco as pernas com seus camaradas. Até em meu leito de morte, prestarei este testemunho a você, Évariste: de que é um bom filho. Depois da morte de seu pai, corajosamente se encarregou de mim; embora sua profissão não renda muito, nunca me deixou faltar nada, e se hoje somos ambos pobres e miseráveis, não posso culpá-lo: a culpa é da Revolução.

Ele fez um gesto de reprovação; mas ela levantou os ombros e continuou.

– Eu não sou uma aristocrata. Conheci os grandes em todo o seu poder e posso dizer que abusaram de seus privilégios. Vi seu pai ser espancado pelos lacaios do duque de Canaleilles porque não se afastou com a rapidez necessária para a passagem do patrão. Não gostava da Austríaca: ela era orgulhosa demais e gastava demais. Quanto ao rei, pensei que ele fosse bom, e foi preciso seu processo e sua condenação para me fazer mudar de ideia. Enfim, não lamento o Antigo Regime, embora, sob ele, tenha passado alguns momentos agradáveis. Mas não me diga que a Revolução estabelecerá a igualdade, porque os homens nunca serão iguais; não é possível, e podemos virar o país de cabeça para baixo: sempre haverá grandes e pequenos, gordos e magros.

E, enquanto falava, guardava os pratos. O pintor não a escutava mais. Ele buscava encontrar a silhueta de um sans-culotte, de boné vermelho e *carmagnole*, que devia, em seu baralho, substituir o condenado valete de espadas.

Bateram à porta e apareceu uma jovem, uma camponesa, mais larga do que alta, ruiva, manca, um lúpus escondendo o olho esquerdo, o olho direito de um azul tão pálido que parecia branco, lábios enormes e dentes protuberantes.

Ela perguntou a Gamelin se ele era o pintor e se poderia fazer um retrato de seu noivo, Ferrand (Jules), voluntário no exército das Ardenas.

Gamelin respondeu que pintaria de bom grado esse retrato quando o bravo guerreiro voltasse.

A moça pediu com suavidade insistente que fosse feito já.

O pintor, sorrindo involuntariamente, objetou que nada poderia fazer sem o modelo.

A pobre criatura não respondeu nada: não havia previsto essa dificuldade. Com a cabeça inclinada sobre o ombro esquerdo, as mãos cruzadas sobre o ventre, permanecia inerte e muda, e parecia tomada pela tristeza. Tocado e divertido com tamanha simplicidade, o pintor, para distrair a infeliz amante, depositou em suas mãos um dos voluntários que pintara em aquarela e perguntou se era parecido com seu noivo das Ardenas.

Ela mirou o papel com seu olho inexpressivo, que lentamente se animou, depois brilhou, e resplandeceu; em seu rosto largo desabrochou um sorriso radiante.

– É a semelhança verdadeira dele – disse ela por fim. – É Ferrand (Jules) tal como ele é, é Ferrand (Jules) idêntico.

Antes que o pintor pensasse em lhe tirar a folha das mãos, ela a dobrou cuidadosamente com seus gordos dedos vermelhos e fez um pequeno quadrado que guardou sobre o coração, entre o corpete e a camisa, entregou ao artista um *assignat*[1] de 5 libras, desejou boa noite aos dois e saiu, desajeitada e leve.

---

1 Papel-moeda emitido na França durante a Revolução. [N. T.]

CAPÍTULO III

NA TARDE DO MESMO DIA, Évariste foi até o cidadão Jean Blaise, comerciante de estampas, que também vendia caixas, papelão e todo tipo de jogos, na Rue Honoré, em frente ao Oratório, próximo dos correios, no estabelecimento Amor Pintor. A loja se abria no andar térreo de uma casa de sessenta anos, através de uma abertura, cuja abóbada carregava um mascarão com chifres em sua pedra-chave. O arco dessa abertura era preenchido por uma pintura a óleo representando "o Siciliano ou o Amor Pintor", a partir de uma composição de Boucher, que o pai de Jean Blaise havia feito instalar em 1770 e que, desde aquela época, o sol e a chuva apagavam. Em cada lado da porta, uma abertura semelhante, com a cabeça de uma ninfa na pedra angular, preenchida por vidraças tão grandes quanto ele pudera encontrar, oferecia aos olhares as estampas da moda e as últimas novidades em gravura em cores. Nesse dia, viam-se ali cenas galantes tratadas com uma graça um tanto seca por Boilly, "Lições de amor conjugal" e "Suaves resistências", que escandalizavam os jacobinos e que os puros denunciavam à Sociedade das Artes; o "Passeio público" de Debucourt, com um petimetre em calção amarelo-canário, estendido sobre três cadeiras, cavalos do jovem Carle Vernet, aeróstatos, o "Banho de Virgínia" e figuras copiadas a partir de modelos da Antiguidade.

Entre os cidadãos que passavam diante da loja, eram os mais esfarrapados que se demoravam mais em frente às duas belas vitrines, dispostos a se distraírem, ávidos por imagens e desejosos de tomar, pelo menos com os olhos, sua parte dos bens deste mundo; eles admiravam com a boca aberta, enquanto os aristocratas lançavam uma olhada, franziam a testa e passavam.

Do mais longe que podia enxergar, Évariste ergueu os olhos para uma das vitrines que se abriam acima da loja, a da esquerda, onde havia um vaso de cravos vermelhos atrás do balcão de ferro em forma de concha. Essa janela iluminava o quarto de Élodie, filha de Jean Blaise. O comerciante de estampas morava no primeiro andar da casa com sua única filha.

Évariste, tendo parado por um momento, como para respirar diante do Amor Pintor, abriu a maçaneta. Encontrou a cidadã Élodie que, tendo vendido gravuras – duas composições de Fragonard filho e de Naigeon – cuidadosamente escolhidas entre muitas outras, antes de encerrar na caixa os *assignats* que acabava de receber, passou-os um após o outro diante de seus belos olhos e contra a luz, para examinar as marcas d'água, as estrias e a filigrana, preocupada, pois circulavam tanto notas falsas quanto verdadeiras, o que prejudicava muito o comércio. Como outrora aqueles que imitavam a assinatura do rei, os falsificadores da moeda nacional eram punidos com a morte; no entanto, placas de *assignats* foram encontradas em todos os porões; os suíços introduziam milhões de falsos *assignats*; jogavam-nos por pacotes nos albergues; os ingleses desembarcavam todos os dias fardos deles em nossas costas para desacreditar a República e reduzir os patriotas à miséria; Élodie temia receber notas falsas e temia mais ainda sair e ser tratada como cúmplice de Pitt; contava, porém, com sua sorte e certa de sair ilesa em qualquer situação.

Évariste olhou para ela com aquele ar sombrio que melhor do que todos os sorrisos exprime o amor. Ela olhou para ele com uma expressão zombeteira, revirando os olhos negros, e essa expressão lhe vinha por se saber amada e por não se zangar com isso, e porque aquele jeitinho irrita um apaixonado, estimula os queixumes e o induz a se declarar, caso ainda não o tenha feito, como era o caso de Évariste.

Depois de enfiar os *assignats* na caixa, ela tirou de sua cesta de trabalho uma echarpe branca, que havia começado a bordar, e se pôs a trabalhar. Era trabalhadora e coquete, e como, instintivamente, manejava a agulha para agradar ao mesmo tempo que fazia um enfeite para si, bordava de jeito diverso de acordo com quem a olhava: bordava sossegadamente para quem queria comunicar um langor suave; bordava caprichosamente para aqueles com quem se divertia em desesperar um pouco. Começou a bordar com cuidado para Évariste, em quem queria manter um sentimento sério.

Élodie não era nem muito jovem nem muito bonita. Podia-se achá-la feia, de início. Morena, com tez bronzeada, sob o grande lenço branco amarrado com negligência em volta da cabeça e de onde escapavam os cachos azulíneos de seus cabelos, seus olhos de fogo escureciam as órbitas. Em seu rosto redondo, com maçãs do rosto salientes, risonho, um pouco achatado, agreste e voluptuoso, o pintor encontrava a cabeça do fauno Borghese, no qual admirava, em um gesso, a divina expressão brincalhona. Um pequeno buço acentuava seus lábios ardentes. Um seio que parecia inchado de ternura erguia o lenço cruzado, como estava na moda naquele ano. A cintura flexível, as pernas ágeis, todo o seu corpo robusto se movia com graça selvagem e deliciosa. Seu olhar, sua respiração, os arrepios de sua carne, tudo nela pedia o coração e prometia o amor. Atrás do balcão do comerciante, dava a ideia de uma ninfa dançarina, de uma bacante de ópera, despojada de sua pele de lince e de suas guirlandas de hera, contida, dissimulada como por encantamento no aspecto modesto de uma dona de casa de Chardin.

– Meu pai não está em casa – disse ela ao pintor. – Espere um momento: não demorará muito para que volte. – As mãozinhas morenas faziam a agulha correr pelo tecido fino. – Acha esse desenho de seu agrado, sr. Gamelin?

Gamelin era incapaz de fingir. E o amor, ao acender sua coragem, exaltava sua franqueza.

– Borda com destreza, cidadã, mas, se quer que lhe diga, o desenho que lhe foi traçado não é simples o bastante, não é bastante despojado, e denuncia o gosto afetado que reinou por tempo demais na França, na arte de decorar tecidos, móveis, painéis; esses nós, essas guirlandas lembram o estilo pequeno e mesquinho que estava na moda no tempo do tirano. O gosto renasce. Ai de mim! Percorremos um longo caminho. No tempo do infame Luís XV, havia algo de chinês na decoração. Fizeram cômodas com barrigas grandes, com puxadores cheios de contorções, de um aspecto ridículo, que só servem para ser atiradas ao fogo e aquecer os patriotas; só a simplicidade é bela. É preciso voltar à Antiguidade. David desenha camas e poltronas a partir de vasos etruscos e pinturas de Herculano.

– Eu vi essas camas e essas poltronas – disse Élodie –, são lindas! Logo não se vai querer mais outras. Como o senhor, adoro a Antiguidade.

– Pois bem, cidadã – retomou Évariste –, se tivesse enfeitado essa echarpe com uma grega, folhas de hera, serpentes ou flechas cruzadas, ela teria sido digna de uma espartana... e da senhora. No entanto, pode manter esse padrão simplificando-o, trazendo-o para a linha reta.

Ela lhe perguntou o que remover.

Ele se inclinou sobre o lenço: sua face roçou os cachos de Élodie. Suas mãos se encontravam sobre o tecido, suas respirações se misturavam. Évariste saboreava nesse momento uma alegria infinita; mas, sentindo os lábios de Élodie perto dos seus, temia ter ofendido a garota e se afastou bruscamente.

A cidadã Blaise amava Évariste Gamelin. Ela o achava soberbo com seus grandes olhos ardentes, seu belo rosto oval, sua palidez, seus abundantes cabelos negros, repartidos na testa e caindo em cascata sobre os ombros, sua postura séria, seu ar frio, seu jeito severo, sua palavra firme que não bajulava. E, como ela o amava, atribuía-lhe um orgulhoso gênio de artista que um dia explodiria em obras-primas e tornaria seu nome famoso, e ela o amava mais por isso. A cidadã Blaise não tinha um culto ao pudor viril, sua moralidade não se ofendia quando um homem cedia às suas paixões, gostos, desejos; ela amava Évariste, que era casto; ela não o amava porque ele era casto, mas achava que era vantagem não ter nem ciúmes nem suspeita e não temer rivais.

Naquele momento, entretanto, ela o achou um pouco reservado demais. Se a Arícia de Racine, que amava Hipólito, admirava a virtude indomável do jovem herói, era com a esperança de triunfar sobre ela, e logo gemeria diante de uma severidade moral que ela não teria conseguido suavizar. E, assim que encontrou a oportunidade, declarou-se indiretamente, para forçá-lo a que ele próprio se declarasse. Como o exemplo dessa suave Arícia, a cidadã Blaise não estava muito longe de acreditar que, no amor, uma mulher é obrigada a fazer avanços. "Os mais amorosos", ela se dizia, "são os mais tímidos; precisam de ajuda e encorajamento. Tanta é, aliás, a candura deles, que uma mulher pode chegar até a metade do caminho, e mais ainda, sem que eles percebam, deixando-lhes as aparências de um ataque audacioso e a glória da conquista." O que a tranquilizava a respeito do resultado é que sabia com certeza (e não havia dúvidas sobre o caso) que Évariste, antes que a Revolução o tivesse tornado heroico, amara muito humanamente certa mulher, uma humilde criatura, a zeladora da academia.

Élodie, que não era ingênua, concebia diferentes tipos de amor. O sentimento que Évariste lhe inspirou era profundo o bastante para que ela pensasse em entregar sua vida a ele. Ela estava muito disposta a se casar com ele, mas esperava que seu pai não aprovasse a união da única filha com um artista obscuro e pobre. Gamelin não tinha nada; o comerciante de estampas movimentava grandes somas de dinheiro. O Amor Pintor lhe rendia muito, o ágio mais ainda, e se associara a um fornecedor que abastecia a cavalaria da República com feixes de junco e aveia molhada. Enfim, o filho do cuteleiro da Rue Saint-Dominique era um personagem pequeno ao lado do editor de estampas, conhecido em toda a Europa, relacionado com os Blaizot, os Basan, os Didot, e que frequentava os cidadãos Saint-Pierre e Florian. Não é que, como uma filha obediente, ela considerasse o consentimento do pai necessário para seu casamento. O pai, um viúvo precoce, de humor ávido e leve, grande sedutor de moças, grande magnata dos negócios, nunca havia cuidado dela, tinha-a deixado crescer livre, sem conselhos, sem amizade, preocupado não em vigiar, mas em ignorar o comportamento dessa garota, que ele apreciava como conhecedor do temperamento fogoso e dos meios de sedução, bem mais poderosos do que um rosto bonito. Muito generosa para resguardar, muito inteligente para se perder, sábia em suas loucuras, o gosto pelo amor nunca a fizera esquecer as conveniências sociais. Seu pai tinha-lhe uma infinita gratidão por essa prudência; e, como ela havia herdado dele o senso do comércio e o gosto pelos negócios, não se inquietou com os misteriosos motivos que afastaram do casamento uma jovem tão núbil e que a mantinham em casa, onde ela valia por uma governanta e quatro empregados. Aos 27 anos, ela se sentia com idade e com experiência para ganhar a vida por si mesma, e não achava necessário buscar os conselhos ou seguir a vontade de um pai jovem, fácil e distraído. Mas, para que ela se casasse com Gamelin, seria necessário que o sr. Blaise desse um jeito nesse genro pobre: interessá-lo no negócio, encomendar-lhe trabalhos como fazia com vários artistas, e finalmente, de uma forma ou de outra, lhe criar recursos; e isso Élodie achava impossível que um oferecesse e que o outro aceitasse, tão pouca era a simpatia existente entre os dois homens.

Essa dificuldade embaraçava a terna e sábia Élodie. Ela considerava sem temor a ideia de se unir a seu amigo por laços secretos e de tomar o autor da natureza como a única testemunha dessa fé mútua. Sua filosofia não considerava condenável uma tal união que a independência em que vivia tornava possível e para a qual o caráter honesto e virtuoso de Évariste daria uma força tranquilizadora; mas Gamelin tinha grande dificuldade em subsistir e sustentar a vida de sua velha mãe: não parecia que, em uma existência tão estreita, houvesse lugar para um amor, mesmo reduzido à simplicidade da natureza. Aliás, Évariste ainda não havia declarado seus sentimentos ou anunciado suas intenções. A cidadã Blaise esperava forçá-lo a fazer isso em breve.

Ao mesmo tempo, ela parou suas meditações e sua agulha:

– Cidadão Évariste – disse ela –, este lenço só vai me agradar na medida em que o senhor goste dele. Desenhe um modelo para mim, por favor. Enquanto espero, vou desfazer, como Penélope, o que foi feito em sua ausência.

Ele respondeu com um entusiasmo sombrio:

– Eu prometo, cidadã. Desembainharei o gládio de Harmódio: uma espada em uma guirlanda.

E, tirando seu lápis, esboçou espadas e flores naquele estilo sóbrio e nu que amava. E, ao mesmo tempo, expunha suas doutrinas.

– Os franceses regenerados – dizia ele – devem repudiar todos os legados da servidão: mau gosto, má forma, mau desenho. Watteau, Boucher, Fragonard trabalhavam para tiranos e para escravos. Em suas obras, nenhum sentimento do bom estilo nem da linha pura; em nenhum lugar, natureza ou verdade. Máscaras, bonecas, roupinhas, macaquices. A posteridade desprezará suas obras frívolas. Em cem anos, todas as pinturas de Watteau terão perecido, desprezadas nos sótãos; em 1893, os alunos de pintura cobrirão com seus esboços as telas de Boucher. David abriu o caminho: ele se aproxima da Antiguidade; mas ainda não é simples o suficiente, grande o suficiente, nu o suficiente. Nossos artistas ainda têm muitos segredos a aprender com os frisos de Herculano, os baixos-relevos romanos, os vasos etruscos.

Ele falou por muito tempo sobre a beleza da Antiguidade, então voltou a Fragonard, a quem perseguiu com ódio insaciável:

– A senhora o conhece, cidadã?

Élodie acenou que sim.

– A senhora também conhece aquele indivíduo, Greuze, que é bem ridículo com seu manto escarlate e sua espada. Mas ele parece um sábio da Grécia diante de Fragonard. Eu o encontrei, há algum tempo, esse velho miserável, trotando sob os arcos do Palais-Égalité, empoado, galante, assanhado, ousado, hediondo. Diante dessa visão, desejei que, na ausência de Apolo, algum amigo vigoroso das artes o pendurasse em uma árvore e o esfolasse como Mársias, tornando-o um exemplo eterno para os maus pintores.

Élodie fixou nele sua vista, com seus olhos alegres e voluptuosos:

– O senhor sabe odiar, sr. Gamelin: é preciso acreditar que também sabe a...

– É o senhor, Gamelin? – disse uma voz de tenor, a voz do cidadão Blaise, que entrava em sua loja, botas rangentes, berloques barulhentos, abas do casaco que volteavam, e com um enorme chapéu preto cujos bicos desciam sobre seus ombros.

Élodie, pegando a cesta, subiu para seu quarto.

– Bem, Gamelin! – disse o cidadão Blaise. – Está me trazendo algo novo?

– Talvez – disse o pintor. E explicou sua ideia: – Nossos baralhos oferecem um contraste chocante com o estado moral. Os nomes de valete e de rei ofendem os ouvidos de um patriota. Concebi e executei um novo jogo de cartas revolucionário no qual os reis, as rainhas, os valetes são substituídos pelas Liberdades, Igualdades, Fraternidades; os ases, cercados por fasces, chamam-se as Leis... Canta-se: Liberdade de paus, Igualdade de espadas, Fraternidade de ouros, Lei de copas... Acredito que essas cartas foram desenhadas com energia; pretendo gravá-las em talhe-doce por Desmahis e obter uma patente.

E, tirando algumas figuras com acabamento em aquarela de sua caixa de papelão, o artista as entregou ao gravador.

O cidadão Blaise recusou-se a tomá-los e desviou a cabeça.

– Meu querido, leve isto à Convenção, que lhe concederá as honras da sessão. Mas não espere obter um tostão com sua nova invenção, que não é nova. O senhor acordou tarde demais. Seu jogo de cartas revolucionário é o terceiro que me trazem. Seu camarada Dugourc me ofereceu, na semana passada, um jogo de piquete com quatro Gênios, quatro Liberdades, quatro Igualdades. Propuseram-me outro jogo onde havia sábios, valorosos, Catão, Rousseau, Aníbal, e sei mais o quê! E essas cartas tinham a vantagem sobre as suas, meu amigo, de serem desenhadas grosseiramente e gravadas na madeira com um canivete. Como o senhor conhece pouco os homens para acreditar que os jogadores usarão cartas desenhadas no estilo de David e gravadas à maneira de Bartolozzi! E ainda é uma ilusão estranha acreditar que seja preciso se fazer tantas maneiras para alinhar os antigos jogos de cartas com as ideias atuais. Por conta própria, os bons sans-culottes corrigem o incivismo anunciando: "O tirano!". Ou simplesmente:

"O porcão!". Eles usam suas cartas imundas e nunca compram outras. O grande consumo de jogos faz-se nas baiucas do Palais-Égalité: aconselho o senhor a ir lá e oferecer aos crupiês e aos importantes suas Liberdades, suas Igualdades, suas... como diz o senhor? Suas Leis de copas... E volte para me dizer como eles o receberam!

O cidadão Blaise sentou-se sobre o balcão, deu tapinhas em suas calças nanquim para remover os grãos de tabaco e, olhando para Gamelin com suave piedade:

– Permita-me dar-lhe um conselho, cidadão pintor: se quiser ganhar a vida, deixe aí suas cartas patrióticas, deixe seus símbolos revolucionários, seu Hércules, suas hidras, suas Fúrias perseguindo o crime, seus gênios da Liberdade e pinte-me mulheres bonitas. O ardor dos cidadãos em se regenerar acalma-se com o tempo e os homens sempre amarão as mulheres. Faça-me mulheres rosadas, com pequenos pés e pequenas mãos. E ponha na cabeça que ninguém está mais interessado na Revolução e não quer mais ouvir falar dela.

Com isso, Évariste Gamelin reagiu:

– O quê! Não ouvir mais falar da Revolução!! Mas a instauração da liberdade, as vitórias de nossos exércitos, o castigo dos tiranos não são acontecimentos que espantarão até a mais remota posteridade? Como não nos impressionarmos com isso? O quê! A seita do sans-culotte Jesus durou quase dezoito séculos, e o culto da Liberdade seria abolido depois de apenas quatro anos de existência!

Mas Jean Blaise, com ar de superioridade:

– O senhor está no sonho; eu estou na vida. Acredite, meu amigo, a Revolução entedia: dura demais. Cinco anos de entusiasmo, cinco anos de abraços, de massacres, de discursos, de Marselhesa, de sinos tocando alarme, de aristocratas pendurados nas lanternas, de cabeças levadas na ponta de lanças, de mulheres a cavalo em canhões, de árvores da Liberdade com barrete vermelho, de moças e velhos levados em carros de flores com vestidos brancos; prisões, guilhotina, racionamento, cartazes, fitas patrióticas, penachos, sabres, *carmagnoles*, já durou muito! E, além disso, começamos a não entender mais nada. Vimos demais esses grandes cidadãos que os senhores só levaram ao Capitólio para, em seguida, precipitá-los da rocha Tarpeia, Necker, Mirabeau, La Fayette, Bailly, Pétion, Manuel e tantos outros. Quem nos diz que os senhores não preparam o mesmo destino a seus novos heróis? Não sabemos de mais nada.

– Diga os nomes, cidadão Blaise, diga os nomes desses heróis que estamos nos preparando para sacrificar! – disse Gamelin, em um tom que fez o comerciante de estampas ser cauteloso.

– Sou um republicano e patriota – respondeu ele, com a mão no coração. – Sou tão republicano quanto o senhor, sou tão patriota quanto o senhor, cidadão Évariste Gamelin. Não suspeito de seu civismo e de forma alguma o acuso de versatilidade. Mas saiba que meu civismo e minha dedicação à causa pública são atestados por numerosos atos. Meus princípios, aqui estão: confio em todo indivíduo capaz de servir à nação. Diante dos homens que a voz pública designa à perigosa honra do poder legislativo, como Marat, como Robespierre, eu me curvo; estou pronto para ajudá-los na medida de meus parcos recursos e para oferecer-lhes a humilde ajuda de um bom cidadão. Os comitês podem atestar meu zelo e dedicação. Em conjunto com verdadeiros patriotas, forneci aveia e forragem para nossa brava cavalaria, sapatos para nossos soldados. Hoje mesmo mando enviar de Vernon sessenta bois para o exército do Sul, através de um país infestado de salteadores e assolado pelos emissários de Pitt e Condé. Eu não falo; eu ajo.

Gamelin guardou tranquilamente as aquarelas na caixa, amarrou as cordas e passou-as sob o braço.

– É uma estranha contradição – disse ele, com os dentes cerrados – ajudar nossos soldados a levar para todo o mundo essa liberdade que se trai em casa, semeando confusão e inquietação na alma de seus defensores... Saudações, cidadão Blaise.

Antes de entrar na viela que segue o Oratório, Gamelin, com o coração pesado de amor e cólera, voltou-se para lançar um olhar para os cravos vermelhos floridos, no parapeito de uma janela.

Ele não se desesperava com a salvação da pátria. Às observações sem civismo de Jean Blaise, opunha sua fé revolucionária.

Ainda devia admitir que esse comerciante não afirmava sem alguma aparência de razão que o povo de Paris se desinteressava agora pelos acontecimentos. Ai dele! era certo demais que, ao entusiasmo da primeira hora, sucedia a indiferença geral, e que não se veria mais as grandes multidões unânimes de 1789, que não se veriam mais os milhões de almas harmoniosas que se aglomeravam em 1790 à volta do altar dos federados. Pois bem! Os bons cidadãos redobrariam o zelo e a ousadia, despertariam o povo adormecido, dando-lhe a escolha entre a liberdade ou a morte.

Assim pensou Gamelin, e o pensamento de Élodie sustentava sua coragem.

Chegando aos cais, viu o sol descer no horizonte sob nuvens pesadas, parecendo montanhas de lava incandescente; os telhados da cidade estavam banhados por uma luz dourada; os vidros das janelas lançavam raios. E Gamelin imaginou os Titãs forjando, com os destroços ardentes dos velhos mundos, Dice, a cidade de bronze.

Não tendo um pedaço de pão para a mãe nem para si mesmo, sonhava em sentar-se à mesa sem fim que convidaria o universo e onde se sentaria a humanidade regenerada. Esperando isso, persuadia-se de que a pátria, como uma boa mãe, alimentaria seu filho fiel. Endurecendo-se contra o desdém do comerciante de estampas, animava-se em acreditar que sua ideia de um baralho revolucionário era nova e boa, e que com suas aquarelas bem-feitas ele tinha uma fortuna debaixo do braço. "Desmahis vai gravá-las", pensou ele. "Nós mesmos editaremos o novo jogo patriótico e temos a certeza de vender 10 mil, a 20 tostões cada, em um mês."

E, em sua impaciência para realizar esse projeto, caminhou até o Quai de la Ferraille, onde morava Desmahis, acima do vidraceiro.

Entrava-se pela loja. A vidraceira informou a Gamelin que o cidadão Desmahis não estava em casa, o que não surpreendia muito o pintor, que sabia que seu amigo tinha o espírito vagabundo e distraído; Gamelin se espantava, ao contrário, que ele pudesse gravar tanto e tão bem com tão pouca assiduidade. Resolveu esperar por ele um momento. A esposa do vidraceiro ofereceu-lhe um assento. Ela era taciturna e reclamava dos negócios que iam mal, embora tivessem dito que a Revolução, ao quebrar as janelas, enriquecia os vidraceiros.

A noite caía: desistindo de esperar por seu camarada, Gamelin despediu-se da vidraceira. Ao passar pelo Pont-Neuf, viu guardas nacionais a cavalo emergindo do Quai des Morfondus, empurrando os transeuntes, levando tochas e, com uma crepitação de sabres, escoltando uma carroça que arrastava lentamente para a guilhotina um homem cujo nome ninguém sabia, um "de antes",[1] o primeiro condenado do novo Tribunal Revolucionário. Era possível vislumbrá-lo confusamente entre os chapéus dos guardas, sentado, com as mãos amarradas nas costas, a cabeça descoberta balançando, virado para a parte de trás da carroça. O carrasco estava imóvel ao lado dele, encostado na proteção da beirada. Os transeuntes, parados, diziam entre si que provavelmente era alguém que esfomeara o povo e o olhavam com indiferença. Gamelin, aproximando-se, reconheceu entre os espectadores Desmahis, que se esforçava por fender a multidão e atravessar o cortejo. Ele o chamou e pôs a mão em seu ombro; Desmahis virou a cabeça. Era um jovem bonito e vigoroso. Uma vez foi dito na academia que ele carregava a cabeça de Baco no corpo de Hércules. Seus amigos o chamavam de "Barbaroux", por causa de sua semelhança com esse representante do povo.

– Venha – disse-lhe Gamelin –, preciso falar com você sobre um assunto importante.

– Deixe-me! – respondeu Desmahis vivamente. E atirou algumas palavras indistintas, aguardando o momento de se precipitar: – Eu seguia uma mulher divina, de chapéu de palha, uma costureira de modas, com os cabelos loiros pelas costas: essa maldita carreta a separou de mim... Ela passou na frente, já está no fim da ponte!

---

[1] *Ci-devant*: expressão da época revolucionária que indica a pessoa que foi, no Antigo Regime, e não é mais: *le ci-devant aristocrate* = o ex-aristocrata. Toda vez que essa expressão aparece no original, associada a alguém, traduzi substituindo-a pelo prefixo ex-: ex-padre, ex-marquês etc. [N. T.]

Gamelin tentou segurá-lo pelo casaco, jurando que a coisa era importante.

Mas Desmahis já havia escapulido por entre cavalos, guardas, sabres e tochas e estava perseguindo a senhorita de modas.

CAPÍTULO IV

ERAM DEZ DA MANHÃ, o sol de abril encharcava de luz as tenras folhas das árvores. Aliviado pela tempestade da noite, o ar tinha uma doçura deliciosa. Em longos intervalos, um cavaleiro, passando pela Allée des Veuves, quebrava o silêncio da solidão. À beira da alameda sombreada, contra a choupana de "A Bela de Lille", em um banco de madeira, Évariste esperava por Élodie. Desde o dia em que seus dedos se encontraram sobre o tecido da echarpe, no qual suas respirações se misturaram, ele nunca mais voltou ao Amor Pintor. Por uma semana inteira, seu orgulhoso estoicismo e sua timidez, que se tornava cada vez mais selvagem, o mantiveram longe de Élodie. Ele lhe escrevera uma carta grave, sombria, ardente, em que, expondo as queixas pelas quais acusava o cidadão Blaise e calando seu amor, dissimulando sua dor, anunciava sua resolução de não mais voltar à loja de estampas, e mostrava-se decidido a seguir essa resolução com mais firmeza de que uma amante poderia aprovar.

Com uma tendência contrária, Élodie, inclinada a defender seus bens em qualquer ocasião, imediatamente pensou em recuperar seu amigo. Ela primeiro cogitou em ir vê-lo em sua casa, no estúdio da Place de Thionville. Mas, sabendo que ele estava de humor áspero, julgando, por sua carta, que estava com a alma irritada, temendo que ele envolvesse a filha e o pai no mesmo rancor e planejasse não mais vê-la, achou melhor dar-lhe um encontro sentimental e romanesco do qual ele não pudesse se furtar, onde ela teria todo o tempo de persuadi-lo e agradá-lo, no qual a solidão conspiraria com ela para encantá-lo e vencê-lo.

Havia então, em todos os jardins ingleses e em todos os passeios da moda, choupanas construídas por eruditos arquitetos, que assim adulavam os gostos rústicos dos citadinos. A cabana de "A Bela de Lille", ocupada por um café, repousava sua fingida indigência sobre os destroços artisticamente imitados de uma velha torre, de forma a unir ao encanto aldeão a melancolia das ruínas. E, como se isso não bastasse para comover as almas sensíveis, uma choupana e uma torre derruída, o dono do café havia erguido um túmulo sob um salgueiro, uma coluna encimada por uma urna fúnebre, e que trazia esta inscrição: "Cleonice ao seu fiel Azor". Choupanas, ruínas, tumbas: às vésperas de perecer, a aristocracia havia erguido esses símbolos de pobreza, abolição e morte nos parques hereditários. E agora os citadinos patriotas se comprazeram em beber, dançar, amar em falsas choupanas, à sombra de falsos claustros falsamente derruídos e entre falsas tumbas, pois eram, uns como os outros, amantes da natureza e discípulos de Jean-Jacques, e tinham, como ele, corações sensíveis e cheios de filosofia.

Chegado ao encontro antes da hora marcada, Évariste esperava e, como pelo pêndulo de um relógio, media o tempo com as batidas de seu coração. Uma patrulha passou, conduzindo prisioneiros. Dez minutos depois, uma dama, toda vestida de rosa, com um buquê de flores na mão, como se usava, acompanhada por um cavaleiro de tricórnio, casaco vermelho, jaqueta e calça listradas, insinuaram-se na choupana, ambos tão parecidos com os galantes do Antigo Regime que era forçoso acreditar, com o cidadão Blaise, que há, entre os homens, tipos que as revoluções não mudam.

Alguns instantes depois, vinda de Rueil ou Saint-Cloud, uma velha, que carregava no braço uma caixa cilíndrica, pintada em cores vivas, foi sentar-se no banco em que Gamelin esperava. Ela havia colocado à sua frente a caixa, cuja tampa continha uma agulha para tirar a sorte. Pois a pobre mulher oferecia, nos jardins, tirar a sorte às criancinhas. Ela era uma comerciante de "prazeres",[1] vendendo com um novo nome um doce antigo; seja porque o termo imemorial de "esquecimento" dava a ideia importuna de oblação e dívida, seja por cansaço de modismo, os "esquecimentos" eram então chamados de "prazeres".

A velha enxugou o suor da testa com a ponta de seu avental e exalou suas queixas ao céu, acusando Deus de injustiça quando tornava dura a vida de suas criaturas. Seu homem pescava com uma rolha à beira do rio em Saint-Cloud, e ela subia todos os dias os Champs-Élysées, sacudindo sua matraca e gritando: "Chegou o prazer, senhoras!". E com todo esse trabalho não tiravam o suficiente para sustentar suas velhices.

Vendo o jovem sentado no banco disposto a ter pena dela, expôs abundantemente a causa de seus males. Era a República que, despojando os ricos, tirava dos pobres o pão de suas bocas. E não se podia esperar que as coisas melhorassem. Pelo contrário, ela sabia por vários sinais que os negócios só iriam piorar. Em Nanterre, certa mulher deu à luz uma criança com cabeça de víbora; o raio caíra sobre a igreja de Rueil e derretera a cruz da torre; tinham visto um lobisomem no bosque de Chaville. Homens mascarados envenenavam as nascentes e jogavam no ar pós que causavam doenças...

Évariste viu Élodie que saltava do carro. Correu a ela. Os olhos da jovem brilharam na sombra transparente de seu chapéu de palha; seus lábios, tão vermelhos quanto os cravos que segurava na mão, sorriam. Uma echarpe de seda preta, cruzada sobre o peito, estava amarrada às suas costas. Seu vestido amarelo mostrava os movimentos rápidos dos joelhos e revelava os pés calçados com sapatos de salto baixo. Os quadris estavam quase inteiramente livres: pois a Revolução havia libertado a cintura das cidadãs; porém a saia, ainda inflada sobre as ancas, disfarçava as formas, exagerando-as, e velava a realidade sob sua imagem amplificada.

---

1 *Oublie*, esquecimento: nome de um doce, que havia sido mudado para *plaisirs*, prazeres. [N. T.]

Ele quis falar e não conseguiu encontrar palavras, e se culpou por esse embaraço que Élodie preferia à mais doce acolhida. Ela também notou e tomou como um bom sinal o fato de que ele havia amarrado sua gravata com mais arte do que de hábito. Estendeu-lhe sua mão.

– Queria ver o senhor – disse ela – e conversar. Não respondi à sua carta: ela me desagradou; não se parece consigo. Teria sido mais amável, se fosse mais natural. Seria julgar mal seu caráter e seu espírito acreditar que o senhor não queira retornar ao Amor Pintor porque teve uma ligeira altercação política com um homem muito mais velho. Não tema que meu pai o receba mal quando o senhor voltar à nossa casa, tenha certeza disso. Não o conhece: ele não se lembra do que lhe disse ou do que o senhor lhe respondeu. Não estou afirmando que haja grande simpatia entre os dois; mas ele não guarda rancor. Digo-lhe francamente, ele não se importa muito consigo... nem comigo. Pensa apenas em seus negócios e prazeres.

Caminhou em direção ao bosquezinho da choupana, onde ele a seguiu com alguma repugnância, pois sabia que ali era o ponto de encontro dos amores venais e das ternuras efêmeras. Ela escolheu a mesa mais escondida.

– Quanta coisa tenho a lhe dizer, Évariste! A amizade tem direitos: o senhor me permitirá usá-los? Falarei muito sobre o senhor... e um pouco sobre mim, se me permitir.

O cafeteiro trouxe uma garrafa e copos, que ela mesma serviu, como uma boa dona de casa; depois lhe contou sobre sua infância, disse-lhe sobre a beleza de sua mãe, que ela gostava de celebrar, por devoção filial e como origem de sua própria beleza; ela gabava o vigor de seus avós, pois tinha o orgulho de seu sangue burguês. Contou como, tendo perdido essa mãe adorável aos 16 anos, viveu sem ternura e sem apoio. Ela se pintou tal como era, viva, sensível, corajosa, e acrescentou:

– Évariste, passei uma juventude melancólica demais e solitária demais para não saber o preço de um coração como o seu, e não vou desistir por mim mesma e sem esforços, advirto-o, de uma simpatia com a qual pensei que poderia contar e que me era cara.

Évariste olhou para ela com ternura:
– Será possível, Élodie, que eu não lhe seja indiferente? Posso acreditar...?
Parou, com medo de falar demais e, assim, abusar de uma amizade tão confiante.

Ela lhe estendeu uma pequena mão honesta, que saía pouco das mangas compridas e estreitas ornadas de renda. Seu peito se erguia em longos suspiros.

– Atribua a mim, Évariste, todos os sentimentos que quer que eu tenha pelo senhor, e não se enganará quanto à disposição de meu coração.

– Élodie, Élodie, o que está dizendo, será que vai repetir ainda quando souber...

Ele hesitou.

Ela baixou os olhos.

Ele terminou mais baixo:

– ... que eu a amo?

Ao ouvir essas últimas palavras, ela corou: era de prazer. E, enquanto seus olhos expressavam uma volúpia terna, involuntariamente um sorriso cômico ergueu um canto de seus lábios. Pensava: "E ele crê ser o primeiro a se declarar! E talvez tenha medo de que eu me zangue!".

E lhe disse, com bondade:

– Então, meu amigo, o senhor não tinha visto que eu o amava?

Acreditavam-se sozinhos no mundo. Em sua exaltação, Évariste ergueu os olhos para o firmamento cintilante de luz e de azul:

– Veja: o céu nos observa! Ele é adorável e benevolente como a senhora, minha bem-amada; tem seu brilho, sua doçura, seu sorriso.

Ele se sentia unido a toda a natureza, associava-a à sua alegria, à sua glória. A seus olhos, para celebrar o noivado, as flores dos castanheiros se iluminavam como candelabros, as tochas gigantescas se inflamavam.

Ele vibrava com sua força e sua grandeza. Ela, mais terna e mais fina, mais flexível e mais dúctil, dava-se a vantagem da fraqueza e, logo depois de tê-lo conquistado, se submetia a ele; agora que ela o pusera sob seu domínio, reconhecia nele o mestre, o herói, o deus; ardia para obedecer, para admirar e para se oferecer. À sombra do bosque, ele lhe deu um longo beijo ardente sob o qual ela derrubou a cabeça, e nos braços de Évariste, sentiu toda a sua carne derreter como cera.

Conversaram por muito tempo ainda sobre eles mesmos, esquecendo-se do universo. Évariste exprimia sobretudo ideias vagas e puras, que levavam Élodie ao êxtase. Élodie dizia coisas suaves, úteis e particulares. Então, quando julgou que não poderia aguentar mais, levantou-se, decidida, deu ao seu amigo os três cravos vermelhos que haviam florescido em sua janela e saltou habilmente para o cabriolé que a trouxera. Era um carro de aluguel pintado de amarelo, muito alto sobre rodas, que certamente não tinha nada de estranho, e o cocheiro também não. Mas Gamelin não pegava carros e, em seu meio, poucos também o faziam. Ao vê-la sobre essas grandes rodas rápidas, sentiu um aperto no coração e foi assaltado por um doloroso pressentimento: por uma espécie de alucinação inteiramente intelectual, parecia-lhe que o cavalo alugado carregava Élodie para além das coisas atuais e do tempo presente, para uma cidade rica e alegre, para mansões luxuosas e prazeres nos quais ele nunca penetraria.

O carro desapareceu. A perturbação de Évariste se dissipou; mas permanecia nele uma surda angústia e sentia que nunca mais reviveria as horas de ternura e abandono que acabara de viver.

Passou pelos Champs-Élysées, em que mulheres com vestidos claros costuravam ou bordavam, sentadas em cadeiras de madeira, enquanto seus filhos brincavam sob as árvores. Uma vendedora de prazeres, carregando sua caixa em forma de tambor, lembrou-o da vendedora de prazeres da Allée des Veuves, e parecia-lhe que entre esses dois encontros toda uma idade de sua vida havia decorrido. Cruzou a Place de la Révolution. No Jardim das Tulherias, ouviu rugir ao longe o imenso rumor dos grandes dias, essas vozes unânimes que os inimigos da Revolução pretendiam ter silenciado para sempre. Apressou o passo no clamor crescente, chegou à Rue Honoré e encontrou-a coberta por uma multidão de homens e mulheres que gritavam: "Viva a República! Viva a Liberdade!". Os muros dos jardins, as janelas, os balcões, os telhados estavam cheios de espectadores que agitavam chapéus e lenços. Precedido por um sapador que dava passagem ao cortejo, rodeado por oficiais municipais, guardas nacionais, artilheiros, policiais, hussardos, avançava lentamente sobre a cabeça dos cidadãos um homem de tez biliosa, a testa rodeada por uma coroa de carvalho, o corpo envolto por uma velha veste verde com gola de arminho. As mulheres lhe atiravam flores. Passeava à volta de si a mirada penetrante de seus olhos amarelos, como se, nessa multidão entusiasta, ainda procurasse inimigos do povo para denunciar, traidores para punir. À sua passagem, Gamelin, de cabeça descoberta, misturando sua voz com cem mil outras vozes, gritou:

– Viva Marat!

O triunfador entrou como o Destino no salão da Convenção. Enquanto a multidão se escoava lentamente, Gamelin, sentado em um marco de pedra da Rue Honoré, continha com a mão as batidas de seu coração. O que acabara de ver o encheu de emoção sublime e entusiasmo ardente.

Ele venerava, adorava Marat, que doente, com as veias em fogo, devorado por feridas, esgotava o resto de suas forças ao serviço da República e, em sua pobre casa aberta a todos, acolhia-o de braços abertos, falava a ele com o zelo do bem público, às vezes questionava-o sobre as intenções dos celerados. Admirava que os inimigos do justo, conspirando para sua perda, tivessem preparado seu triunfo; abençoava o Tribunal Revolucionário que, ao absolver o Amigo do Povo, havia devolvido à Convenção o mais zeloso e puro de seus legisladores. Seus olhos reviam aquela cabeça ardente de febre, cingida pela coroa cívica, aquele rosto imbuído de um orgulho virtuoso e de um implacável amor, aquela face devastada, decomposta, poderosa, aquela boca crispada, aquele largo peito, aquele robusto agonizante que, do alto do carro vivo de seu triunfo, parecia dizer aos seus concidadãos: "Sigam meu exemplo e sejam patriotas até a morte".

A rua estava deserta, a noite a cobria com sua sombra; o acendedor de lampiões passou com sua grande lanterna, e Gamelin murmurava:

– Até a morte!

CAPÍTULO V

ÀS NOVE DA MANHÃ, Évariste encontrou Élodie no jardim do Luxemburgo; ela o esperava em um banco.

Fazia um mês, desde que tinham trocado suas confissões de amor, que se viam todos os dias, no Amor Pintor ou no ateliê da Place de Thionville, com muita ternura, porém com uma reserva imposta pelo caráter de um amante sério e virtuoso, deísta e bom cidadão, que, disposto a unir-se à sua querida amada perante a lei ou somente perante Deus, conforme as circunstâncias, não queria fazê-lo a não ser em plena luz do dia e publicamente. Élodie reconhecia tudo o que essa resolução tinha de honroso; mas, desesperada por um casamento que tudo tornava impossível e recusando-se a desafiar as convenções sociais, ela imaginava dentro de si uma ligação cujo segredo a teria tornado decente, até que a duração a tornasse respeitável. Pensava vencer um dia os escrúpulos de um amante respeitoso demais; e, não querendo tardar em fazer-lhe as revelações necessárias, ela lhe pedira uma hora de conversa no jardim deserto, perto do convento dos cartuxos.

Ela o olhou com um ar de ternura e franqueza, pegou sua mão, fez que se sentasse ao seu lado e falou-lhe com recolhimento:

– Eu o estimo demais para esconder-lhe alguma coisa, Évariste. Penso que sou digna de você, não o seria se não lhe dissesse tudo. Ouça-me e seja meu juiz. Não tenho de me culpar por nenhuma ação vil, baixa ou apenas interesseira. Fui fraca e crédula... Não perca de vista, meu amigo, as circunstâncias difíceis em que me encontrava. O senhor sabe: eu não tinha mais mãe; meu pai, ainda jovem, pensava apenas em suas diversões e não cuidava de mim. Eu era sensível; a natureza me dotara de um coração terno e de uma alma generosa; e, embora não tivesse me recusado um julgamento firme e sadio, o sentimento então prevalecia em mim sobre a razão. Ai de mim! Ainda hoje prevaleceria, se ambos não concordassem, Évariste, que eu devo me entregar ao senhor inteiramente e para sempre!

Ela se exprimia com moderação e firmeza. Suas palavras foram preparadas; por muito tempo resolvera confessar-se, porque era franca, porque gostava de imitar Jean-Jacques e porque se dizia razoavelmente: "Évariste, algum dia, saberá segredos de que não sou a única depositária; é melhor que uma confissão, cuja liberdade me honra inteiramente, o instrua sobre o que um dia ele teria aprendido, para minha vergonha". Suave como era, e dócil à natureza, não se sentia muito culpada e sua confissão era menos difícil; aliás, ela pretendia dizer apenas o que fosse necessário.

– Ah! – suspirou – Por que o senhor não veio até mim, caro Évariste, naqueles momentos em que eu estava sozinha, abandonada?

Gamelin tinha tomado ao pé da letra o pedido de Élodie para ser seu juiz. Preparado pela natureza e pela educação literária ao exercício da justiça doméstica, ele estava pronto para receber a confissão de Élodie.

Como ela hesitava, ele lhe fez sinal para que falasse.

Ela disse muito simplesmente:

– Um jovem, que entre as más qualidades tinha algumas boas e só mostrava essas, achava em mim algum atrativo e tratava de mim com uma assiduidade que surpreendia nele: estava na flor da vida, cheio de graça e ligado a mulheres encantadoras que não escondiam o fato de adorá-lo. Não foi por sua beleza, nem mesmo por seu espírito que me interessei por ele... Sabia como me comover, testemunhando seu amor, e creio que me amava de verdade. Foi terno, atento. Só pedi promessas ao seu coração, e seu coração era inconstante... Culpo apenas a mim; é minha confissão que faço, e não a sua. Não me queixo dele, já que se tornou um estranho para mim. Ah! Juro-lhe, Évariste, ele é para mim como se nunca tivesse existido!

Ela se calou. Gamelin não respondeu nada. Cruzava os braços; seu olhar estava fixo e sombrio. Pensava ao mesmo tempo em sua amada e em sua irmã Julie. Julie também ouvira um amante; mas, muito diferente, pensou, da infeliz Élodie, havia sido sequestrada, não no erro de um coração sensível, mas para encontrar, longe dos seus, o luxo e o prazer. Em sua severidade, ele havia condenado a irmã, e inclinava-se a condenar sua amada.

Élodie continuou com uma voz muito suave:

– Eu estava imbuída de filosofia; acreditava que os homens eram naturalmente honestos. Minha infelicidade foi ter encontrado um amante que não foi educado na escola da natureza e da moral, e que os preconceitos sociais, a ambição, o amor-próprio, um falso ponto de honra tinham-no tornado egoísta e traiçoeiro.

Essas palavras calculadas produziram o efeito desejado. Os olhos de Gamelin se suavizaram. Ele perguntou:

– Quem foi seu sedutor? Eu o conheço?

– O senhor não o conhece.

– Diga seu nome.

Ela havia previsto esse pedido e estava decidida a não atendê-lo. Deu suas razões.

– Poupe-me, por favor. Para o senhor, assim como para mim, eu já disse demais.

E, como ele insistisse:

– No sagrado interesse de nosso amor, não vou lhe dizer nada que especifique em sua mente esse... estranho. Não quero lançar um espectro em seu ciúme; não quero dispor uma sombra importuna entre o senhor e eu. Não é agora que já me esqueci desse homem que o deixarei conhecê-lo.

Gamelin instou-a a lhe revelar o nome do sedutor: foi esse o termo que ele usava obstinadamente, pois não tinha dúvidas de que Élodie tivesse sido seduzida, enganada, abusada. Nem mesmo concebia que pudesse ter sido de outra forma, e que ela tivesse obedecido ao desejo, ao irresistível desejo, dado ouvidos aos conselhos íntimos da carne e do sangue; não concebia que aquela criatura voluptuosa e terna, aquela linda vítima, tivesse se oferecido; era preciso, para satisfazer seu gênio, que ela fosse tomada pela força ou pela astúcia, estuprada, lançada em armadilhas postas sob todos os seus passos. Ele fez perguntas comedidas em termos, mas precisas, firmes, constrangedoras. Perguntou a ela como essa ligação havia se formado, se tinha sido longa ou curta, tranquila ou perturbada, e como fora o rompimento. E voltava sem cessar para os meios que esse homem teria empregado para seduzi-la, como se ele devesse ter usado meios estranhos e inauditos. Fez em vão todas essas perguntas. Com obstinação suave e suplicante, ela se calava, a boca apertada e os olhos cheios de lágrimas.

Porém, tendo Évariste perguntado onde esse homem estava agora, ela respondeu:

– Deixou o reino.

Ela se corrigiu rapidamente:

– ... a França.

– Um emigrado! – gritou Gamelin.

Ela o olhou, muda, ao mesmo tempo tranquilizada e entristecida por vê-lo criar para si uma verdade conforme suas paixões políticas e dar ao seu ciúme, gratuitamente, uma cor jacobina.

Na verdade, o amante de Élodie era um pequeno empregado da promotoria, menino lindo, um querubim da rua, que ela havia adorado e cuja memória depois de três anos ainda lhe dava um calor no peito. Ele procurava mulheres ricas e velhas: trocou Élodie por uma dama experiente que recompensava seus méritos. Tendo entrado na prefeitura de Paris, depois da abolição dos ofícios, era agora um dragão sans-culotte e o gigolô de uma ex-aristocrata.

– Um nobre! Um emigrado! – repetia Gamelin, a quem ela cuidava em não desmentir, nunca desejando que ele soubesse toda a verdade. – E ele a abandonou covardemente?

Ela baixou a cabeça.

Ele a pressionou contra seu coração:

– Cara vítima da corrupção monárquica, meu amor vai vingá-la desse infame. Possa o céu me fazer encontrá-lo! Eu saberei reconhecê-lo!

Ela desviou o olhar, ao mesmo tempo entristecida e sorrindo, e desapontada. Ela gostaria que ele fosse mais inteligente sobre as coisas do amor, mais natural, mais brutal. Sentia que a perdoava assim rapidamente porque tinha a imaginação fria e que a confidência que ela acabara de lhe revelar não despertava nele nenhuma daquelas imagens que torturam os voluptuosos, e que, enfim, ele via nessa sedução apenas um fato moral e social.

Haviam se levantado e seguiam pelas verdes alamedas do jardim. Ele lhe disse que, por ter sofrido, a estimava ainda mais. Élodie não pedia tanto; mas, tal como ele era, ela o amava e admirava o gênio das artes que via brilhar nele.

Ao saírem do Luxemburgo, encontraram grupos na Rue de l'Égalité e em todo o entorno do Théâtre de la Nation, o que não era de surpreender: havia vários dias reinava uma grande agitação nas seções mais patrióticas; denunciava-se ali a facção de Orléans e os cúmplices de Brissot, que conjuravam, dizia-se, a ruína de Paris e o massacre dos republicanos. E o próprio Gamelin havia assinado, pouco antes, a petição da Comuna que pedia a exclusão dos Vinte e Um.

Perto de passar sob a arcada que ligava o teatro à casa vizinha, tiveram de cruzar um grupo de cidadãos em *carmagnole* que, do alto da galeria, um jovem militar bonito como o Amor de Praxíteles sob seu capacete de pele de pantera arengava. Esse soldado encantador acusava o Amigo do Povo de indolência. Dizia:

– Você dorme, Marat, e os federalistas estão forjando correntes para nós!

Élodie mal tinha voltado os olhos para ele:

– Venha, Évariste! – ela disse vivamente.

A multidão, dizia, a assustava e ela temia desmaiar com a aglomeração.

Eles se separaram na Place de la Nation, jurando amor eterno.

Naquela manhã, bem cedo, o cidadão Brotteaux tinha feito à cidadã Gamelin o magnífico presente de um capão. Teria sido imprudente de sua parte dizer como o havia conseguido: pois o obtivera de uma dama do mercado, a quem, em Pointe Eustache, ele às vezes servia como secretário, e era sabido que as senhoras do mercado nutriam sentimentos monarquistas e se correspondiam com os emigrados. A cidadã Gamelin havia recebido o capão com um coração agradecido. Quase não se via dessas peças então: as provisões subiam de preço. O povo temia a fome; os aristocratas, dizia-se, desejavam-na, os atravessadores preparavam-na.

O cidadão Brotteaux, convidado para comer sua parte do capão no almoço do meio-dia, atendeu a esse convite e felicitou a anfitriã pelo suave cheiro de cozinha que se respirava em sua casa. E, de fato, o estúdio do pintor cheirava a caldo gordo.

– O senhor é bem honesto – respondeu a boa dama. – Para preparar o estômago a fim de receber seu capão, fiz uma sopa de ervas com uma lasca de toucinho e um grande osso de boi. Não há nada que perfume uma sopa como um osso de medula.

– Essa máxima é louvável, cidadã – replicou o velho Brotteaux. – E a senhora fará bem em guardar amanhã, depois de amanhã, e todo o resto da semana, esse osso precioso na panela, que ele não deixará de perfumar. A sibila de Panzoust procedeu assim: ela fez uma sopa de repolho verde com uma casca de toucinho amarelo e um saboroso *savorados*. Assim chamamos na região dela, que é também a minha, o osso medular tão saboroso e suculento.

– Esta senhora de quem fala, senhor – disse a cidadã Gamelin –, não se importou de servir o mesmo osso por tanto tempo?

– Ela era modesta – respondeu Brotteaux. – Era pobre, embora profetisa.

Naquele momento, Évariste Gamelin entrou, emocionado por causa das confissões que acabara de receber e prometendo descobrir o sedutor de Élodie, para vingar nele ao mesmo tempo a República e seu amor.

Depois das cortesias habituais, o cidadão Brotteaux retomou o fio de seu discurso:

– Quem tem por profissão prever o futuro é raro que enriqueça. Percebemos bem rápido seus truques. Sua impostura os torna odiosos. Mas seria preciso detestá-los muito mais se realmente anunciassem o futuro. Pois a vida de um homem seria insuportável se ele soubesse o que deve acontecer consigo. Descobriria males futuros, dos quais sofreria de antemão, e não mais desfrutaria dos bens presentes, dos quais veria o fim. A ignorância é a condição necessária para a felicidade dos homens, e deve-se reconhecer que, na maioria das vezes, eles a preenchem bem. Ignoramos quase tudo sobre nós mesmos; dos outros, tudo. A ignorância é nossa tranquilidade; a mentira, nossa felicidade.

A cidadã Gamelin pôs a sopa sobre a mesa, disse o "Benedicite", fez sentar seu filho e seu convidado, e começou a comer de pé, recusando o lugar que o cidadão Brotteaux lhe oferecia ao lado dele, pois sabia, como disse, ao que a educação a obrigava.

CAPÍTULO VI

DEZ HORAS DA MANHÃ. Nem um sopro de ar, era o mês de julho mais quente que já se conhecera. Na estreita Rue de Jérusalem, uma centena de cidadãos da seção fazia fila na porta do padeiro, sob a vigilância de quatro guardas nacionais que, com as armas em repouso, fumavam seus cachimbos.

A Convenção Nacional havia decretado a Lei do Máximo: imediatamente grãos, farinha, desapareceram. Como os israelitas no deserto, os parisienses se levantavam antes do amanhecer se quisessem comer. Todas essas pessoas, amontoadas uma contra as outras, homens, mulheres, crianças, sob um céu de chumbo derretido, que esquentava a podridão da água escorrendo pelas ruas e exaltava os cheiros de suor e sujeira, acotovelavam-se, interpelavam-se, olhavam-se com todos os sentimentos que os seres humanos podem ter uns pelos outros: antipatia, nojo, interesse, desejo, indiferença. Tinha-se aprendido, por meio de uma experiência dolorosa, que não havia pão para todo mundo: por isso os últimos que chegavam procuravam passar na frente; os que perdiam terreno queixavam-se e se irritavam e invocavam em vão seu direito desprezado. As mulheres acotovelavam e empurravam para se manter no lugar ou para ganhar um melhor. Se o aperto se tornava mais sufocante, gritos se elevavam: "Não empurre!". E todos protestavam, dizendo-se eles próprios empurrados.

Para evitar essas desordens cotidianas, os comissários delegados pela seção tinham pensado em amarrar na porta do padeiro uma corda que cada um segurava em seu lugar; mas as mãos, muito juntas, encontravam-se na corda e começavam a lutar. Quem a abandonava não conseguia retomá-la. Os descontentes ou os engraçadinhos a cortavam, e foi preciso abandonar esse sistema.

Nessa fila, sufocavam, parecia que estavam morrendo, faziam piadas, lançavam frases picantes, insultavam aristocratas e federalistas, autores de todo o mal. Quando um cachorro passava, os gaiatos o chamavam de Pitt. Às vezes soava uma grande bofetada, aplicada pela mão de uma cidadã na face de um insolente, enquanto, premida pelo vizinho, uma jovem criada, de olhos semicerrados e boca entreaberta, suspirava molemente. A toda palavra, a todo gesto, a toda atitude que pudesse despertar o humor mordaz dos amáveis franceses, um grupo de jovens libertinos entoava a "Ça ira", apesar dos protestos de um velho jacobino, indignado que se comprometesse com sujas ambiguidades um refrão que exprimia a fé republicana em um porvir de justiça e felicidade.

Com a escada debaixo do braço, um colador de cartazes veio afixar em uma parede, diante da padaria, um aviso da Comuna racionando a carne de açougue. Os transeuntes paravam para ler a folha ainda toda pegajosa. Uma vendedora de repolhos, que caminhava com seu jacá nas costas, se pôs a dizer em sua voz grossa e quebrada:

– Eles se foram, os belos bois! Vamos raspar as tripas.

De repente, uma tal lufada de fedor ardente subiu de um esgoto que muitos foram tomados de náusea; uma mulher se sentiu mal e foi entregue inconsciente a dois guardas nacionais que a carregaram a alguns passos dali, sob uma bomba d'água. Tapavam o nariz; um boato espalhava-se; palavras foram trocadas, cheias de angústia e de pavor. Perguntava-se se era algum animal enterrado ali, ou um veneno colocado por maldade, ou melhor, um massacrado de setembro, nobre ou padre, esquecido em um porão das proximidades.

– Puseram gente lá?
– Puseram em todo lugar!

— Deve ser um dos de Châtelet. No dia 2, vi trezentos amontoados na Pont au Change.

Os parisienses temiam a vingança desses ex-aristocratas que, mortos, os envenenavam.

Évariste Gamelin veio fazer fila: queria poupar à velha mãe o cansaço de ficar em pé por muito tempo. Seu vizinho, o cidadão Brotteaux, acompanhava-o, calmo, sorridente, seu Lucrécio no bolso escancarado de seu redingote vermelho-escuro.

O bom velho elogiou essa cena como uma bambochata digna do pincel de um Teniers moderno.

— Esses carregadores e essas comadres — disse ele — são mais agradáveis do que os gregos e romanos, tão caros hoje aos nossos pintores. Para mim, sempre gostei da maneira flamenga.

O que ele não lembrava, por sabedoria e bom gosto, era que tinha possuído uma galeria de pinturas holandesas que só o gabinete do sr. De Choiseul igualava em número e qualidade de pinturas.

— Só a Antiguidade é bela — respondeu o pintor —, e o que ela inspirou: mas eu lhe concedo que as bambochatas de Teniers, Steen ou Ostade são melhores do que as fanfreluches de Watteau, Boucher ou Van Loo: neles, a humanidade é enfeiada, mas não degradada como por um Baudouin ou um Fragonard.

Um anunciador passou, gritando:

— O *Boletim do Tribunal Revolucionário*! A lista dos condenados!

— Não basta apenas um único tribunal revolucionário — disse Gamelin. — É preciso que haja um em cada cidade... Que digo? Em cada comuna, em cada cantão. É preciso que todos os pais de família, que todos os cidadãos se erijam como juízes. Quando a nação se encontra sob o canhão dos inimigos e sob a adaga dos traidores, a indulgência é parricídio. O quê! Lyon, Marselha, Bordéus rebeladas, a Córsega revoltada, a Vendeia em chamas, Mainz e Valenciennes caídas em poder da coalizão, a traição na província, nas cidades, nos campos, a traição com assento nos bancos da Convenção nacional, traição sentada, com um cartão na mão, nos conselhos de guerra de nossos generais! Que a guilhotina salve a pátria!

– Não tenho nenhuma objeção essencial a fazer contra a guilhotina – replicou o velho Brotteaux. – A natureza, minha única amante e minha única professora, não me diz, de nenhum modo, que a vida de um homem tem algum preço; pelo contrário, ela ensina, de todas as maneiras, que não tem valor nenhum. O único fim dos seres parece se tornar o alimento de outros seres destinados ao mesmo fim. O assassinato é um direito natural: em consequência, a pena de morte é legítima, desde que não seja exercida por virtude ou justiça, mas por necessidade ou para dela tirar algum lucro. No entanto, devo ter instintos perversos, pois ver o fluxo de sangue me repugna, e isso é uma depravação que toda a minha filosofia ainda não conseguiu corrigir.

– Os republicanos – disse Évariste – são humanos e sensíveis. Só os déspotas argumentam que a pena de morte é um atributo necessário da autoridade. O povo soberano vai aboli-la um dia. Robespierre a combateu, e com ele todos os patriotas; a lei que a abole não pode ser promulgada cedo demais. Mas só deverá ser aplicada quando o último inimigo da República tiver perecido sob o gládio da lei.

Gamelin e Brotteaux agora tinham retardatários atrás deles, e, no meio, várias mulheres da seção: entre outras, uma bela e grande tricoteira,[1] de lenço e tamanco, carregando um sabre pendurado na alça que lhe atravessava o peito; uma linda moça loira, descabelada, cujo lenço estava muito amarrotado; e uma jovem mãe que, magra e pálida, dava o seio a um filho magrinho.

A criança, que não encontrava mais leite, chorava, mas seus gritos eram fracos e os soluços a sufocavam. Pequena de dar pena, com pele pálida e turva, olhos inflamados, sua mãe a contemplava com dolorosa solicitude.

– É bem novo – disse Gamelin, voltando-se para o infeliz bebê, que gemia contra suas costas, na pressão sufocante dos últimos recém-chegados.

---

1 Nome dado, durante a Revolução, às mulheres do povo que participaram das reuniões da Convenção e dos clubes revolucionários e tricotavam enquanto isso. [N. T.]

– Tem seis meses, esse pobre amorzinho! Seu pai está no exército: é um daqueles que repeliram os austríacos em Condé. Seu nome é Dumonteil (Michel), como profissão é vendedor de tecidos. Ele se alistou em um estrado que tinham montado em frente à prefeitura. O pobre amigo queria defender sua pátria e ver novos lugares... Ele me escreveu para ter paciência. Mas como o senhor quer que eu alimente Paul... (é Paul que ele se chama) ... já que eu mesma não posso me alimentar?

– Ah! – exclamou a linda moça loira. – Vai demorar ainda uma hora, e vai ser preciso, esta noite, recomeçar a mesma cerimônia na porta da mercearia. Arriscamos a morte para obter três ovos e um quarto de manteiga.

– Manteiga – suspirou a cidadã Dumonteil –, não vejo nenhuma há três meses!

E o coro das mulheres lamentava a escassez e carestia da alimentação, lançava maldições sobre os emigrados e condenava à guilhotina os comissários de seção que davam às mulheres descaradas, à custa de favores vergonhosos, galinhas e pão de 4 libras. Espalharam histórias alarmantes de bois afogados no Sena, de sacos de farinha despejados nos esgotos, de pães jogados nas latrinas... Era culpa dos monarquistas que provocavam a fome, Rolandins, Brissotins, que queriam o extermínio do povo de Paris.

De repente, a linda moça loira, de lenço amarrotado, lançou gritos como se tivesse fogo nas saias, que ela sacudia violentamente e cujos bolsos revirava, proclamando que lhe tinham roubado a bolsa.

Ao ruído desse furto, uma grande indignação sublevou esse povo miúdo, que havia saqueado os hotéis do Faubourg Saint-Germain e invadido as Tulherias sem nada levar, artesãos e donas de casa, que teriam queimado com prazer o castelo de Versalhes, mas se julgariam desonrados se ali tivessem roubado um alfinete. Os jovens libertinos arriscaram sobre a desventura da bela garota algumas piadas maldosas, que foram imediatamente abafadas pelo rumor público. Já se falava de enforcar o ladrão na lanterna. Começava uma investigação tumultuada e parcial. A grande tricoteira, apontando para um velho suspeito de ser um antigo monge, jurava que havia sido "o capuchinho" quem tinha dado o golpe. A multidão, imediatamente persuadida, lançou gritos de morte.

O velho tão vivamente denunciado para a vindicta pública se mantinha muito modestamente diante do cidadão Brotteaux. Ele tinha toda a aparência, para dizer a verdade, de um antigo religioso. O ar do pobre homem era bastante venerável, embora alterado pela perturbação que a violência da multidão e a lembrança ainda viva dos dias de setembro lhe causavam. O temor que se pintava em seu rosto o tornava suspeito aos populares, que acreditam facilmente que só os culpados temem seus julgamentos, como se a precipitação afoita com a qual eles os decretam não devesse assustar mesmo os mais inocentes.

Brotteaux tinha se dado por lei nunca contrariar o sentimento popular, sobretudo quando ele se mostrava absurdo e feroz, "porque então", dizia ele, "a voz do povo era a voz de Deus". Mas Brotteaux era inconsequente: declarou que aquele homem, capuchinho ou não, não tinha podido roubar a cidadã, de quem não se aproximara um só momento.

A multidão concluiu que o defensor do ladrão era seu cúmplice, e agora se falava em tratar os dois criminosos com rigor e, quando Gamelin defendia Brotteaux, os mais calmos falavam em mandá-lo com os outros dois para a seção.

Mas a linda garota de repente exclamou feliz que havia encontrado sua bolsa. Imediatamente foi coberta de gritos e ameaçada de ser espancada publicamente, como uma freira.

– Senhor – disse o religioso a Brotteaux –, eu lhe agradeço por ter tomado minha defesa. Meu nome importa pouco, mas tenho obrigação de lhe dizer: chamo-me Louis de Longuemare. Pertenço a uma ordem religiosa, de fato; mas não sou um capuchinho, como disseram essas mulheres. Bem longe disso: sou um clérigo regular da ordem dos barnabitas, que deu multidões de doutores e santos à Igreja. Não basta remontar sua origem a São Carlos Borromeu: deve-se considerar como seu verdadeiro fundador o apóstolo São Paulo, cujo monograma ele carrega em seu brasão. Tive de deixar meu convento, que se tornou a sede da seção da Pont-Neuf, e usar um hábito secular.

– Meu pai – disse Brotteaux, examinando a longa veste do sr. de Longuemare –, suas roupas atestam suficientemente que o senhor não renegou seu estado: ao vê-las, seria possível pensar que o senhor reformou sua ordem em vez de tê-la abandonado. E o senhor se expõe benevolamente, sob esse exterior austero, aos insultos de um populacho ímpio.

– Não posso, no entanto – respondeu o religioso –, vestir um casaco azul como um dançarino!

– Meu pai, o que digo de suas roupas é para prestar homenagem a seu caráter e alertá-lo contra os perigos que o senhor corre.

– Senhor, seria mais conveniente, ao contrário, encorajar-me a confessar minha fé. Porque sou inclinado demais a temer o perigo. Tirei meu hábito, senhor, o que é um modo de apostasia; teria querido, pelo menos, não abandonar a casa em que Deus me concedeu durante tantos anos a graça de uma vida tranquila e escondida. Obtive de morar ali; e eu ficava em minha célula, enquanto a igreja e o claustro foram transformados em uma espécie de pequena prefeitura, que eles chamaram de seção. Eu vi, senhor, eu vi os emblemas da verdade sagrada martelados; vi o nome do apóstolo Paulo substituído por um boné de condenado. Por vezes, eu até assistia aos conciliábulos da seção e os ouvia expressar erros espantosos. Por fim, deixei essa casa profanada e fui viver, com a pensão de 100 pistolas que a Assembleia me dá, em um estábulo cujos cavalos foram requisitados para o serviço dos exércitos. Lá rezo a missa diante de alguns fiéis, que vêm atestar a eternidade da Igreja de Jesus Cristo.

– Eu, meu pai – respondeu o outro –, se o senhor quiser saber, me chamo Brotteaux e já fui cobrador de impostos.

– Senhor – replicou o padre Longuemare –, eu sabia, pelo exemplo de São Mateus, que se pode esperar uma boa palavra de um cobrador de impostos.

– Meu pai, o senhor é honesto demais.

– Cidadão Brotteaux – disse Gamelin –, admire esse bom povo com mais fome de justiça do que de pão: cada um aqui estava pronto para abandonar seu lugar e ir castigar o ladrão. Esses homens, essas mulheres tão pobres, sujeitos a tantas privações, são de uma probidade severa e não podem tolerar um ato desonesto.

– É preciso convir – respondeu Brotteaux – que, em seu grande desejo de enforcar o ladrão, essas pessoas teriam dado um mau fim nesse bom religioso, em seu defensor e no defensor de seu defensor. A própria avareza deles e o amor egoísta que têm por seu bem os incitava a fazê-lo: o ladrão, ao atacar um deles, os ameaçava a todos; eles se preservavam punindo-o. De resto, é provável que a maioria desses trabalhadores e donas de casa seja proba e respeitosa com os bens alheios. Esses sentimentos foram inculcados neles desde a infância por seus pais e suas mães que os espancavam bastante, e lhes fizeram entrar as virtudes pela bunda.

Gamelin não escondeu do velho Brotteaux que tal linguagem lhe parecia indigna de um filósofo.

– A virtude – disse ele – é natural ao homem: Deus depositou seu germe no coração dos mortais.

O velho Brotteaux era ateu e tirava de seu ateísmo uma abundante fonte de delícias.

– Vejo, cidadão Gamelin, que, revolucionário no que pertence à terra, o senhor é, quanto ao céu, conservador e até reativo. Robespierre e Marat o são tanto quanto o senhor. E acho singular que os franceses, que não sofrem mais com um rei mortal, se obstinem em manter um imortal, muito mais tirânico e feroz. Pois o que é a Bastilha e mesmo a câmara ardente, diante do inferno? A humanidade copia seus deuses a partir de seus tiranos, e o senhor, que rejeita o original, fica com a cópia!

– Oh! Cidadão! – gritou Gamelin. – Não tem vergonha de empregar essa linguagem? E pode confundir as sombrias divindades concebidas pela ignorância e pelo medo com o Autor da natureza? A crença em um Deus bom é necessária à moral. O Ser Supremo é a fonte de todas as virtudes, e ninguém é republicano se não acreditar em Deus. Bem o sabia Robespierre, que fez tirar da sala dos Jacobinos aquele busto do filósofo Helvétius, culpado de ter disposto os franceses à servidão ao lhes ensinar o ateísmo... Espero, pelo menos, cidadão Brotteaux, que quando a República tiver instituído o culto da Razão, o senhor não recuse sua adesão a uma religião tão sábia.

– Tenho amor à razão, não o fanatismo por ela – respondeu Brotteaux. – A razão nos guia e nos ilumina; quando o senhor a tornar uma divindade, ela o cegará e o convencerá de crimes.

E Brotteaux continuou a raciocinar, com os pés na água que escorria na rua, como fizera outrora em uma das poltronas douradas do barão de Holbach, que, segundo sua expressão, serviam de fundamento à filosofia natural:

– Jean-Jacques Rousseau – disse ele –, que mostrou alguns talentos, especialmente na música, era um joão sem braço que pretendia derivar sua moralidade da natureza e que a retirava, na realidade, dos princípios de Calvino. A natureza nos ensina a nos entredevorar e nos dá o exemplo de todos os crimes e de todos os vícios que o estado social corrige ou dissimula. Devemos amar a virtude; mas é bom saber que se trata de um simples expediente imaginado pelos homens para viverem comodamente juntos. O que chamamos de moral não passa de um empreendimento desesperado de nossos semelhantes contra a ordem universal, que é a luta, a carnificina e o jogo cego de forças contrárias. Ele se destrói por si mesmo e, quanto mais penso nisso, mais me convenço de que o universo é enfurecido. Os teólogos e os filósofos, que apresentam Deus como autor da natureza e arquiteto do universo, fazem que ele pareça absurdo e perverso. Dizem que ele é bom porque o temem, mas são forçados a convir que age de maneira atroz. Atribuem-lhe uma malignidade raramente encontrada, mesmo na humanidade. E é assim que o tornam objeto de adoração na Terra. Pois nossa miserável raça não consagraria um culto a deuses justos e benévolos, do qual não tivesse nada a temer; ela não conservaria nenhum reconhecimento inútil por seus benefícios. Sem o purgatório e o inferno, o bom Deus seria apenas um pobre senhor.

– Senhor – disse o padre Longuemare –, não fale da natureza: não sabe o que é.

– Ora, eu a conheço tão bem quanto o senhor, padre!

– O senhor não pode saber, pois não tem religião, e só ela nos ensina o que é a natureza, no que é boa e como foi depravada. De resto, não espere que eu lhe responda: Deus não me deu, para refutar seus erros, nem o calor da linguagem nem a força do espírito. Temeria dar-lhe, por minha insuficiência, apenas oportunidades de blasfêmia e causas de endurecimento, e, quando sinto um vivo desejo de servi-lo, só recolheria como fruto de minha indiscreta caridade...

Esse discurso foi interrompido por um clamor imenso que, partindo da cabeceira da fila, avisou todo o agrupamento de famintos que a padaria estava abrindo suas portas. Começaram a avançar, mas com extrema lentidão. Um guarda nacional de serviço fazia entrar os compradores um por um. O padeiro, sua mulher e seu filho foram auxiliados na venda dos pães por dois comissários civis que, com uma fita tricolor no braço esquerdo, se certificavam de que o consumidor pertencia à seção e lhe entregavam apenas a parte proporcional às bocas que devia alimentar.

O cidadão Brotteaux fez da busca do prazer o único objetivo de sua vida: acreditava que a razão e os sentidos, os únicos juízes na ausência dos deuses, não poderiam conceber um outro. Ora, encontrando nas palavras do pintor um pouco de fanatismo e nas do religioso um pouco demais de simplicidade para sentir grande prazer nelas, esse homem sábio, a fim de conformar a conduta à sua doutrina nas atuais conjunturas, e aliviar a espera ainda longa, tirou do bolso escancarado do redingote vermelho-escuro seu Lucrécio, que permanecia seu mais caro deleite e sua verdadeira satisfação. A encadernação de marroquino vermelho estava com os ângulos gastos pelo uso, e o cidadão Brotteaux havia raspado prudentemente o brasão, as três ilhotas de ouro compradas com bom dinheiro vivo por seu pai. Ele abriu o livro no trecho em que o poeta filósofo, que deseja curar os homens das vãs angústias do amor, surpreende uma mulher nos braços de suas servas em um estado que ofenderia todos os sentidos de um amante. O cidadão Brotteaux leu esses versos, porém, não sem antes dar uma olhada na nuca dourada de sua linda vizinha nem sem respirar voluptuosamente a pele úmida dessa criadinha. O poeta Lucrécio tinha apenas uma sabedoria; seu discípulo Brotteaux tinha várias.

Lia, dando dois passos a cada quinze minutos. Em seu ouvido, encantado com as cadências graves e numerosas da musa latina, jorrava em vão a gritaria das comadres sobre a carestia do pão, do açúcar, do café, da vela e do sabão. Foi assim que chegou com serenidade à soleira da padaria. Atrás dele, Évariste Gamelin via, acima de sua cabeça, o maço de trigo dourado na grade de ferro que fechava a bandeira da porta.

Por sua vez, entrou na loja: as cestas e as prateleiras estavam vazias; o padeiro entregou-lhe o único pedaço de pão que sobrou e que não pesava nem 2 libras. Évariste pagou e fecharam o portão em seus calcanhares, com medo de que o povo em tumulto invadisse a padaria. Mas não era necessário temer isso: essa pobre gente, instruída na obediência por seus antigos opressores e por seus libertadores de agora, partiu com a cabeça baixa e arrastando as pernas.

Gamelin, ao chegar à esquina da rua, viu a cidadã Dumonteil sentada em um marco de pedra, com seu filho nos braços. Ela estava sem movimento, sem cor, sem lágrimas, sem olhar. A criança chupava seu dedo avidamente. Gamelin ficou na frente dela por um momento, tímido, incerto. Ela não parecia vê-lo.

Ele balbuciou algumas palavras, depois tirou do bolso a faca, um canivete com cabo de chifre, cortou seu pão ao meio e pôs a metade nos joelhos da jovem mãe, que olhou espantada; mas ele já havia dobrado a esquina.

Ao chegar a sua casa, Évariste encontrou a mãe sentada à janela, remendando as meias. Ele pôs alegremente o pão que sobrara na mão dela.

– Perdoe, minha boa mãe: cansado de ficar tanto tempo de pé, exausto de tanto calor, na rua, a caminho de casa, comi metade de nossa ração bocado por bocado. Quase não sobra sua parte.

E fingiu sacudir as migalhas de sua jaqueta.

CAPÍTULO VII

USANDO UM JEITO MUITO ANTIGO DE DIZER, a cidadã viúva Gamelin havia anunciado: "De tanto comer castanhas, viraremos castanhas". Naquele dia, 13 de julho, ela e o filho jantaram, ao meio-dia, mingau de castanha. Ao terminar essa refeição austera, uma senhora empurrou a porta e de repente encheu o estúdio com seu brilho e seus perfumes. Évariste reconheceu a cidadã Rochemaure. Acreditando que ela tinha se enganado de porta e procurava o cidadão Brotteaux, seu amigo de outrora, ele já pensava em mostrar-lhe o sótão do ex-aristocrata ou ir buscar Brotteaux, para poupar a uma elegante mulher de trepar por uma escada de moleiro; mas desde o início mostrou-se que era com o cidadão Évariste Gamelin que ela tinha coisas a tratar, porque se declarou feliz em conhecê-lo e em se dizer sua criada.

Eles não eram totalmente estranhos um ao outro: haviam se visto várias vezes no ateliê de David, em uma tribuna da Assembleia, nos jacobinos, no restaurante Vénua: ela o notara por sua beleza, sua juventude, seu ar interessante.

Usando um chapéu cheio de fitas como um *mirliton* e emplumado como o chapéu de um representante em uma missão, a cidadã Rochemaure estava de peruca, maquiada, almiscarada, cheia de pintas artificiais, com a carne que parecia fresca ainda mesmo sob tantos artifícios: esses truques violentos da moda traíam a pressa de viver e a febre daqueles dias terríveis de amanhãs incertos. Seu corpete de lapelas largas e abas amplas, reluzente com seus enormes botões de aço, era vermelho-sangue, e não se podia discernir, tanto ela se mostrava ao mesmo tempo aristocrata e revolucionária, se usava as cores das vítimas ou as do carrasco. Um jovem soldado, um dragão, a acompanhava.

Com uma longa bengala de madrepérola na mão, grande, bonita, ampla, os seios generosos, ela deu a volta no ateliê e, aproximando de seus olhos cinzentos o *lorgnon* de ouro com duas hastes, examinou as telas do pintor, sorrindo, exclamando, levada à admiração pela beleza do artista e lisonjeando para ser lisonjeada.

– O que é – perguntou a cidadã – essa pintura tão nobre e tão comovente de uma mulher suave e bela junto a um jovem doente?

Gamelin respondeu que se podia ver ali Orestes cuidado por Electra, sua irmã, e que, se ele tivesse podido terminá-lo, talvez fosse seu trabalho menos ruim.

– O tema – acrescentou – é tirado do "Orestes" de Eurípides. Eu havia lido, em uma tradução já antiga dessa tragédia, uma cena que me impressionou com admiração: aquela em que a jovem Electra, soerguendo o irmão em sua cama de doente, enxuga a espuma que lhe macula a boca, afasta de seus olhos os cabelos que o cegam e roga a esse querido irmão para ouvir o que ela vai lhe dizer no silêncio das Fúrias... Lendo e relendo essa tradução, senti como se uma névoa envolvesse as formas gregas e que eu não podia dissipar. Imaginava o texto original mais nervoso e com um acento diferente. Sentindo um forte desejo de ter uma ideia exata dele, fui pedir ao sr. Gail, que ensinava então grego no Collège de France (foi em 91), que me explicasse essa cena palavra por palavra. Quando lhe perguntei, ele me explicou e eu percebi que os antigos são muito mais simples e familiares do que se imagina. Assim, Electra diz a Orestes: "Irmão querido, como teu sono me alegrou! Queres que te ajude a te soerguer?". E Orestes responde: "Sim, ajuda-me, ergue-me e limpa esses restos de espuma presos à volta de minha boca e de meus olhos. Põe teu peito contra o meu e afasta minha cabeleira emaranhada de meu rosto: pois ela me esconde os olhos...". Pleno dessa poesia tão jovem e tão viva, dessas expressões ingênuas e fortes, esbocei o quadro que a senhora vê, cidadã.

O pintor, que, de hábito, falava tão discretamente sobre suas obras, não se calava sobre aquela. Incentivado por um sinal da cidadã Rochemaure, que levantou seu *lorgnon*, ele prosseguiu:

– Hennequin tratou como mestre os furores de Orestes. Mas Orestes comove-nos ainda mais em sua tristeza do que em seus furores. Que destino o seu! Foi por piedade filial, por obediência a ordens sagradas que ele cometeu esse crime do qual os deuses devem absolvê-lo, mas que os homens nunca perdoarão. Para vingar a justiça ultrajada, renegou a natureza, fez-se desumano, arrancou suas entranhas. Permanece orgulhoso sob o peso de seu horrível e virtuoso crime... Isso é o que eu gostaria de ter mostrado nesse grupo do irmão e da irmã.

Aproximou-se da tela e olhou para ela, complacente.

– Algumas partes – disse ele – estão quase acabadas; a cabeça e o braço de Orestes, por exemplo.

– É um detalhe admirável... E Orestes se parece com o senhor, cidadão Gamelin.

– A senhora acha? – disse o pintor com um sorriso grave.

Ela pegou a cadeira que Gamelin lhe estendeu. O jovem dragão se mantinha ao seu lado, com a mão no respaldo da cadeira onde ela estava sentada. Era possível ver aí que a Revolução se realizara, pois, no Antigo Regime, um homem nunca teria, em sociedade, sequer tocado com o dedo a poltrona em que se encontrava uma senhora, formada pela educação às obrigações, por vezes bastante rudes, da polidez, estimando, por sinal, que a contenção mantida em sociedade dá um valor singular ao abandono secreto e que, para perder o respeito, era preciso tê-lo.

Louise Masché de Rochemaure, filha de um tenente das caças do rei, viúva de um procurador e, durante vinte anos, amiga fiel do financista Brotteaux des Ilettes, tinha aderido aos novos princípios. Ela havia sido vista, em julho de 1790, cavando a terra do Champ de Mars. Sua inclinação decidida para os poderosos a levara facilmente dos feuillants aos girondinos e aos Montagnards, enquanto um espírito de conciliação, um ardor em tudo abraçar e um certo gênio de intriga ainda a ligavam aos aristocratas e aos contrarrevolucionários. Era uma pessoa muito sociável, frequentando cafés dançantes populares, teatros, restaurantes da moda, locais de jogos, salões, redações de jornais, antecâmaras de comitês. A Revolução lhe trazia novidades, diversões, sorrisos, alegrias, negócios, empreendimentos lucrativos. Tecendo intrigas políticas e galantes, tocando harpa, desenhando paisagens, cantando romanças, bailando danças gregas, dando jantares, recebendo mulheres bonitas, como a condessa de Beaufort e a atriz Descoings, mantendo mesas de 31 e *biribi*[1] a noite toda, e fazendo rolar o vermelho e o preto, ela ainda achava tempo para ser misericordiosa com os amigos. Curiosa, ativa, confusa, frívola, conhecendo os homens, ignorando as multidões, tão alheia às opiniões que compartilhava quanto às que devia repudiar, não entendendo absolutamente nada do que se passava na França, mostrava-se empreendedora, ousada e toda cheia de audácia por ignorância do perigo e por uma confiança ilimitada no poder de seus encantos.

O militar que a acompanhava estava na flor da juventude. Um capacete de cobre, enfeitado com pele de pantera e o topo adornado com uma crista de vivo escarlate, sombreava sua cabeça de querubim e derramava em suas costas uma longa e terrível crina. Sua jaqueta vermelha, de um talhe curto, tinha o cuidado de não descer até os rins para não esconder a curva elegante. Ele trazia um enorme sabre ao cinto, cujo punho em forma de bico de águia resplandecia. Calças com abertura em aba, de um azul suave, moldavam-lhe os músculos elegantes das pernas, e os galões de um azul-escuro desenhavam ricos arabescos em suas coxas. Tinha o ar de um dançarino paramentado para algum papel marcial e galante, em *Aquiles em Skyros* ou *As bodas de Alexandre*, por um aluno de David atento em moldar a forma.

Gamelin se lembrava vagamente de já tê-lo visto. Era, com efeito, o militar que ele encontrara quinze dias antes, arengando para o povo nas galerias do Théâtre de la Nation.

---

[1] Jogo de azar no qual se sorteavam números, que tinha alguma semelhança com a roleta. [N. T.]

A cidadã Rochemaure nomeou-o:

– O cidadão Henry, membro do Comitê Revolucionário da Seção de Direitos do Homem.

Ela vivia com ele atrás de suas saias, espelho de amor e atestado vivo de boa cidadania.

A cidadã felicitou Gamelin por seus talentos e perguntou se ele não consentiria em desenhar um padrão para uma modista por quem ela estava interessada. Ele trataria um assunto apropriado: uma dama experimentando uma echarpe na frente de uma penteadeira, por exemplo, ou uma jovem trabalhadora carregando uma caixa de chapéu debaixo do braço.

Como capazes de realizar um pequeno trabalho desse tipo, tinham lhe falado de Fragonard filho, do jovem Ducis e também de um chamado Prudhomme; mas ela preferiu dirigir-se ao cidadão Évariste Gamelin. Porém, ela não chegou a nada específico sobre essa questão, e sentia-se que havia avançado esse pedido unicamente para começar a conversa. Na verdade, tinha vindo para coisa bem diferente. Solicitava ao cidadão Gamelin um bom serviço: sabendo que ele conhecia o cidadão Marat, vinha pedir-lhe que a apresentasse ao Amigo do Povo, com quem desejava uma entrevista.

Gamelin respondeu que era um personagem pequeno demais para apresentá-la a Marat e que, além disso, ela não precisava de alguém para isso: Marat, embora sobrecarregado de ocupações, não era um homem inacessível como se acreditava. E Gamelin acrescentou:

– Ele a receberá, cidadã, se a senhora for infeliz: porque seu grande coração o torna acessível ao infortúnio e comovido com todos os sofrimentos. Ele a receberá se tiver alguma revelação a lhe fazer que interesse à segurança pública: ele consagrou seus dias a desmascarar os traidores.

A cidadã Rochemaure respondeu que ficaria feliz em saudar em Marat o ilustre cidadão que tinha prestado grandes serviços ao país, que era capaz de prestar a ele serviços ainda maiores, e que desejava pôr esse legislador em contato com homens bem-intencionados, filantropos favorecidos pela fortuna e capazes de proporcionar-lhe novos meios para satisfazer seu ardente amor pela humanidade.

– É desejável – acrescentou ela – fazer os ricos cooperarem com a prosperidade pública.

Na verdade, a cidadã havia prometido ao banqueiro Morhardt que o faria jantar com Marat.

Morhardt, suíço como o Amigo do Povo, tinha se ligado com vários deputados da Convenção, Julien (de Toulouse), Delaunay (de Angers) e o ex-capuchinho Chabot, para especular sobre as ações da Companhia das Índias. O jogo, muito simples, consistia em derrubar essas ações para 650 libras por meio de moções espoliativas, a fim de comprar o maior número possível a esse preço e então aumentá-las para 4 mil ou 5 mil libras por meio de moções tranquilizadoras. Mas Chabot, Julien e Delaunay foram descobertos. Suspeitava-se de Lacroix, Fabre d'Églantine e até Danton. O homem do ágio, o barão de Batz, procurava novos cúmplices na Convenção e aconselhou o banqueiro Morhardt a ver Marat.

Esse pensamento dos especuladores contrarrevolucionários não era tão estranho quanto parecia à primeira vista. Tais pessoas sempre tentaram se unir com os poderosos do momento, e por sua popularidade, por sua pena, por seu caráter, Marat era uma potência formidável. Os girondinos afundavam; os dantonistas, varridos pela tempestade, não governavam mais. Robespierre, o ídolo do povo, era de zelosa probidade, suspeitoso, e não se deixava abordar. Era importante se aproximar de Marat, garantir sua benevolência para quando se tornasse ditador, e tudo pressagiava que ele se tornaria: sua popularidade, sua ambição, sua ânsia de pregar os grandes meios. E talvez, no fim das contas, Marat restaurasse a ordem, as finanças, a prosperidade. Várias vezes se elevara contra os exaltados que concorriam com ele em patriotismo; já havia algum tempo denunciava os demagogos quase tanto quanto os moderados. Depois de ter excitado o povo a enforcar os atravessadores em suas lojas saqueadas, exortava os cidadãos à calma e à prudência; ele se tornava um homem de governo.

Apesar de certos rumores que semeavam sobre ele, como sobre todos os outros homens da Revolução, esses escumadores de ouro não o acreditavam corruptível, mas sabiam que era vaidoso e crédulo: esperavam conquistá-lo com lisonja e principalmente com familiaridade condescendente, que acreditavam ser a mais sedutora das lisonjas. Contavam, graças a ele, fazer subir ou baixar todos os valores que queriam comprar e revender, e levá-lo a servir aos seus interesses, acreditando agir apenas no interesse público.

Grande intermediária, embora estivesse ainda na idade dos amores, a cidadã Rochemaure se atribuíra a missão de reunir o jornalista legislador ao banqueiro, e sua extravagante imaginação lhe representava o homem dos porões, com as mãos ainda vermelhas do sangue de setembro, engajado no partido dos financistas de que ela era a agente, lançado, por sua própria sensibilidade e candura, em plena especulação, neste mundo que ela amava, de atravessadores, de fornecedores, de emissários do exterior, de crupiês e de mulheres galantes.

Insistiu para que o cidadão Gamelin a levasse ao Amigo do Povo, que não morava longe, na Rue des Cordeliers, perto da igreja. Depois de ter apresentado um pouco de resistência, o pintor cedeu aos desejos da cidadã.

O dragão Henry, convidado a se juntar a eles, recusou, alegando que pretendia conservar sua liberdade, mesmo em relação ao cidadão Marat, que, sem dúvida, havia prestado serviços à República, mas agora fraquejava: ele não tinha, em seu jornal, aconselhado o povo de Paris à resignação?

E o jovem Henry, em voz melodiosa, com longos suspiros, deplorou a República traída por aqueles em quem ela havia depositado suas esperanças: Danton rejeitando a ideia de um imposto sobre os ricos, Robespierre opondo-se à permanência das seções, Marat cujos pusilânimes conselhos cortavam o ímpeto dos cidadãos.

– Oh! – ele gritou. – Como esses homens parecem fracos aos olhos de Leclerc e Jacques Roux! Roux! Leclerc! Eis os verdadeiros amigos do povo!

Gamelin não ouviu essas palavras, que o teriam deixado indignado: ele tinha ido para a sala ao lado vestir seu casaco azul.

– A senhora pode se orgulhar de seu filho – disse a cidadã Rochemaure à cidadã Gamelin. – Ele é grande pelo talento e pelo caráter.

A cidadã viúva Gamelin deu, em resposta, uma boa apreciação de seu filho, porém sem se orgulhar dele diante de uma senhora de posição elevada, pois havia aprendido em sua infância que o primeiro dever dos pequenos é a humildade para com os grandes. Gostava de reclamar, tendo muito assunto a esse respeito e encontrando nas queixas um alívio para suas penas. Ela revelava seus males abundantemente àqueles que acreditava capazes de aliviá-los, e madame de Rochemaure parecia-lhe ser um desses. Assim, aproveitando o momento favorável, contou de um só fôlego a infelicidade da mãe e do filho, que morriam de fome. Não se vendiam mais quadros: a Revolução havia matado o comércio como se fosse com uma faca. A comida era escassa e cara...

E a boa senhora lançava suas lamentações com toda a volubilidade de seus lábios moles e sua língua espessa, a fim de ter despachado todas quando seu filho reaparecesse, cujo orgulho não teria aprovado tais queixas de modo algum. Esforçava-se para comover no menor tempo possível uma dama que considerava rica e influente, e para interessá-la no destino de seu filho. E ela sentia que a beleza de Évariste conspirava com ela para enternecer uma mulher bem-nascida.

Com efeito, a cidadã Rochemaure demonstrou sensibilidade: comoveu-se com a ideia dos sofrimentos de Évariste e de sua mãe e buscou os meios de suavizá-los. Ela faria que homens ricos, entre seus amigos, comprassem as obras do pintor.

– Porque – disse ela sorrindo – ainda há dinheiro na França, mas está escondido.

Melhor ainda: já que a arte estava perdida, encontraria um emprego com Morhardt ou com os irmãos Perregaux para Évariste, ou um lugar de escriturário com um fornecedor dos exércitos.

Depois refletiu que não era disso que um homem desse caráter precisava; e, após um momento de reflexão, fez sinal de que havia encontrado:

– Falta nomear ainda vários jurados junto ao Tribunal Revolucionário. Jurado, magistrado, eis o que convém ao seu filho.

Tenho relações com os membros do Comitê de Salvação Pública; conheço Robespierre, o velho; seu irmão janta frequentemente em minha casa. Falarei com eles. Farei que conversem com Montané, Dumas, Fouquier.

A cidadã Gamelin, emocionada e agradecida, levou o dedo à boca: Évariste estava entrando no ateliê.

Desceu a escada escura com a cidadã Rochemaure, cujos degraus de madeira e ladrilhos estavam cobertos de sujeira encruada.

Na Pont-Neuf, onde o sol, já baixo, alongava a sombra do pedestal que tinha sustentado o Cavalo de Bronze e que agora bandeiras com as cores da nação engalanavam, uma multidão de homens e mulheres do povo escutava, em pequenos grupos, cidadãos que falavam em voz baixa. A multidão, consternada, mantinha um silêncio cortado por intervalos de gemidos e gritos de cólera. Muitos estavam indo a passos rápidos em direção à Rue de Thionville, antes Rue Dauphine; Gamelin, tendo se esgueirado em um desses grupos, ouviu que Marat acabara de ser assassinado.

Aos poucos, a notícia se confirmava e se precisava: ele havia sido assassinado em sua banheira, por uma mulher que viera de Caen com o propósito de cometer esse crime.

Alguns acreditavam que ela havia fugido; mas a maioria disse que havia sido presa.

Eles estavam lá, todos, como um rebanho sem pastor.

Pensavam: "Marat, sensível, humano, que fazia o bem, Marat não está mais aí para nos guiar, ele, que nunca errou, que tudo adivinhou, que ousava revelar tudo! O que fazer, o que iria ser de nós? Perdemos nosso conselheiro, nosso defensor, nosso amigo". Sabiam de onde viera o golpe e quem dirigira o braço dessa mulher. Gemiam:

– Marat foi esfaqueado pelas mãos criminosas que querem nos exterminar. Sua morte é o sinal para a degola de todos os patriotas.

Relatavam-se de várias maneiras as circunstâncias dessa morte trágica e as últimas palavras da vítima; faziam-se perguntas sobre o assassino, do qual só se sabia que era uma jovem enviada pelos traidores federalistas. Mostrando unhas e dentes, as cidadãs mandavam a criminosa para o suplício e, achando a guilhotina clemente demais, reclamavam para esse monstro o chicote, a roda, o esquartejamento, e imaginavam novas torturas.

Guardas nacionais armados arrastaram um homem de aparência decidida para a seção. Suas roupas estavam em farrapos; fios de sangue escorriam por seu rosto pálido. Tinham-no surpreendido dizendo que Marat merecia seu destino, constantemente provocando saques e assassinatos. E foi com grande dificuldade que os milicianos conseguiram subtraí-lo da fúria popular. Apontavam-no como cúmplice do assassino, e ameaças de morte se elevavam à sua passagem.

Gamelin permaneceu estupidificado pela dor. Magras lágrimas secavam em seus olhos ardentes. À sua dor filial mesclavam-se uma solicitude patriótica e uma devoção popular que o dilaceravam.

Refletia: "Depois de Le Peltier, depois de Bourdon, Marat! Reconheço o destino dos patriotas: massacrados no Champ de Mars, em Nancy, em Paris, todos eles perecerão". E pensou no traidor Wimpfen, que ainda havia pouco, à frente de uma horda de 60 mil monarquistas, marchava sobre Paris, e que, se não tivesse sido barrado em Vernon pelos bravos patriotas, teria posto a fogo e a sangue a cidade heroica e condenada.

E quantos perigos ainda, quantos projetos criminosos, quantas traições, que só a sabedoria e vigilância de Marat podiam conhecer e frustrar! Quem saberia, depois dele, denunciar Custine, ocioso no campo de César e recusando-se a desbloquear Valenciennes, Biron inativo na Baixa Vendeia, permitindo que Saumur fosse capturada e Nantes assediada, Dillon traindo a pátria em Argonne?

No entanto, ao seu redor, de momento a momento, crescia o clamor sinistro:

– Marat morreu; os aristocratas o mataram!

Quando, com o coração pesado de dor, ódio e amor, ia prestar uma homenagem fúnebre ao mártir da liberdade, uma velha camponesa que usava a touca da região de Limoges aproximou-se dele e perguntou-lhe se esse sr. Marat, assassinado, não era o sr. cura Mara, de Saint-Pierre-de-Queyroix.

CAPÍTULO VIII

NA VÉSPERA DA FESTA, por uma noite calma e clara, Élodie, no braço de Évariste, caminhava pelo campo da Federação. Trabalhadores terminavam apressadamente de erguer colunas, estátuas, templos, uma montanha, um altar. Símbolos gigantescos – o Hércules popular brandindo sua clava, a Natureza regando o universo com suas mamas inesgotáveis – se erguiam de repente na capital que estava nas garras da fome, no terror, receando ouvir, na estrada de Meaux, os canhões austríacos. A Vendeia vingava seu fracasso diante de Nantes com vitórias ousadas. Um círculo de ferro, de chamas e de ódio cercou a grande cidade revolucionária. E, no entanto, ela recebia com magnificência, como a soberana de um vasto império, os deputados das assembleias primárias que tinham aceitado a constituição. O federalismo estava vencido: a República, una e indivisível, venceria todos os seus inimigos.

Estendendo o braço para a planície populosa:

– Foi lá – disse Évariste – que, em 17 de julho de 91, o infame Bailly mandou fuzilar o povo ao pé do altar da pátria. O granadeiro Passavant, testemunha do massacre, voltou para casa, rasgou seu uniforme, gritou: "Jurei morrer com a liberdade; ela não existe mais: eu morro". E estourou seus miolos.

No entanto, os artistas e os burgueses tranquilos examinavam os preparativos para a festa, e se lia em seu rosto um amor pela vida tão morno quanto a própria vida deles: os maiores acontecimentos, entrando em sua mente, diminuíam para o tamanho deles e tornavam-se insípidos como eles. Cada casal ia carregando nos braços, ou arrastando pela mão, ou fazendo correr diante de si, filhos que não eram mais bonitos do que seus pais e não prometiam tornar-se mais felizes, e que dariam vida também a outros filhos tão medíocres quanto eles em alegria e beleza. E às vezes se via uma alta e bonita moça que, à sua passagem, inspirava nos jovens um generoso desejo, aos velhos a nostalgia pela doce vida.

Perto da Escola Militar, Évariste mostrou a Élodie estátuas egípcias desenhadas por David a partir de modelos romanos da época de Augusto. Ouviram então um velho parisiense empoado exclamar:

– Parece que estamos nas margens do Nilo!

Depois de três dias sem ver seu amigo, graves acontecimentos haviam ocorrido no Amor Pintor. O cidadão Blaise fora denunciado ao Comitê de Segurança Geral por fraude nos suprimentos. Felizmente, o comerciante de gravuras era conhecido em sua seção: o Comitê de Vigilância da seção de Piques garantiu seu civismo ao Comitê de Segurança Geral e deu plenas justificações.

Tendo contado esse acontecimento com emoção, Élodie acrescentou:

– Estamos tranquilos agora, mas o alerta foi quente. Faltou pouco para que meu pai fosse preso. Se o perigo tivesse durado mais algumas horas, eu teria ido lhe pedir, Évariste, que falasse em favor dele a seus amigos influentes.

Évariste não respondeu. Élodie estava longe de perceber a profundidade desse silêncio.

Foram, de mãos dadas, ao longo das margens do Sena. Falaram da mútua ternura na linguagem de Julie e de Saint-Preux: o bom Jean-Jacques dava-lhes os meios para pintar e enfeitar o amor deles.

A municipalidade havia realizado o milagre de fazer reinar a abundância por um dia na cidade faminta. Uma feira se instalara na Place des Invalides, às margens do rio: mercadores vendiam, em barracas, salames, linguiças, chouriços, presuntos cobertos de louros, bolos de Nanterre, pães de especiarias, panquecas, pães de 4 libras, limonada e vinho. Também havia lojas que vendiam canções patrióticas, distintivos e fitas tricolores, bolsas, correntes de latão e todo tipo de pequenas joias. Parando na janela de um humilde joalheiro, Évariste escolheu um anel de prata no qual se via em relevo a cabeça de Marat envolvida em um lenço. E ele o colocou no dedo de Élodie.

Gamelin foi naquela noite à Rue de l'Arbre-Sec, na casa da cidadã Rochemaure, que o chamara para tratar de um negócio urgente. Ele a encontrou em seu quarto de dormir, esticada em uma espreguiçadeira, em um elegante *négligé*.

Ao mesmo tempo que a atitude da cidadã exprimia um voluptuoso langor, tudo ao seu redor denunciava suas graças, seus passatempos, seus talentos: uma harpa perto do cravo entreaberto; um violão em uma poltrona; um bastidor de bordados em que estava montado um tecido de cetim; sobre a mesa, uma miniatura esboçada, papéis, livros; uma biblioteca em desordem como se tivesse sido devastada por uma bela mão tão ávida por conhecer quanto por sentir. Ela lhe deu sua mão para beijar e disse:

– Olá, cidadão jurado! Ainda hoje, Robespierre, o Velho, me deu uma carta em seu favor para o presidente Herman, uma carta muito bem redigida, que dizia mais ou menos: "Estou lhe indicando o cidadão Gamelin, louvável por seus talentos e por seu patriotismo. Fiz questão de lhe apresentar um patriota que tem princípios e uma conduta firme na linha revolucionária. O senhor não deixará passar uma oportunidade de servir a um republicano...". Levei essa carta sem abri-la ao presidente Herman, que me recebeu com polidez delicada e imediatamente assinou sua indicação. Está feito.

Gamelin, depois de um momento de silêncio:

– Cidadã – disse ele –, embora eu não tenha um pedaço de pão para dar a minha mãe, juro por minha honra que aceito as funções de jurado apenas para servir a República e vingá-la de todos os seus inimigos.

A cidadã julgou o agradecimento frio e o cumprimento severo. Suspeitou que Gamelin não tivesse delicadeza. Mas ela amava demais a juventude para não perdoá-la por alguma aspereza. Gamelin era bonito: ela encontrava qualidades nele. "Nós o moldaremos", pensou ela. E convidou-o para suas ceias: ela recebia todas as noites depois do teatro.

– O senhor vai conhecer em casa pessoas de espírito e de talento: Elleviou, Talma, a cidadã Vigée, que inventa pequenos versos com maravilhosa habilidade. O cidadão François leu-nos sua *Pamela*, que está sendo ensaiada agora no Théatre de la Nation. O estilo é elegante e puro, como tudo o que sai da pena do cidadão François. A peça é comovente: nos fez chorar. É a jovem Lange que fará o papel de Pamela.

– Confio em seu julgamento, cidadã – respondeu Gamelin. – Mas o Théâtre de la Nation é pouco nacional. E é uma pena para o cidadão François que as suas obras sejam montadas nas pranchas aviltadas pelos versos miseráveis de Laya: o escândalo do *Amigo das leis* não foi esquecido...

– Cidadão Gamelin, deixo Laya para o senhor: ele não está entre meus amigos.

Não foi por pura bondade que a cidadã usou seu crédito a fim de fazer nomear Gamelin para um cargo invejado: depois do que ela havia feito e do que porventura fizesse ainda por ele, esperava aproximá-lo firmemente dela e garantir um apoio em uma justiça da qual talvez pudesse vir a necessitar, uma hora ou outra, porque, afinal, ela enviava muitas cartas na França e para o exterior, e tais correspondências eram então suspeitas.

– Costuma ir ao teatro, cidadão?

Naquele momento, o dragão Henry, mais encantador do que o jovem Batilo, entrou na sala. Duas enormes pistolas estavam enfiadas em seu cinto.

Ele beijou a mão da bela cidadã, que lhe disse:

– Aqui está o cidadão Évariste Gamelin por quem passei o dia no Comitê de Segurança Geral e que não me agradece. Repreenda-o.

– Ah, cidadã! – gritou o soldado. – A senhora acabou de ver nossos legisladores nas Tulherias. Que visão angustiante! Os representantes de um povo livre deveriam sentar-se sob os lambris de um déspota? Os mesmos lustres acesos há pouco sobre as tramas de Capeto e sobre as orgias de Antonieta hoje iluminam a vigília de nossos legisladores. Isso faz a natureza estremecer.

– Meu amigo, felicite o cidadão Gamelin – respondeu ela. – Foi nomeado jurado no Tribunal Revolucionário.

– Meus cumprimentos, cidadão! – disse Henry. – Fico feliz em ver um homem com seu caráter investido nessas funções. Mas, para falar a verdade, tenho pouca confiança nessa justiça metódica, criada pelos moderados da Convenção, nessa nêmesis indulgente que poupa os conspiradores, poupa os traidores, mal ousa atingir os federalistas e tem medo de chamar a Austríaca ao banco dos réus. Não, não é o Tribunal Revolucionário que salvará a República. São bastante culpados aqueles que, na situação desesperadora em que nos encontramos, travaram o impulso da justiça popular!

– Henry – disse a cidadã Rochemaure –, dê-me esse frasco...

Voltando para casa, Gamelin encontrou sua mãe e o velho Brotteaux jogando *piquet*[1] à luz de uma vela enfumaçada. A cidadã anunciava, sem vergonha, "trio de reis".

Ao saber que o filho era jurado, beijou-o com transporte, pensando que era para os dois uma grande honra e que a partir de então ambos comeriam todos os dias.

– Estou orgulhosa e feliz de ser mãe de um jurado – disse ela. – É uma coisa bela essa justiça, e a mais necessária de todas: sem justiça, os fracos ficariam humilhados a cada momento. E creio que você julgará bem, meu Évariste: pois, desde a infância, vi que é justo e benevolente em todas as coisas. Você não suportava a iniquidade e, de acordo com suas forças, se opunha à violência. Você tinha pena dos infelizes, e esse é o mais belo galardão de um juiz... Mas diga-me, Évariste, como vocês se vestem nesse grande tribunal?

---

1 Jogo de baralho com 32 cartas em que cada jogador deve reunir o maior número de cartas do mesmo naipe. [N. T.]

Gamelin respondeu que os juízes usavam chapéus com plumas pretas, mas que os jurados não tinham uniforme e usavam seus trajes normais.

– Seria melhor – respondeu a cidadã – se usassem a beca e a peruca: pareceriam mais respeitáveis. Embora vestido com negligência na maioria das vezes, você é bonito e orna suas roupas; mas a maioria dos homens tem necessidade de algum ornamento para parecer considerável: seria melhor se os jurados usassem beca e peruca.

A cidadã tinha ouvido falar que as funções de jurado no tribunal rendiam alguma coisa; ela não pensou em perguntar se ganhavam o bastante para viver honestamente, pois um jurado, ela imaginava, deve ter uma boa aparência na sociedade.

Ficou satisfeita em saber que os jurados recebiam uma indenização de 18 libras por sessão e que a multidão de crimes contra a segurança do Estado os obrigaria a se reunir com muita frequência.

O velho Brotteaux recolheu as cartas, levantou-se e disse a Gamelin:

– Cidadão, o senhor está investido de uma magistratura augusta e temível. Felicito-o por emprestar as luzes de sua consciência a um tribunal mais seguro e talvez menos falível do que qualquer outro, porque busca o bem e o mal, não neles próprios e em sua essência, mas apenas na relação com interesses tangíveis e sentimentos evidentes. O senhor terá de se decidir entre o ódio e o amor, o que se faz espontaneamente, não entre a verdade e o erro, cujo discernimento é impossível para a fraca mente dos homens. Julgando a partir dos movimentos do coração deles, o senhor não arrisca a se enganar, já que o veredicto será bom, desde que satisfaça as paixões que são a lei sagrada dos senhores. Mas, não importa, se eu fosse seu presidente, faria como Bridoie, e confiaria na sorte do jogo de dados. Em matéria de justiça, ainda é o mais seguro.

CAPÍTULO IX

ÉVARISTE GAMELIN deveria tomar posse em 14 de setembro, durante a reorganização do tribunal, dividido agora em quatro seções, com quinze jurados em cada uma. As prisões estavam transbordando; o promotor público trabalhava dezoito horas por dia. Às derrotas dos exércitos, às revoltas das províncias, às conspirações, aos complôs, às traições, a Convenção opôs o terror. Os deuses tinham sede.

O primeiro passo do novo jurado foi fazer uma visita deferente ao presidente Herman, que o encantou com a suavidade de sua linguagem e a amenidade de seu tratamento. Compatriota e amigo de Robespierre, cujos sentimentos ele compartilhava, revelava um coração sensível e virtuoso. Era inteiramente impregnado desses sentimentos humanos, por muito tempo alheios aos corações dos juízes e que fazem a glória eterna de um Dupaty e de um Beccaria. Ele se congratulava com o abrandamento dos costumes que havia se manifestado na ordem judiciária, pela supressão da tortura e dos suplícios ignominiosos ou cruéis. Alegrava-se ao ver a pena de morte, outrora prodigalizada e servindo ainda havia pouco para a repressão de delitos menores, tornar-se mais rara e reservada aos grandes crimes. De sua parte, como Robespierre, a teria alegremente abolido, em tudo o que não dizia respeito à segurança pública. Mas ele acreditava que trairia o Estado ao não punir com a morte os crimes cometidos contra a soberania nacional.

Todos os seus colegas pensavam assim: a velha ideia monárquica da razão de Estado inspirava o Tribunal Revolucionário. Oito séculos de poder absoluto haviam formado seus magistrados, e é com base nos princípios do direito divino que julgava os inimigos da liberdade.

Évariste Gamelin se apresentou, no mesmo dia, perante o promotor público, cidadão Fouquier, que o recebeu no gabinete onde trabalhava com seu escrivão. Era um homem robusto, com voz rude, olhos de gato, que trazia no largo rosto cheio de bexigas, na tez de chumbo, o indício da devastação provocada por uma existência sedentária e reclusa a homens vigorosos, feitos para grandes atividades ao ar livre e exercícios violentos. Os dossiês erguiam-se à sua volta como as paredes de um sepulcro e, de modo visível, ele gostava daquela papelada terrível que parecia querer sufocá-lo. Suas palavras eram de um magistrado laborioso, aplicado aos seus deveres e cujo espírito não ia além do círculo de suas funções. Seu hálito quente cheirava à aguardente que tomava para se sustentar e que não parecia subir a seu cérebro, tanto conservava lucidez em suas palavras sempre medíocres.

Vivia em um pequeno apartamento do Palais, com sua jovem esposa, que lhe dera dois gêmeos. Essa jovem, a tia Henriette e a criada Pélagie compunham todos os habitantes de sua casa. Ele era suave e bom com essas mulheres. Enfim, um excelente homem na família e na profissão, sem muitas ideias e sem nenhuma imaginação.

Gamelin não pôde deixar de notar com certo desagrado o quanto esses magistrados da nova ordem se assemelhavam no espírito e nas maneiras aos magistrados do Antigo Regime. Porque eles o eram: Herman havia exercido as funções de advogado-geral no conselho de Artois; Fouquier foi um ex-promotor no Châtelet. Tinham mantido esse caráter. Mas Évariste Gamelin acreditava na palingênese revolucionária.

Saindo do escritório do promotor, atravessou a galeria do Palais e parou diante das lojas onde todos os tipos de objetos eram expostos com arte. Folheou, na banca da cidadã Tenot, obras históricas, políticas e filosóficas: *As cadeias da escravidão*; *Ensaio sobre o despotismo*; *Os crimes das rainhas*. "Já era hora!", ele pensou, "são escritos republicanos!" e perguntou à livreira se vendia muitos desses livros. Ela abanou a cabeça:

– Só se vendem canções e romances.

E, puxando um pequeno volume de uma gaveta:

– Aqui – acrescentou ela –, algo bom.

Évariste leu o título: *A freira em camisa*.

Ele encontrou em frente à loja próxima Philippe Desmahis que, soberbo e terno, entre as águas de cheiro, pós e sachês da cidadã Saint-Jorre, assegurou à bela comerciante seu amor, prometendo-lhe fazer seu retrato e pediu-lhe um momento de conversa no Jardim das Tulherias à noite. Era bonito. A persuasão fluía de seus lábios e jorrava de seus olhos. A cidadã Saint-Jorre o escutava em silêncio e, pronta a acreditar, baixava os olhos.

Para se familiarizar com as funções terríveis das quais era investido, o novo jurado quis, misturado com o público, assistir a um julgamento do tribunal. Subiu a escada em que um povo imenso estava sentado como em um anfiteatro e entrou no antigo salão do Parlamento de Paris.

Sufocava-se para ver julgar algum general. Pois então, como dizia o velho Brotteaux, "a Convenção, seguindo o exemplo do governo de Sua Majestade britânica, fazia julgar os generais derrotados, na ausência dos generais traidores, que, estes, não se deixavam julgar. Não é", acrescentava Brotteaux, "que um general vencido seja necessariamente criminoso, é necessário que haja um em cada batalha. Mas nada melhor do que condenar um general à morte para dar coragem aos outros...".

Já haviam passado vários deles pelo assento do acusado, desses soldados levianos e teimosos, cérebros de passarinho em crânios de boi. Aquele ali não sabia quase nada sobre os cercos e batalhas que travou, não mais do que os magistrados que o interrogavam: a acusação e a defesa se perdiam nos números de homens, nos objetivos, nas munições, nas marchas e contramarchas. E a multidão de cidadãos que seguia esses debates obscuros e intermináveis via por trás do militar imbecil a pátria aberta e dilacerada, sofrendo com mil mortes; e, com seus olhares e suas vozes, instavam os jurados, tranquilos em seus bancos, a darem o veredicto como um golpe de clava nos inimigos da República.

Évariste o sentia ardentemente: o que era preciso golpear nesse miserável eram os dois monstros horríveis que dilaceravam a Pátria: a revolta e a derrota. Não se tratava, realmente, de saber se aquele militar era inocente ou culpado! Quando a Vendeia recuperava a coragem, quando Toulon se rendia ao inimigo, quando o exército do Reno recuava diante dos vencedores de Mainz, quando o exército do Norte, retirado ao acampamento de César, podia ser tomado facilmente pelos imperiais, pelos ingleses, holandeses, senhores de Valenciennes, o que importava era instruir os generais a vencer ou morrer. Vendo esse soldado aleijado e pasmado, que, na audiência, se perdia em seus mapas como se perdera lá longe, nas planícies do Norte, Gamelin, para não gritar com o público: "À morte!", saiu precipitadamente da sala.

Na assembleia da seção, o novo jurado recebeu as felicitações do presidente Olivier, que o fez jurar sobre o antigo altar-mor dos barnabitas, transformado em altar da pátria, para sufocar em sua alma, pelo sagrado nome da humanidade, toda fraqueza humana.

Gamelin, com a mão levantada, invocou como testemunha de seu juramento os manes augustos de Marat, mártir da liberdade, cujo busto acabava de ser instalado diante de um pilar da ex-igreja, em frente ao busto de Le Peltier.

Alguns aplausos ressoaram, misturados com murmúrios. A assembleia estava agitada. Na entrada da nave, um grupo de secionários armados com lanças vociferava.

– É antirrepublicano – disse o presidente – portar armas em uma reunião de homens livres.

E ordenou que os fuzis e as lanças fossem depositados imediatamente na ex-sacristia.

Um corcunda, olho vivo e lábios arrebitados, o cidadão Beauvisage, do Comitê de Vigilância, veio ocupar o púlpito que se tornara tribuna, encimada por um boné vermelho.

– Os generais nos traem – disse ele – e entregam nossos exércitos ao inimigo. Os imperiais conduzem grupos de cavalaria em torno de Péronne e Saint-Quentin. Toulon foi entregue aos ingleses, que desembarcaram lá 14 mil homens. Os inimigos da República conspiram no seio da própria Convenção. Na capital, inumeráveis complôs são urdidos para libertar a Austríaca. Neste momento em que falo, corre o boato de que o filho do Capeto, escapado do Templo, está sendo levado em triunfo para Saint-Cloud: querem reerguer o trono do tirano em favor dele. A carestia dos víveres e a depreciação dos *assignats* são o efeito das manobras realizadas em nossos lares, sob nossos olhos, por agentes do estrangeiro. Em nome da salvação pública, conclamo o cidadão jurado a ser implacável para com os conspiradores e os traidores.

Enquanto descia da tribuna, vozes se erguiam na assembleia: "Abaixo o Tribunal Revolucionário! Abaixo os moderados!".

Gordo e com uma tez florida, o cidadão Dupont, o Velho, carpinteiro da Place de Thionville, subiu à tribuna, ansioso, dizia ele, por fazer uma pergunta ao cidadão jurado. E perguntou a Gamelin qual seria sua atitude no caso dos Brissotins e da viúva Capeto.

Évariste era tímido e não sabia falar em público. Mas a indignação o inspirou. Levantou-se, pálido, e disse com uma voz surda:

– Sou um magistrado. Dependo apenas de minha consciência. Qualquer promessa que eu lhe fizesse seria contrária a meu dever. Devo falar no tribunal e calar-me em todos os outros lugares. Eu não o conheço mais. Sou juiz: não conheço nem amigos nem inimigos.

A assembleia, diversa, incerta e flutuante, como todas as assembleias, aprovou. Mas o cidadão Dupont, o Velho, voltou ao ataque; não perdoava Gamelin por ocupar um lugar que ele próprio havia cobiçado.

– Entendo – disse ele – e até aprovo os escrúpulos do cidadão jurado. Dizem que é um patriota: cabe-lhe ver se sua consciência lhe permite sentar-se em um tribunal destinado a destruir os inimigos da República, mas determinado a poupá-los. Há cumplicidades que um bom cidadão deve evitar. Não se comprovou que vários jurados deste tribunal se deixaram corromper pelo ouro dos acusados e que o presidente Montané cometeu uma falsificação para salvar a cabeça da jovem Corday?

Com essas palavras, a sala ressoou com aplausos vigorosos. Os últimos ecos ainda estavam subindo às abóbodas, quando Fortuné Trubert subiu à tribuna. Tinha emagrecido muito nos últimos meses. Sob seu rosto pálido, as vermelhas maçãs varavam a pele; suas pálpebras estavam inflamadas e suas pupilas, vidradas.

– Cidadãos – disse com uma voz fraca e um pouco ofegante, estranhamente penetrante –, não se pode suspeitar do Tribunal Revolucionário sem, ao mesmo tempo, suspeitar da Convenção e do Comitê de Salvação Pública de onde emana. O cidadão Beauvisage alarmou-nos ao mostrar-nos o presidente Montané alterando o procedimento em favor de um culpado. Por que não acrescentou, para nossa tranquilidade, que, com a denúncia do acusador público, Montané foi destituído e preso? Não é possível garantir a salvação pública sem lançar suspeitas por todos os lugares? Não há mais talentos ou virtudes na Convenção? Robespierre, Couthon e Saint-Just não são homens honestos? É notável que os comentários mais violentos sejam feitos por indivíduos que nunca foram vistos lutando pela República! Não falariam de outro modo se quisessem torná-la odiosa. Cidadãos, menos barulho e mais trabalho! É com canhões, e não com gritaria, que salvaremos a França. Metade dos porões da seção ainda não foi revirada. Vários cidadãos ainda detêm quantidades consideráveis de bronze. Lembremos aos ricos que as doações patrióticas são, para eles, o melhor dos seguros. Recomendo à sua generosidade as filhas e esposas de nossos soldados que se cobrem de glória na fronteira e no Loire. Um deles, o hussardo Pommier (Augustin), anteriormente aprendiz de *sommelier*, Rue de Jérusalem, dia 10 do mês passado, diante de Condé, levando cavalos para beber, foi agredido por seis cavaleiros austríacos: matou dois e trouxe os outros como prisioneiros. Peço que a seção declare que Pommier (Augustin) cumpriu seu dever.

Esse discurso foi aplaudido e os secionários se separaram com gritos de "Viva a República!".

Deixado sozinho na nave com Trubert, Gamelin apertou-lhe a mão:

– Obrigado. Como vai você?

– Eu, muito bem, muito bem! – respondeu Trubert, cuspindo sangue em seu lenço com um soluço. – A República tem muitos inimigos dentro e fora; e nossa seção tem um número bastante grande deles. Não é com gritaria, mas com ferro e leis que se fundam os impérios... Boa noite, Gamelin: tenho algumas cartas para escrever.

E foi embora, com o lenço sobre os lábios, para a ex-sacristia.

A cidadã viúva Gamelin, com sua insígnia patriótica agora mais bem ajustada a sua touca, adquirira, da noite para o dia, uma gravidade burguesa, um orgulho republicano e a digna postura própria à mãe de um cidadão juramentado. O respeito pela justiça, no qual ela havia sido criada, a admiração que, desde a infância, lhe inspiravam a beca e o jabô, o santo terror que sempre sentira ao ver esses homens a quem o próprio Deus cede na Terra seu direito de vida e de morte, esses sentimentos tornavam augusto, venerável e santo esse filho, que até recentemente ela ainda acreditava ser quase uma criança. Em sua simplicidade, concebia a continuidade da justiça através da Revolução tão fortemente quanto os legisladores da Convenção concebiam a continuidade do Estado na mutação dos regimes, e o Tribunal Revolucionário lhe pareceu igual em majestade a todas as antigas jurisdições que ela aprendera a reverenciar.

O cidadão Brotteaux demonstrava interesse mesclado com surpresa e deferência forçada pelo jovem magistrado. Como a cidadã viúva Gamelin, considerava a continuidade da justiça através dos regimes; mas, ao contrário dessa senhora, desprezava os tribunais revolucionários tanto quanto os tribunais do Antigo Regime. Não ousando expressar abertamente seu pensamento, e incapaz de se decidir a calar-se, ele se lançou em paradoxos que Gamelin compreendia apenas o suficiente para suspeitar de seu incivismo.

– O augusto tribunal onde o senhor vai se instalar em breve – disse-lhe uma vez – foi instituído pelo Senado francês para a salvação da República; e certamente foi um pensamento virtuoso de nossos legisladores dar juízes aos seus inimigos. Eu entendo a generosidade disso, mas não acredito que seja política. Teria sido mais hábil por parte deles, me parece, atingir na sombra seus adversários mais irreconciliáveis e ganhar os outros com dons ou promessas. Um tribunal ataca lentamente e causa menos danos do que medo: é, sobretudo, exemplar. O inconveniente do seu é que reconcilia todos aqueles que assusta e, assim, transforma uma chusma de interesses e paixões conflitantes em um grande partido capaz de ação comum e poderosa. Os senhores semeiam o medo: é o medo, mais do que a coragem, que dá origem aos heróis; possa o senhor, cidadão Gamelin, não ver explodindo contra si, um dia, os prodígios do medo!

O gravador Desmahis, apaixonado, naquela semana, por uma moça do Palais-Égalité, a morena Flora, uma gigante, tinha no entanto encontrado cinco minutos para felicitar seu camarada e dizer-lhe que tal nomeação honrava grandemente as artes plásticas.

A própria Élodie, embora, sem saber, odiasse todas as coisas revolucionárias, e que temia cargos públicos como os rivais mais perigosos que pudessem disputar o coração de seu amante, a terna Élodie sofria a ascendência de um magistrado chamado a decidir em matérias capitais. Além disso, a nomeação de Évariste para as funções de jurado produziu em torno dela efeitos felizes, que alegraram sua sensibilidade: o cidadão Jean Blaise veio à oficina da Place de Thionville para abraçar o jurado com um transbordamento de ternura masculina.

Como todos os contrarrevolucionários, ele tinha consideração pelos poderes da República e, desde que fora denunciado por fraude no abastecimento do exército, o Tribunal Revolucionário inspirava-lhe um temor respeitoso. Ele se via como um personagem notório demais e envolvido demais em muitos negócios para desfrutar de uma segurança perfeita: o cidadão Gamelin parecia-lhe um homem a ser bem tratado. Enfim, era bom cidadão, amigo da lei.

Estendeu a mão ao pintor magistrado, mostrou-se cordial e patriota, favorável às artes e à liberdade. Gamelin, generoso, apertou aquela mão estendida com largueza.

– Cidadão Évariste Gamelin – disse Jean Blaise –, apelo à sua amizade e aos seus talentos. Levo o senhor por 48 horas ao campo: o senhor desenhará e nós conversaremos.

Várias vezes, todo ano, o negociante de estampas tirava dois ou três dias na companhia de pintores que desenhavam, por suas indicações, paisagens e ruínas. Percebendo com habilidade o que poderia agradar ao público, trazia desses passeios peças que, acabadas no ateliê e gravadas com espírito, resultavam em estampas em sanguínea ou em cores, das quais tirava bom proveito. A partir desses esboços, mandava também fazer pinturas para bandeiras de portas e painéis, que vendiam tanto e melhor do que as obras decorativas de Hubert Robert.

Dessa vez, ele queria levar o cidadão Gamelin para esboçar edifícios pitorescos, de tanto, para ele, que o jurado fizera crescer o pintor. Dois outros artistas iriam juntos, o gravador Desmahis, que desenhava bem, e o obscuro Philippe Dubois, que trabalhava excelentemente no gênero de Robert. De acordo com o costume, a cidadã Élodie e sua camarada, a cidadã Hasard, acompanhavam os artistas. Jean Blaise, que sabia conjugar a preocupação por seus interesses com o cuidado por seus prazeres, tinha também convidado para esse passeio a cidadã Thévenin, atriz do Vaudeville, que passava por sua boa amiga.

CAPÍTULO X

SÁBADO, ÀS SETE HORAS DA MANHÃ, o cidadão Blaise, com chapéu preto de dois bicos, colete escarlate, calças de couro e bota amarela com borda, bateu com o cabo de seu chicote na porta do ateliê. A cidadã viúva Gamelin estava lá em honesta conversa com o cidadão Brotteaux, enquanto Évariste amarrava sua gravata branca alta na frente de um pequeno pedaço de espelho.

– Boa viagem, sr. Blaise! – disse a cidadã. – Mas, como vão pintar paisagens, leve então o sr. Brotteaux, que é pintor.

– Pois bem! – disse Jean Blaise. – Cidadão Brotteaux, venha conosco.

Quando se certificou de que não seria importuno, Brotteaux, de humor sociável e amigo dos divertimentos, aceitou.

A cidadã Élodie tinha subido os quatro andares para beijar a viúva Gamelin, a quem chamava de sua boa mãe. Estava toda vestida de branco e cheirava a lavanda.

Uma velha berlina ambulante, com dois cavalos, a capota abaixada, esperava na praça. Rose Thévenin ficou no fundo com Julienne Hasard. Élodie fez a atriz ficar à direita, sentou-se à esquerda e dispôs a esguia Julienne entre ambas. Brotteaux ficou atrás, em frente da cidadã Thévenin; Philippe Dubois, diante da cidadã Hasard; Évariste, em frente a Élodie. Quanto a Philippe Desmahis, ele erguia seu torso atlético no banco do cocheiro, à esquerda, a quem surpreendeu ao lhe dizer que em certo país da América as árvores davam chouriços e salames.

O cidadão Blaise, excelente cavaleiro, fazia o caminho a cavalo e saiu na frente para não receber o pó da berlina.

Enquanto as rodas giravam sobre o pavimento do subúrbio, os viajantes esqueciam suas preocupações; e, ao ver os campos, as árvores, o céu, seus pensamentos tornaram-se sorridentes e suaves. Élodie imaginava ter nascido para criar galinhas com Évariste, juiz de paz de uma aldeia, à beira de um rio, perto de um bosque. Os olmos do caminho fugiam ao passarem. Na entrada das aldeias, os mastins lançavam-se de lado contra o carro e latiam para as patas dos cavalos, enquanto um grande spaniel deitado de atravessado no calçamento erguia-se com relutância; as galinhas voejavam esparsas e, para fugir, atravessavam a estrada; os gansos, em tropa compacta, afastavam-se lentamente. Crianças sujas olhavam o grupo que passava. A manhã estava quente, o céu claro. A terra rachada esperava chuva. Desceram perto de Villejuif. Ao cruzarem a aldeia, Desmahis entrou em uma quitanda para comprar cerejas, pois queria refrescar as cidadãs. A vendedora era bonita: Desmahis não voltava nunca. Philippe Dubois o chamou pelo apelido que seus amigos costumavam lhe dar:

– Ei! Barbaroux! Barbaroux!

A esse nome execrado, os passantes aguçaram os ouvidos e rostos apareceram em todas as janelas. E, quando viram um homem jovem e bonito sair da casa da quitandeira, com o paletó aberto, o jabô flutuando sobre um peito atlético e carregando nos ombros uma cesta de cerejas e com seu casaco na ponta de uma vara, tomando-o por um girondino proscrito, sans-culottes o prenderam violentamente e o teriam levado à prefeitura, apesar de seus protestos indignados, se o velho Brotteaux, Gamelin e as três moças não tivessem testemunhado que o cidadão se chamava Philippe Desmahis, um gravador em metal e bom jacobino. Ainda assim, o suspeito teve de mostrar o cartão de civismo que trazia consigo, por puro acaso, já que era muito negligente com essas coisas. Com isso, escapou das mãos dos aldeões patrióticos sem nenhum outro dano além de ter um de seus punhos de renda arrancado; mas a perda foi pequena. Ele até recebeu um pedido de desculpas dos guardas nacionais, que o haviam pressionado com mais força e que falavam de levá-lo, em triunfo, para a prefeitura.

Livre, rodeado pelas cidadãs Élodie, Rose e Julienne, Desmahis lançou a Philippe Dubois, de quem não gostava e que suspeitava de ser pérfido, um sorriso amargo e, dominando-o acima de sua cabeça:

– Dubois, se você ainda me chamar de Barbaroux, vou chamá-lo de Brissot; é um homenzinho atarracado e ridículo, com cabelos engordurados, pele oleosa, mãos pegajosas. Ninguém duvidará de que você não seja o infame Brissot, o inimigo do povo; e os republicanos, quando o virem, tomados de horror e nojo, irão enforcá-lo na próxima lanterna... Está ouvindo?

O cidadão Blaise, que acabara de levar seu cavalo para beber, garantiu que havia arranjado o caso, embora todos percebessem que tudo fora arrumado sem ele.

Subiram novamente no carro. No caminho, Desmahis contou ao cocheiro que, nessa planície de Longjumeau, no passado, vários habitantes da Lua haviam caído e que, pela forma e pela cor, se pareciam com rãs, mas eram de um tamanho muito maior. Philippe Dubois e Gamelin falavam sobre arte. Dubois, aluno de Regnault, fora a Roma. Vira as tapeçarias de Rafael, que ele punha acima de todas as obras-primas. Admirava o colorido de Correggio, a invenção de Annibale Carracci e o desenho de Domenichino, mas não achava nada comparável, em estilo, aos quadros de Pompeo Battoni. Tinha frequentado, em Roma, o sr. Menageot e a sra. Lebrun, os quais se haviam declarado contra a Revolução: por isso não os mencionava. Mas elogiava Angelica Kauffmann, que tinha gosto puro e conhecia a Antiguidade clássica.

Gamelin deplorava que o apogeu da pintura francesa, tão tardio, visto que datava apenas de Le Sueur, Claude e Poussin e correspondia à decadência das escolas italiana e flamenga, tivesse sido sucedido por um declínio tão rápido e profundo. Culpava a sociedade e a Academia, que era a expressão dela. Mas a Academia acabara, felizmente, de ser suprimida e, sob a influência dos novos princípios, David e sua escola criavam uma arte digna de um povo livre. Entre os jovens pintores, Gamelin dispunha, sem inveja, Hennequin e Topino-Lebrun no cume. Philippe Dubois preferia Regnault, seu mestre, a David, e fazia do jovem Gérard a esperança da pintura.

Élodie elogiava a cidadã Thévenin por sua touca de veludo vermelho e seu vestido branco. E a atriz cumprimentava as duas companheiras pelo vestido e indicou-lhes como deixá-los melhor ainda: bastava, em sua opinião, cortar os enfeites.

– Nunca se está simples o bastante – dizia ela. – Aprendemos isso no teatro, em que a roupa deve mostrar todas as atitudes. Essa é a sua beleza, não precisa de outra.

– A senhora tem razão, minha bela – respondia Élodie. – Mas nada é mais caro em termos de vestimenta do que a simplicidade. E nem sempre é por mau gosto que acrescentamos fanfreluches; às vezes é por uma questão de economia.

Elas falaram com interesse das modas do outono, vestidos de uma só cor, cinturas curtas.

– Tantas mulheres se enfeiam por seguir a moda! – disse Thévenin. – Deveriam se vestir de acordo com sua forma.

– A única beleza são os tecidos enrolados no corpo e drapeados – disse Gamelin. – Tudo o que foi cortado e costurado é horrível.

Esses pensamentos, que seriam mais bem acertados em um livro de Winckelmann do que na boca de um homem que fala com parisienses, foram rejeitados com o desprezo da indiferença.

– Estão fazendo para o inverno – disse Élodie – forros à lapônia, em seda espessa e popeline, e redingotes à Zulime, de cintura redonda, que se fecham com um colete turco.

– Desse jeito se esconde a miséria – disse Thévenin. – Isso se vende pronto. Tenho uma costureira que trabalha como um anjo e não é careira: vou mandá-la para a senhora, minha querida.

E as palavras voavam, leves e apressadas, desdobrando-se, levantando os tecidos finos, seda listrada, seda lisa, popeline, gaze, tafetá.

E o velho Brotteaux, ouvindo-as, pensava com volúpia melancólica nesses véus de uma estação lançados sobre formas encantadoras, que duram poucos anos e renascem eternamente como as flores do campo. E seus olhos, que iam dessas três jovens até os mirtilos e papoulas do prado, se molhavam de lágrimas sorridentes.

Chegaram a Orangis por volta das nove horas e pararam no Albergue de la Cloche, onde o casal Poitrine hospedava a pé e a cavalo. O cidadão Blaise, que havia espanado sua roupa, estendeu a mão para as cidadãs. Depois de ter encomendado almoço para o meio-dia, precedidos por seus álbuns, cavaletes e para-sóis, que um rapazinho da aldeia carregava, partiram a pé, pelos campos, até a confluência do Orge e do Yvette, nesses lugares encantadores de onde se descobre a planície verdejante de Longjumeau e que bordam o Sena e os bosques de Sainte-Geneviève.

Jean Blaise, que liderava a trupe artista, trocava comentários jocosos com o ex-financista em que Verboquet Le Généreux, Catherine Cuissot, mascate, as srtas. Chaudron, o feiticeiro Galichet e as figuras mais recentes de Cadet-Rousselle e de madame Angot passavam sem ordem ou medida.

Évariste, tomado por um amor repentino pela natureza, ao ver ceifeiros amarrando feixes, sentia seus olhos se incharem de lágrimas; sonhos de concórdia e de amor encheram seu coração. Desmahis soprava as sementes claras de dente-de-leão nos cabelos das cidadãs. Todas as três tendo o gosto citadino para buquês, colhiam barbasco nos prados, cujas flores se reúnem em pontas ao redor do caule, a campânula, carregando suspensas por andares seus sininhos lilás suave, os ramos delgados da fragrante verbena, o ébulo, a hortelã, o resedá, o mil-folhas, toda a flora campestre do final do verão. E, como Jean-Jacques havia posto a botânica na moda entre as moças das cidades, as três conheciam os nomes e os amores das flores. Enquanto as delicadas corolas, lânguidas por causa da seca, se desfolhavam em seus braços e caíam em uma chuva a seus pés, a cidadã Élodie suspirou:

– Já estão murchando, as flores!

Todos puseram mãos à obra e se esforçaram para expressar a natureza como a viam; mas cada um a via no estilo de um mestre. Em pouco tempo, Philippe Dubois esboçou, no gênero de Hubert Robert, uma fazenda abandonada, árvores derrubadas, uma torrente ressequida. Évariste Gamelin encontrava as paisagens do Poussin nas margens do Yvette. Philippe Desmahis, diante de um pombal, trabalhava à maneira picaresca de Callot e Duplessis. O velho Brotteaux, que fazia questão de imitar os flamengos, desenhava cuidadosamente uma vaca. Élodie esboçava uma choupana, e sua amiga Julienne, que era filha de um comerciante de tintas, preparava-lhe a paleta. Crianças, grudadas nela, observavam-na pintar. Ela as afastava da luz, tratando-as de mosquitinhos e dando-lhes balas. E a cidadã Thévenin, quando encontrava algumas que fossem bonitas, limpava-as, beijava-as e punha flores em seus cabelos. Ela as acariciava com uma doçura melancólica porque não tinha a alegria de ser mãe, e também para embelezar-se com a expressão de um terno sentimento e de exercer sua arte de poses e de grupos.

Era a única que não desenhava nem pintava. Preocupava-se em aprender um papel e, mais ainda, em agradar. E, com o caderno na mão, ia de um para o outro, como uma coisa leve e encantadora. "Sem tez, sem fisionomia, sem corpo, sem voz", diziam as mulheres, e ela preenchia o espaço com movimento, cor e harmonia. Desbotada, bonita, cansada, infatigável, era a delícia da viagem. De humor desigual, mas sempre alegre, suscetível, irritável e, no entanto, benévola e fácil, língua maliciosa com o tom mais educado, vaidosa, modesta, verdadeira, falsa, deliciosa, se Rose Thévenin não ia bem em seus negócios, se não se tornava uma deusa, é que os tempos eram maus e não havia mais em Paris nem incenso nem altares para as Graças. A cidadã Blaise, que, ao falar dela fazia careta e a chamava de "madrasta", não conseguia vê-la sem se render a tantos encantos.

Ensaiava-se, no Teatro Feydeau, as *Visitandines*; e Rose se alegrava por desempenhar ali um papel cheio de naturalidade. É a naturalidade que ela buscava, que perseguia, que encontrava.

– Então não vamos ver *Pamela*? – disse o belo Desmahis.

O Théâtre de la Nation havia sido fechado e os atores, enviados para Madelonnettes e Pélagie.

– Isso é liberdade? – gritou Thévenin, erguendo seus lindos olhos indignados ao céu.

– Os atores do Théâtre de la Nation – diz Gamelin – são aristocratas, e a peça do cidadão François tende a fazer as pessoas lamentarem os privilégios da nobreza.

– Os senhores – disse Thévenin – só sabem ouvir aqueles que os bajulam?

Por volta do meio-dia, como todos sentiam muita fome, o pequeno grupo voltou para o albergue.

Évariste, junto de Élodie, evocava, com um sorriso, as lembranças dos primeiros encontros:

– Dois filhotes de passarinho tinham caído do telhado, onde se aninhavam para o parapeito de sua janela. A senhora deu-lhes comida no bico; um deles viveu e alçou voo. O outro morreu no ninho de algodão que tinha feito para ele. "Era o que eu preferia", disse. Naquele dia, Élodie, a senhora usava um laço vermelho nos cabelos.

Philippe Dubois e Brotteaux, um pouco atrás dos outros, falavam de Roma, para onde ambos tinham ido, este em 72, o outro nos últimos dias da Academia. E o velho Brotteaux ainda se lembrava da princesa Mondragone, a quem ele teria lançado seus suspiros, se não fosse pelo conde Altieri, que a acompanhava como sua sombra. Philippe Dubois não deixou de dizer que fora convidado para jantar com o cardeal de Bernis e que ele era o anfitrião mais atencioso do mundo.

– Eu o conheci – disse Brotteaux –, e posso dizer sem me vangloriar que durante algum tempo fui um de seus mais próximos: ele gostava de frequentar a ralé. Era um homem amável e, embora gostasse de dizer fábulas sem parar, havia mais filosofia sólida em seu dedo mindinho do que na cabeça de todos os seus jacobinos, que querem nos "virtudizar" e nos "endeusar". Certamente gosto mais de nossos simples teófagos, que não sabem nem o que dizem nem o que fazem, do que desses raivosos borradores de leis, que se empenham em nos guilhotinar para nos tornarem virtuosos e sábios e nos fazerem adorar o Ser Supremo, que os fez à sua imagem. Nos tempos passados, eu mandava rezar missa na capela das Ilettes por um pobre-diabo de padre, que dizia depois de beber: "Não falemos mal dos pecadores: deles vivemos, padres indignos que somos!". Convenha, senhor, que esse papa-hóstias tinha máximas sadias sobre o governo. Teríamos de voltar a isso e governar os homens como são, e não como gostaríamos que fossem.

Thévenin abordou o velho Brotteaux. Sabia que aquele homem já vivera, outrora, em grande luxo, e sua imaginação ornava com essa memória brilhante, a pobreza presente do ex-financista, que ela considerava menos humilhante por ter sido geral e causada pela ruína pública. Contemplava nele, com curiosidade e não sem respeito, os restos de um daqueles Cresos generosos que celebraram, suspirando, as atrizes de tempos mais antigos. E, além disso, gostava das maneiras desse indivíduo em um redingote vermelho-escuro, tão gasto e tão limpo.

– Sr. Brotteaux – disse-lhe ela –, sabemos que no passado, em um belo parque, nas noites iluminadas, o senhor se esgueirava em bosques de murtas com atrizes e dançarinas, ao som distante de flautas e violinos... Ai de mim! Eram mais belas, não é mesmo, suas deusas da ópera e da Comédie-Française, do que nós, pobres atrizes nacionais?

– Não acredite, senhorita – respondeu Brotteaux –, e saiba que, se eu tivesse conhecido alguém naquele tempo como a senhora, ela teria passeado, sozinha, como uma soberana e sem rival, por pouco que tivesse desejado assim, no parque do qual faz uma ideia tão lisonjeira...

O Hotel de la Cloche era rústico. Um galho de azevinho pendia sobre o portão de entrada que dava acesso a um pátio sempre úmido onde as galinhas bicavam. No fundo do pátio erguia-se a habitação, composta pelo térreo e por um andar, rematada por um telhado alto de telhas musgosas, cujas paredes desapareciam sob velhas roseiras todas floridas de rosas. À direita, árvores talhadas exibiam suas pontas acima do muro baixo do jardim. À esquerda ficava o estábulo, com um cocho externo e um celeiro de enxaimel. Uma escada estava apoiada na parede. Ainda daquele lado, sob um galpão entulhado de instrumentos agrícolas e de tocos, do alto de um velho cabriolé, um galo branco vigiava suas galinhas. O pátio era fechado, nesse sentido, por estábulos diante dos quais se erguia, como um monte glorioso, uma pilha de esterco que, naquele momento, uma garota mais larga do que alta, com cabelos cor de palha, estava revirando com seu forcado. O estrume líquido que lhe enchia os tamancos lavava seus pés descalços, cujos calcanhares, amarelos como açafrão, podiam ser vistos subindo a intervalos. A saia arregaçada expunha a sujeira de suas panturrilhas enormes e baixas. Enquanto Philippe Desmahis olhava para ela, surpreso e divertido com a brincadeira bizarra da natureza que havia construído aquela moça em largura, o hoteleiro chamou:

– Ei! Tronche! Vá buscar água!

Ela se virou e mostrou um rosto escarlate e uma boca larga onde faltava um incisivo. Tinha sido preciso o chifre de um touro para danificar essa poderosa dentição. Com seu forcado sobre o ombro, ela ria. Seus braços, que pareciam coxas, com as mangas arregaçadas, brilhavam ao sol.

A mesa estava posta na sala de baixo, onde os frangos estavam terminando de assar sob a chaminé da lareira, ornada com velhos fuzis. Com mais de 20 pés de comprimento, a sala, caiada, era iluminada apenas pelas vidraças esverdeadas da porta e por uma única janela, emoldurada por rosas, perto da qual a avó girava sua roca. Ela usava uma touca com abas de renda da época da Regência. Os dedos nodosos de suas mãos sujas de terra seguravam a roca. Moscas pousavam na borda de suas pálpebras, e ela não as afastava. Nos braços de sua mãe, ela vira Luís XIV passar em uma carruagem.

Fazia sessenta anos desde que fizera a viagem a Paris. Contou com voz fraca e cantante às três jovens, de pé à sua frente, que tinha visto a prefeitura, as Tulherias e a Samaritaine e que, ao atravessar a Pont-Royal, um barco que transportava maçãs para o mercado do Mail se abrira, e as maçãs haviam transbordado e foram levadas pela corrente, e o rio ficara todo púrpura.

Ela sabia das mudanças que ocorreram recentemente no reino, e sobretudo das querelas que existiam entre os padres jurados e aqueles que não juravam. Também sabia que havia guerras, fomes e sinais no céu. Não acreditava que o rei estava morto. Foi obrigado a fugir, dizia, por um subterrâneo, e um homem comum foi entregue ao carrasco em seu lugar.

Aos pés da avó, em seu berço, o último filho dos Poitrine, Jeannot, estava com os dentinhos saindo. Thévenin ergueu o berço de vime e sorriu para a criança, que gemeu fracamente, exausta de febre e convulsões. Ele devia estar muito doente, pois tinham chamado o médico, o cidadão Pelleport, que, na verdade, deputado substituto da Convenção, não cobrava por suas visitas.

A cidadã Thévenin, mulher de teatro, se sentia em casa aonde quer que fosse; descontente com a maneira como a Tronche tinha lavado a louça, ela enxugava os pratos, os copos e os garfos. Enquanto a cidadã Poitrine cozinhava a sopa, que experimentava, como boa hoteleira, Élodie cortava em fatias um pão de 4 libras ainda quente do forno. Gamelin, ao vê-la fazer isso, lhe disse:

– Li, há poucos dias, um livro escrito por um jovem alemão cujo nome esqueci, e que foi muito bem traduzido ao francês. Fala de uma linda jovem chamada Charlotte que, como a senhora, Élodie, passava geleia no pão e, como a senhora, cortava as fatias com graça, e tão lindamente, que ao vê-la fazer isso o jovem Werther se apaixonou por ela.

– E isso terminou em casamento? – Élodie perguntou.

– Não – respondeu Évariste –; termina com a morte violenta de Werther.

Almoçaram bem, pois estavam com muita fome; mas a comida era medíocre. Jean Blaise queixou-se: era boa boca e fazia do comer bem uma regra de vida; e, sem dúvida, o que o incitava a erigir sua gula como um sistema era a fome geral. A Revolução havia derrubado a panela em todas as casas. Os cidadãos comuns não tinham nada para comer. Pessoas hábeis que, como Jean Blaise, lucraram muito com a miséria pública, iam ao restaurante, onde mostravam seu espírito empanturrando-se. Quanto a Brotteaux, que, no ano II da Liberdade, se alimentava de castanhas e restos de pão, lembrava-se de ter jantado no Grimod de La Reynière, na entrada dos Champs-Élysées. Ansioso por merecer o título de fino paladar, diante do repolho com toicinho da senhora Poitrine, ele falava muito em receitas culinárias eruditas e em bons preceitos gastronômicos. E, como Gamelin declarava que um republicano despreza os prazeres da mesa, o velho financista, amante de antiguidades, dava ao jovem espartano a verdadeira fórmula do caldo negro.

Depois do jantar, Jean Blaise, que não se esquecia dos negócios sérios, mandou sua academia viajante fazer croquis e esboços do albergue, que considerou bastante romântico em sua degradação. Enquanto Philippe Desmahis e Philippe Dubois desenhavam os estábulos, a Tronche veio alimentar os porcos. O cidadão Pelleport, oficial de saúde, que saía ao mesmo tempo da sala de baixo para onde viera tratar o pequeno Poitrine, aproximou-se dos artistas e, depois de tê-los elogiado por seus talentos, que honravam toda a nação, mostrou-lhes a Tronche no meio dos porcos.

– Estão vendo essa criatura? – disse ele. – Não é uma moça, como poderiam pensar: são duas moças. Entendam que estou falando literalmente. Surpreso com o enorme volume de sua estrutura óssea, examinei-a e percebi que ela tinha a maioria dos ossos em duplicata: em cada coxa, dois fêmures fundidos juntos; em cada ombro, dois úmeros. Ela também tem músculos duplicados. São, em minha opinião, duas gêmeas intimamente associadas ou, para dizer melhor, fundidas juntas. O caso é interessante. Eu assinalei isso ao sr. Saint-Hilaire, que me agradeceu. Estão vendo um monstro ali, cidadãos. A gente daqui a chama de "a Tronche", deveriam dizer "as Tronches": são duas. A natureza tem essas bizarrices... Boa noite, cidadãos pintores! Teremos tempestade esta noite...

Depois do jantar à luz de velas, a academia Blaise jogou no pátio da pousada, na companhia de um filho e uma filha Poitrine, uma partida de cabra-cega, para a qual moças e rapazes investiram uma vivacidade que a idade deles explica o suficiente para que não se precise buscar se a violência e a incerteza do tempo excitaram seus ardores. Quando já estava completamente escuro, Jean Blaise propôs fazerem brincadeiras inocentes na sala de baixo. Élodie pediu a "caça ao coração", que foi aceita por todo o grupo. Seguindo as instruções da jovem, Philippe Desmahis desenhou com giz nos móveis, portas e paredes, sete corações, ou seja, um a menos do que os jogadores, porque o velho Brotteaux havia gentilmente aderido à brincadeira. Dançaram em roda uma ciranda e, ao sinal de Élodie, cada um correu para pôr as mãos em um coração. Gamelin, distraído e desajeitado, encontrou todos tomados: deu o penhor, o canivete comprado por 6 tostões na feira de Saint-Germain e que tinha cortado o pão para a mãe indigente. Começaram de novo e foi, a cada vez, Blaise, Élodie, Brotteaux e Thévenin que não encontraram um coração e cada qual deu seu penhor: um anel, uma bolsinha, um livrinho encadernado em marroquino, uma pulseira. Então, as prendas foram postas no colo de Élodie e cada um, para resgatar as suas, teve de mostrar seus talentos sociais, cantar uma canção ou dizer versos. Brotteaux recitou o discurso do patrono da França, no primeiro canto de *A donzela*:[1]

Eu sou Denis e santo como profissão.
Eu amo a Gália...

O cidadão Blaise, embora menos letrado, deu a resposta de Richemond sem hesitar:

Senhor Santo, não valia a pena
Abandonar o domínio celeste...

Todo mundo lia e relia deliciado a obra-prima do Ariosto francês; homens os mais graves sorriam com os amores de Jeanne e Dunois, as aventuras de Agnes e de Monrose e as façanhas do asno alado. Todos os homens cultos sabiam de cor os belos trechos desse poema divertido e filosófico. O próprio Évariste Gamelin, embora de humor severo, pegando sua faca de 6 tostões do colo de Élodie, recitou de boa vontade a entrada de Grisbourdon nos infernos. A cidadã Thévenin cantou sem acompanhamento a romança de Nina: "Quando o bem-amado voltará". Desmahis cantou, ao som da "Faridondaine":

---

1 A donzela de Orléans, de Voltaire. [N. T.]

Alguns pegaram o porco
Desse bom Santo Antônio,
E, colocando-lhe um capuz,
Fizeram dele um monge.
Só custava dar um jeito...

No entanto, Desmahis estava preocupado. Naquele momento, amava ardentemente as três mulheres com quem brincava de "tocar na prenda", e dava às três olhares quentes e doces. Ele amava Thévenin por sua graça, sua flexibilidade, sua arte elaborada, suas miradas e sua voz que iam diretas ao coração; ele amava Élodie, em quem sentia a natureza abundante, rica e generosa; amava Julienne Hasard, apesar de seus cabelos descoloridos, seus cílios brancos, suas sardas e seu corpete magro, pois, como esse Dunois que Voltaire faz falar na *Donzela*, estava sempre pronto, em sua generosidade, a dar um sinal de amor à menos bonita, tanto mais que ela lhe parecia, por enquanto, a mais desocupada e, portanto, a mais acessível. Sem qualquer vaidade, ele nunca tinha certeza de ser aceito; também nunca tinha certeza de não sê-lo. Então se oferecia, para qualquer acaso. Aproveitando os encontros felizes do "tocar na prenda", dirigiu algumas palavras carinhosas a Thévenin, que não se zangou, mas que quase não podia responder sob o olhar ciumento do cidadão Jean Blaise. Falou com ainda mais amor à cidadã Élodie, que sabia estar envolvida com Gamelin, mas não era exigente o bastante para querer um coração só para si. Élodie não podia amá-lo; mas ela o achava bonito e não conseguiu esconder isso, totalmente, dele. Afinal, lançou suas intenções as mais veementes nos ouvidos da cidadã Hasard: ela respondeu a isso com um ar pasmado que podia exprimir uma submissão ferida ou uma indiferença sombria. E Desmahis não acreditou que ela fosse indiferente.

Havia apenas dois quartos na pousada, ambos no primeiro andar e no mesmo patamar. O da esquerda, o mais bonito, era decorado com papel floral e adornado com um espelho do tamanho de 1 palmo, cuja moldura dourada sofria com a ofensa das moscas desde a infância de Luís XV. Lá, sob um dossel de tecido bordado com galhos, estavam duas camas guarnecidas com travesseiros de plumas, edredons e colchas. Esse quarto foi reservado para as três cidadãs.

Quando chegou a hora de ir dormir, Desmahis e a cidadã Hasard, cada um segurando seu castiçal na mão, disseram boa noite no patamar. O gravador apaixonado passou um bilhete à filha do negociante de tintas no qual implorava que ela se juntasse a ele, quando tudo estivesse adormecido, no sótão, que ficava por cima do quarto das cidadãs.

Previdente e judicioso, durante o dia estudou os porões e explorou aquele sótão, cheio de tranças de cebolas, frutas que secavam sob um enxame de vespas, baús, velhas malas. Ele tinha mesmo visto uma velha cama de correias, estropiada e fora de uso, ao que lhe pareceu, e um colchão de palha rasgado, no qual as pulgas pulavam.

Em frente ao quarto das cidadãs, havia um quarto com três camas, bastante pequeno, no qual os cidadãos viajantes dormiriam como pudessem. Mas Brotteaux, que era um sibarita, fora para o celeiro dormir no feno. Quanto a Jean Blaise, ele tinha desaparecido. Dubois e Gamelin logo adormeceram. Desmahis foi para a cama; mas quando o silêncio da noite, como água parada, recobriu a casa, o gravador se levantou e subiu a escada de madeira, que se pôs a ranger sob seus pés descalços. A porta do sótão estava entreaberta. Emanava dali um calor sufocante e odores pungentes de fruta podre. Em uma cama desconjuntada, a Tronche dormia, com a boca aberta, a camisa levantada, as pernas afastadas. Era enorme. Atravessando a claraboia, um raio de lua banhava de azul e prata sua pele que, entre a sujeira encardida e respingos de estrume, brilhava com juventude e frescor. Desmahis se atirou sobre ela; acordada com um sobressalto, ela se assustou e gritou; mas, logo que entendeu o que se pretendia dela, tranquilizada, não demonstrou nem surpresa nem contrariedade, e fingiu estar ainda mergulhada em um meio sono que, privando-a da consciência das coisas, lhe permitia algum sentimento...

Desmahis voltou para seu quarto, onde dormiu até o amanhecer em um sono profundo e tranquilo.

No dia seguinte, após uma última jornada de trabalho, a academia em viagem voltou para Paris. Quando Jean Blaise pagou seu anfitrião em *assignats*, o cidadão Poitrine lamentou não ver senão "dinheiro quadrado" e prometeu acender uma boa vela ao sujeito que trouxesse de volta os amarelos.

Ofereceu flores às cidadãs. Por sua ordem, a Tronche, em uma escada, de tamancos e com a saia levantada, mostrando à luz suas panturrilhas encardidas e resplandecentes, cortava incansavelmente rosas nas trepadeiras que cobriam a parede. De suas grandes mãos as rosas caíam como uma chuva, em torrentes, em avalanches, nas saias estendidas de Élodie, Julienne e Thévenin. A berlina estava cheia delas. Todos, voltando à noite, levaram para casa braçadas de flores, e o sono e o despertar ficaram todos perfumados com isso.

CAPÍTULO XI

NA MANHÃ DE 7 DE SETEMBRO, a cidadã Rochemaure, indo à casa do jurado Gamelin, que ela queria interessar por algum suspeito que conhecia, encontrou no patamar da escada o ex-Brotteaux des Ilettes, a quem ela havia amado em dias felizes. Brotteaux estava levando doze dúzias de bonecos que fabricara ao negociante de brinquedos na Rue de la Loi. E resolvera, para carregá-los com mais facilidade, amarrá-los na ponta de um bastão, como faziam os vendedores ambulantes. Ele se comportava galantemente com todas as mulheres, mesmo com aquelas cuja atração ficara embotada por causa de um longo hábito, como devia ser o caso da sra. de Rochemaure: a menos que estivesse temperada pela traição, pela ausência, pela infidelidade ou por ter engordado, ele não a achava apetitosa. Em todo o caso, acolheu-a no sórdido patamar, com as vidraças desengonçadas, como antigamente nos degraus do alpendre das Ilettes, e rogou-lhe que lhe fizesse a honra de visitar seu sótão. Ela subiu a escada com bastante agilidade e se viu debaixo de uma estrutura de madeira, cujas vigas inclinadas sustentavam um teto de telhas em que se abria uma claraboia. Não era possível ficar de pé. Ela sentou-se na única cadeira que havia naquele quartinho e, tendo contemplado por um momento as telhas desconjuntadas, perguntou, surpresa e entristecida:

– É aqui que está morando, Maurice? Não devem vir importuná-lo muito. É preciso ser um demônio ou um gato para encontrá-lo aqui.

– Eu tenho pouco espaço – respondeu o ex-financista. – E não escondo que às vezes chove sobre meu catre. É uma pequena desvantagem. E durante as noites serenas vejo a lua, imagem e testemunha dos amores dos homens. Pois a lua, minha senhora, foi sempre testemunha dos namorados e, em sua plenitude, pálida e redonda, lembra ao amante o objeto de seus desejos.

– Compreendo – disse a cidadã.

– Na estação dos amores – continuou Brotteaux –, os gatos fazem um grande barulho nessa calha. Mas devemos perdoar o amor por miar e fazer juras sobre os telhados, enquanto enche a vida dos homens de tormentos e de crimes.

Ambos tiveram a sabedoria de se abordarem como amigos que se tivessem separado na véspera para ir dormir; e, embora houvessem se tornado estranhos um para o outro, conversavam com boa graça e familiaridade.

No entanto, a sra. de Rochemaure parecia preocupada. A Revolução, que, para ela, fora por muito tempo alegre e frutuosa, lhe trazia agora preocupações e ansiedades; seus jantares tornavam-se menos brilhantes e menos alegres. Os sons de sua harpa não iluminavam mais os rostos sombrios. Suas mesas de jogo eram abandonadas pelos ricos mais importantes. Vários de seus familiares, agora suspeitos, estavam escondidos; seu amigo, o financista Morhardt, tinha sido preso, e foi por causa dele que ela viera procurar o jurado Gamelin. Ela mesma era suspeita. Guardas nacionais fizeram uma perquisição em sua casa, reviraram as gavetas de suas cômodas, ergueram as tábuas de seu assoalho, enfiaram baionetas em seus colchões. Não encontraram nada, pediram desculpas e beberam seu vinho. Mas haviam chegado muito perto de sua correspondência com um emigrado, o sr. d'Expilly. Alguns amigos que tinha entre os jacobinos a haviam avisado que o belo Henry, seu cortejador, estava se comprometendo graças às suas violências excessivas demais para parecerem sinceras.

Com os cotovelos apoiados nos joelhos e punhos nas faces, pensativa, ela perguntou a seu velho amigo, sentado no colchão de palha:

– O que acha de tudo isso, Maurice?

– Penso que essas pessoas dão a um filósofo e a um amante de espetáculos muito alimento para reflexão e diversão; mas que seria melhor para a senhora, cara amiga, se estivesse fora da França.

– Maurice, aonde isso vai nos levar?

– Foi o que me perguntou, Louise, um dia, em um carro, nas margens do Cher, no Caminho das Ilettes, enquanto nosso cavalo, que desembestara, nos carregava a galope furioso. Como as mulheres são curiosas! Hoje, de novo, quer saber para onde estamos indo. Pergunte às cartomantes. Eu não sou adivinho, minha querida. E mesmo a filosofia mais saudável é de pouca ajuda para conhecer o futuro. Essas coisas vão acabar, porque tudo acaba. Pode-se prever vários resultados. A vitória da coalizão e a entrada dos aliados em Paris. Não estão longe disso; no entanto, duvido que tenham sucesso. Esses soldados da República lutam com um ardor que nada pode extinguir. É possível que Robespierre se case com madame Royale e seja nomeado protetor do reino durante a minoridade de Luís XVII.

– Acha mesmo? – exclamou a cidadã, impaciente para se juntar a essa bela intriga.

– Pode ainda ser – continuou Brotteaux – que a Vendeia prevaleça e que o governo dos padres se restabeleça sobre montes de ruínas e pilhas de cadáveres. Não pode imaginar, cara amiga, o império que o clero mantém sobre a multidão dos asnos... Eu queria dizer "almas"; a língua bifurcou. O mais provável, em minha opinião, é que o Tribunal Revolucionário levará à destruição do regime que o instituiu: ameaça cabeças demais. Aqueles que ele assusta são inúmeros; eles se unirão e, para destruí-lo, destruirão o regime. Creio que você fez nomear o jovem Gamelin para essa justiça. É virtuoso: será terrível. Quanto mais penso nisso, minha bela amiga, mais acredito que esse tribunal, criado para salvar a República, vai perdê-la. A Convenção queria ter, como a realeza, seus Grandes Dias, sua Câmara Ardente, e afirmar sua segurança por magistrados nomeados por ela e mantidos em sua dependência. Mas como os Grandes Dias da Convenção são inferiores aos Grandes Dias da monarquia, e sua Câmara Ardente, menos política do que a de Luís XIV! Reina no Tribunal Revolucionário um sentimento de baixa justiça e igualdade rasa que logo o tornará odioso e ridículo e enojará todo mundo. Sabia, Louise, que esse tribunal, que vai convocar ao banco dos réus a rainha da França e 21 legisladores, condenou ontem uma criada culpada por ter gritado: "Viva o rei!" com má intenção e com o pensamento de destruir a República? Nossos juízes, todos emplumados de preto, trabalham no estilo daquele William Shakespeare, tão caro aos ingleses, que introduz travessuras grosseiras nas cenas mais trágicas de seu teatro.

– Bem, Maurice – perguntou a cidadã –, é ainda feliz no amor?

– Pobre de mim! – respondeu Brotteaux. – As pombas voam para o branco pombal e não pousam mais na torre em ruínas.

– O senhor não mudou nada... Adeus, meu amigo!

Naquela noite, o dragão Henry, tendo ido, sem ser convidado, à casa de madame de Rochemaure, encontrou-a selando uma carta na qual ele leu o endereço da cidadã Rauline, em Vernon. Era, ele sabia, uma carta para a Inglaterra. Rauline recebia, por um cocheiro dos correios, a correspondência de madame de Rochemaure e a fazia levar para Dieppe por uma comerciante de peixes. À noite, um capitão de barco a entregava a um navio britânico que cruzava na costa; um emigrado, o sr. d'Expilly, a recebia em Londres e comunicava, se considerasse útil, ao gabinete de Saint-James.

Henry era jovem e bonito: Aquiles não uniu tanta graça com tanto vigor quando vestiu as armas que Ulisses lhe apresentava. Mas a cidadã Rochemaure, outrora sensível aos encantos do jovem herói da Comuna, afastara os olhos e os pensamentos dele, assim que fora avisada que, denunciado aos jacobinos como um exagerado, aquele jovem soldado poderia comprometê-la e perdê-la. Henry sentia que talvez não estivesse além de suas forças deixar de amar madame de Rochemaure; mas não gostava que ela não lhe desse mais atenção. Contava com ela para custear certas despesas a que o serviço da República o levara. Enfim, pensando em atos extremos a que podem ser levadas as mulheres, e como passam rapidamente da ternura mais ardente à mais fria insensibilidade, e como lhes é fácil sacrificar o que elas amaram e condenar o que adoraram, suspeitou que essa atraente Louise poderia um dia mandá-lo para a prisão a fim de se livrar dele. Seu juízo o aconselhou a recuperar essa beleza perdida. É por isso que veio armado com todos os seus encantos. Aproximava-se dela, afastava-se, voltava a se aproximar, roçava-se, fugia dela segundo as regras da sedução nos balés. Depois, atirou-se em uma poltrona e, com sua voz invencível, com sua voz que ia direto às entranhas das mulheres, elogiou a natureza e a solidão e propôs-lhe, com um suspiro, um passeio a Ermenonville.

No entanto, ela tirava alguns acordes de sua harpa e olhava a seu redor com impaciência e tédio. De repente, Henry levantou-se sombrio e resoluto e lhe anunciou que partia para o exército e que estaria, em alguns dias, diante de Maubeuge.

Sem mostrar nem dúvida nem surpresa, ela aprovou com um aceno de cabeça.

– A senhora me felicita por essa decisão?

– Eu o felicito.

Ela esperava um novo amigo de quem gostava infinitamente e de quem pensava que obteria grandes vantagens; muito diferente daquele ali: um Mirabeau ressuscitado, um Danton desencardido e que virou fornecedor, um leão que falava em jogar todos os patriotas no Sena. A qualquer momento ela pensava ouvir a campainha e estremecia.

Para dispensar Henry, ela se calou, bocejou, folheou uma partitura e bocejou novamente. Vendo que ele não ia embora, ela disse que precisava sair e foi ao gabinete de toalete.

Ele lhe gritava com voz emocionada:

– Adeus, Louise! Será que voltarei a vê-la um dia?

E suas mãos vasculhavam a escrivaninha aberta.

Assim que chegou à rua, abriu a carta dirigida à cidadã Rauline e a leu com interesse. Continha, com efeito, uma imagem curiosa do estado do espírito público na França. Falava sobre a rainha, sobre Thévenin, sobre o Tribunal Revolucionário, e muitas palavras confidenciais desse bom Brotteaux des Ilettes estavam relatadas lá.

Tendo acabado sua leitura e enfiado a carta de volta no bolso, hesitou por alguns instantes; depois, como um homem que tomou sua resolução e que diz a si mesmo que quanto mais cedo melhor, dirigiu-se às Tulherias e entrou na antessala do Comitê de Segurança Geral.

Naquele dia, às 15 horas, Évariste Gamelin estava sentado no banco dos jurados, em companhia de catorze colegas que conhecia em sua maioria, gente simples, honesta e patriota, eruditos, artistas ou artesãos: um pintor como ele, um desenhista, ambos cheios de talento, um cirurgião, um sapateiro, um ex-marquês, que tinha dado grandes provas de civismo, um impressor, pequenos comerciantes, uma amostragem enfim do povo de Paris. Eles se mantinham ali, com suas roupas de operário ou de burguês, cabelos cortados a Tito ou presos em um rabo de cavalo, o chapéu de bicos afundado sobre os olhos ou o chapéu redondo colocado atrás da cabeça, ou o barrete vermelho escondendo as orelhas. Alguns vestiam o paletó, o colete e as calças, como antigamente; outros, a *carmagnole* e as calças listradas, à moda dos sans-culottes. Calçando botas ou sapatos com fivelas ou tamancos, apresentavam em sua pessoa todas as diversidades do vestuário masculino em uso na época. Já tendo todos participado várias vezes do júri, pareciam muito à vontade naquele banco, e Gamelin invejava sua tranquilidade. Seu coração batia, suas orelhas zumbiam, seus olhos se velavam, e tudo ao seu redor tomava um tom lívido.

Quando o oficial de justiça anunciou o tribunal, três juízes ocuparam seus lugares em um estrado bem pequeno, diante de uma mesa verde. Usavam um chapéu com uma insígnia patriótica, encimada por grandes penas pretas, e o manto da audiência com uma fita tricolor da qual pendia uma pesada medalha de prata sobre o peito. Na frente deles, ao pé do estrado, sentava-se o substituto do promotor público, com traje semelhante. O secretário sentou-se entre o tribunal e a cadeira vazia do acusado. Gamelin via esses homens diferentes do que os vira até então, mais bonitos, mais graves, mais assustadores, embora assumissem atitudes familiares, folheando papéis, chamando um oficial de justiça ou se inclinando para trás a fim de ouvir alguma comunicação de um jurado ou de um oficial de serviço.

Acima dos juízes, as tábuas dos Direitos do Homem estavam dependuradas; à direita e à esquerda, diante das antigas paredes feudais, estavam os bustos de Le Peltier, Saint-Fargeau e Marat. Em frente à bancada do júri, no fundo da sala, se erguia a tribuna pública. A primeira fila era preenchida por mulheres que, louras, morenas ou grisalhas, usavam a alta touca, cujas laterais pregueadas sombreavam suas faces; sobre o peito, aos quais a moda conferia uniformemente a amplidão de um seio amamentador, cruzava-se o fichu branco ou se curvava o peitilho do avental azul. Ficavam com os braços cruzados na beira da arquibancada. Atrás delas viam-se, espalhados pelos degraus, cidadãos vestidos com essa diversidade que, então, dava às multidões um caráter estranho e pitoresco. À direita, em direção da entrada, atrás de uma barreira, estendia-se um espaço em que o público ficava de pé. Dessa vez eram poucos. O assunto que essa seção do tribunal iria tratar interessava apenas a um pequeno número de espectadores e, sem dúvida, as outras seções, que estavam reunidas ao mesmo tempo, julgavam casos mais comoventes.

Isso tranquilizava um pouco Gamelin, cujo coração, prestes a fraquejar, não suportava a atmosfera inflamada das grandes audiências. Seus olhos se agarravam aos menores detalhes: notava o algodão na orelha do secretário e a mancha de tinta no dossiê do promotor. Via, como se tivesse uma lupa, os capitéis esculpidos em uma época em que se perdera todo o conhecimento das ordens da Antiguidade clássica e que encimavam as colunas góticas com guirlandas de urtiga e azevinho. Mas seus olhos voltavam sempre para a cadeira de forma antiquada, estofada com veludo de Utrecht vermelho, gasto no assento e enegrecido nos braços. Guardas nacionais armados se mantinham em todas as saídas.

Por fim, o acusado apareceu, escoltado por granadeiros, mas com seus membros livres, conforme prescrevia lei. Ele era um homem na casa dos 50 anos, magro, seco, moreno, muito calvo, com faces encovadas, lábios finos e arroxeados, vestido à moda antiga com uma roupa cor sangue de boi. Provavelmente porque tinha febre, seus olhos brilhavam como pedras preciosas e suas faces pareciam como que envernizadas. Sentou-se. As pernas do homem, que ele cruzava, eram excessivamente finas, e suas mãos grandes e nodosas davam toda a volta nelas. Seu nome era Marie-Adolphe Guillergues e era acusado de dilapidação nas forragens da República. O ato de acusação expunha fatos numerosos e graves, nenhum dos quais era absolutamente certo. Quando questionado, Guillergues negou a maioria desses fatos e explicou os demais em sua defesa. Sua linguagem era precisa e fria, singularmente hábil, e dava a ideia de um homem com quem é melhor não negociar. Ele tinha resposta para tudo. Quando o juiz lhe fazia uma pergunta embaraçosa, seu rosto permanecia calmo e sua fala segura, mas ambas as mãos, reunidas em seu peito, crispavam-se de angústia. Gamelin percebeu isso e sussurrou no ouvido de seu vizinho, pintor como ele:

– Olhe seus polegares!

A primeira testemunha ouvida trouxe fatos avassaladores. Era nela que repousava toda a acusação. Os que foram chamados em seguida, ao contrário, mostraram-se favoráveis ao acusado. O substituto do promotor público foi veemente, mas permaneceu vago. O defensor falou com um tom de verdade que conquistou as simpatias para com o acusado que, ele próprio, não conseguira atrair. A audiência foi suspensa e os jurados reuniram-se na sala das deliberações. Lá, depois de uma discussão obscura e confusa, dividiram-se em dois grupos quase iguais. De um lado, os indiferentes, os mornos, os ponderadores, que nenhuma paixão animava, e, do outro lado, aqueles que se deixavam levar pelo sentimento, mostrando-se pouco acessíveis à argumentação e que julgavam com o coração. Estes sempre condenavam. Eram os bons, os puros: só pensavam em salvar a República e não se importavam com o resto. Uma atitude que causou forte impressão em Gamelin, sentindo-se em comunhão com eles.

"Este Guillergues", pensou ele, "é um patife astuto, um celerado que especulou com a forragem de nossa cavalaria. Absolvê-lo seria deixar um traidor escapar, trair a pátria, condenar o exército à derrota." E Gamelin já podia ver os hussardos da República, em suas montarias cambaleantes, golpeados pelos sabres da cavalaria inimiga... "Mas e se Guillergues fosse inocente?..."

De repente, ele pensou em Jean Blaise, também suspeito de irregularidade nos suprimentos. Muitos outros deviam agir como Guillergues e Blaise, preparar a derrota, abater a República! Era preciso fazer dele um exemplo. Contudo, e se Guillergues fosse inocente?

– Não há provas – disse Gamelin em voz alta.

– Nunca há prova nenhuma – respondeu dando de ombros o chefe do júri, que era um bom, um puro.

No final, houve sete votos para condenação e oito para absolvição.

O júri voltou à sala do tribunal e a audiência foi retomada. Os jurados deviam apresentar as razões de seu veredicto; cada um falou por sua vez diante da cadeira vazia. Alguns eram prolíficos; outros se contentaram com uma palavra; houve aqueles que pronunciavam expressões ininteligíveis.

Quando chegou sua vez, Gamelin se levantou e disse:

– Na presença de um crime tão grande que priva os defensores da pátria dos meios da vitória, queremos provas formais que não temos.

Por maioria de votos, o acusado foi considerado inocente.

Guillergues foi trazido diante dos juízes, acompanhado pelo murmúrio benevolente dos espectadores anunciando sua absolvição. Era outro homem. A secura de seus traços se derretia, seus lábios se suavizavam. Parecia venerável; seu rosto expressava inocência. O presidente leu, com voz comovida, o veredicto que inocentava o arguido; a sala explodiu em aplausos. O policial que trouxera Guillergues correu para seus braços. O presidente o chamou e deu-lhe um abraço fraterno. Os jurados o abraçaram. Gamelin estava chorando com lágrimas quentes.

No pátio do Palácio, iluminado pelos últimos raios do dia, uma multidão uivante se agitava. As quatro seções do tribunal haviam pronunciado trinta sentenças de morte no dia anterior e, nos degraus da grande escadaria, as tricoteiras sentadas aguardavam a partida das carroças. Mas Gamelin, descendo a escada no fluxo de jurados e de espectadores, não via nem ouvia nada que não fosse seu ato de justiça e de humanidade, e as felicitações que deu a si mesmo por ter reconhecido a inocência. No pátio, Élodie, toda branca, em lágrimas e sorrindo, atirou-se em seus braços e permaneceu ali atordoada. E, quando recuperou a voz, disse:

– Évariste, o senhor é lindo, é bom, é generoso! Nesta sala, o som de sua voz, masculina e suave, atravessou-me por inteiro com suas ondas magnéticas. Estava eletrizada. Contemplava-o em seu banco. Eu via somente o senhor. Mas, meu amigo, o senhor não adivinhou minha presença? Nada lhe disse que eu estava lá? Eu fiquei na tribuna, na segunda fila, à direita. Meu Deus! como é doce fazer o bem! O senhor salvou esse infeliz. Se não estivesse lá, tudo teria acabado para ele: morreria. O senhor devolveu-o à vida, ao amor dos seus. Neste momento, deve estar abençoando-o. Évariste, como estou feliz e orgulhosa por amá-lo!

Segurando-se pelo braço, apertados um contra o outro, iam pelas ruas, sentindo-se tão leves que acreditavam voar.

Iam para o Amor Pintor. Chegando ao Oratoire:

– Não passemos pela loja – disse Élodie.

Ela o fez entrar pelo grande portão e subir com ela até o apartamento. No patamar, ela tirou de sua bolsinha uma grande chave de ferro.

– Parece uma chave de prisão – disse ela. – Évariste vai ser meu prisioneiro.

Atravessaram a sala de jantar e foram para o quarto da moça.

Évariste sentia em seus lábios o frescor ardente dos lábios de Élodie. Apertou-a em seus braços. Com a cabeça inclinada, os olhos elanguescentes, os cabelos espalhados, a cintura torcida, meio desmaiada; ela lhe escapou e correu para empurrar o trinco...

Já era noite avançada quando a cidadã Blaise abriu a porta do apartamento para seu amante e sussurrou para ele, na sombra:

– Adeus, meu amor! É hora de meu pai voltar para casa. Se você ouvir barulho na escada, suba rapidamente e só desça quando não houver mais perigo de alguém vê-lo. Para abrir a porta, bata três vezes na janela da zeladora. Adeus, minha vida, adeus, minha alma!

Quando se encontrou na rua, viu a janela do quarto de Élodie abrir uma fresta e uma pequena mão arrancar um cravo vermelho, que caiu a seus pés como uma gota de sangue.

CAPÍTULO XII

UMA NOITE, QUANDO O VELHO BROTTEAUX carregava doze dúzias de bonecos para o cidadão Caillou na Rue de la Loi, o vendedor de brinquedos, habitualmente gentil e educado, deu-lhe boas-vindas relutantes em meio a seus bonecos e fantoches.

– Tome cuidado, cidadão Brotteaux – disse-lhe ele –, tome cuidado! Nem sempre é hora de rir; nem todas as brincadeiras são boas: um membro do Comitê de Segurança da Seção, que visitou meu estabelecimento ontem, viu seus fantoches e os achou contrarrevolucionários.

– Ele estava brincando! – disse Brotteaux.

– Não, não, cidadão, não, não. É um homem que não brinca. Disse que nesses homenzinhos a representação nacional estava perfidamente contrafeita, que se reconhecia neles, em particular, caricaturas de Couthon, Saint-Just e Robespierre, e os apreendeu. É uma perda dura para mim, sem falar nos perigos a que estou exposto.

– O quê?! Esses Arlequins, esses Gilles, esses Scaramouches, esses Colins e essas Colettes, que pintei como Boucher os pintava cinquenta anos atrás, seriam Couthon e Saint-Just contrafeitos? Nenhum homem sensato pode achar isso.

– É possível – retomou o cidadão Caillou – que o senhor tenha agido sem malícia, embora seja sempre necessário desconfiar de um homem espirituoso como o senhor. Mas o jogo é perigoso. Quer um exemplo? Natoile, que dirige um pequeno teatro na Champs-Élysées, foi preso anteontem por incivismo, pois fazia representar a Convenção por Polichinelo.

– Escute aqui – disse Brotteaux, levantando o pano que cobria seus pequeninos dependurados –, veja essas máscaras e esses rostos, parecem outra coisa além de personagens de comédia e pastorais? Como deixou que dissessem, cidadão Caillou, que eu estaria brincando com a Convenção Nacional?

Brotteaux estava surpreso. Embora ele concedesse muito à estupidez humana, jamais teria acreditado que ela suspeitaria de seus Scaramouches e suas Colinettes. Protestou, defendendo a inocência deles e a sua. Mas o cidadão Caillou não queria ouvir nada.

– Cidadão Brotteaux, leve embora seus fantoches. Eu o estimo, honro, mas não quero ser nem repreendido nem inquietado por sua causa. Respeito a lei. Tenciono permanecer como bom cidadão e ser tratado como tal. Boa noite, cidadão Brotteaux; leve embora seus fantoches.

O velho Brotteaux retomou o caminho de seu alojamento, carregando seus suspeitos no ombro, à ponta de uma vara, e arreliado pelas crianças que pensavam que ele fosse o vendedor de veneno para ratos. Seus pensamentos eram tristes. Sem dúvida, não vivia apenas de seus fantoches: fazia retratos a 20 tostões, sob as entradas das casas e em um tonel do mercado, na companhia das remendeiras e de muitos rapazes que partiam para o exército e queriam deixar seus retratos para as jovens amantes. Mas essas pequenas obras lhe davam um trabalho extremo, e ele estava longe de fazer tão bem seus retratos quanto fazia seus fantoches. Às vezes, servia de secretário para as senhoras do mercado, mas isso significava se envolver em complôs monarquistas, e os riscos eram grandes. Ele se lembrou de que havia na Rue Neuve-des--Petits-Champs, perto da ex-Place Vendôme, outro comerciante de brinquedos, chamado Joly, e resolveu ir no dia seguinte para oferecer-lhe o que o pusilânime Caillou recusava.

Caiu uma chuva fina. Brotteaux, temendo que seus fantoches se estragassem, apressou o passo. Ao passar pela Pont-Neuf, escura e deserta, e dobrando a esquina da Place de Thionville, viu, à luz de um lampião, sobre um marco de pedra, um velho magro que parecia extenuado de cansaço e fome, e que mantinha ainda um ar venerável. Estava usando uma veste rasgada, não tinha chapéu e parecia ter mais de 60 anos. Aproximando-se desse infeliz, Brotteaux reconheceu o padre Longuemare, que ele havia salvado de ser enforcado no lampião seis meses antes, enquanto os dois faziam fila em frente à padaria da Rue de Jérusalem. Envolvido com esse religioso por um primeiro serviço, Brotteaux se aproximou dele, deu-se a conhecer como o publicano que estivera ao seu lado no meio da ralé, em um dia de grande fome, e perguntou se não lhe podia ser útil.

– O senhor parece cansado, padre. Tome uma gota de cordial.

E Brotteaux tirou do bolso de seu redingote vermelho-escuro um frasco de aguardente, que estava ali com seu Lucrécio.

– Beba. Vou ajudá-lo a chegar a seu domicílio.

O padre Longuemare empurrou a garrafa com a mão e tentou se levantar. Mas caiu novamente sobre seu marco de pedra.

– Senhor – disse com voz fraca, mas segura –, há três meses eu morava em Picpus. Informado que tinham vindo me prender em casa, ontem, às 17 horas, não voltei para meu domicílio. Não tenho asilo; erro nas ruas e estou um pouco cansado.

– Pois bem, padre – disse Brotteaux –, conceda-me a honra de compartilhar meu sótão consigo.

– Senhor – disse o barnabita –, sabe bem que sou um suspeito.

– Eu sou também – disse Brotteaux –, e meus fantoches também são, o que é o pior de tudo. O senhor os vê expostos, sob esse pano fino, à chuvinha que nos deprime. Pois saiba, padre, que depois de ter sido publicano, fabrico bonecos para subsistir.

O padre Longuemare pegou na mão que lhe estendia o ex-financista e aceitou a hospitalidade oferecida. Brotteaux, em seu sótão, serviu-lhe pão, queijo e vinho, que tinha posto para resfriar em sua calha, pois era um sibarita.

Tendo aplacado sua fome:

– Senhor – disse o padre Longuemare –, devo informá-lo das circunstâncias que ocasionaram minha fuga e me jogaram, expirante, naquele marco de pedra onde me encontrou. Expulso de meu convento, vivia com os parcos rendimentos que a Assembleia me concedera; dava aulas de latim e matemática e escrevia brochuras sobre a perseguição à Igreja da França. Cheguei mesmo a escrever uma obra de certo alento, para demonstrar que o juramento constitucional dos padres é contrário à disciplina eclesiástica. O avanço da Revolução me privou de todos os meus alunos e eu não podia mais receber minha pensão por não possuir o certificado de civismo exigido por lei. Era esse certificado que ia pedir à prefeitura, com a convicção de que o merecia. Membro de uma ordem instituída pelo próprio apóstolo São Paulo, que se prevaleceu do título de cidadão romano, gabava-me de me comportar, imitando-o, como bom cidadão francês, respeitoso de todas as leis humanas que não se oponham às leis divinas. Apresentei meu pedido ao sr. Colin, açougueiro e funcionário municipal, responsável pela emissão desse tipo de cartão. Ele me questionou sobre minha condição. Disse-lhe que era padre: perguntou-me se era casado e, ao responder que não, disse-me que tanto pior para mim. Finalmente, após várias questões, ele me perguntou se eu havia provado meu civismo nos dias 10 de agosto, 2 de setembro e 31 de maio. "Os certificados só podem ser entregues", acrescentou, "àqueles que comprovaram seu bom civismo por meio de sua conduta nessas três ocasiões." Não pude lhe dar uma resposta que o satisfizesse. No entanto, ele anotou meu nome e endereço e prometeu investigar rapidamente meu caso. Manteve sua palavra e foi no final de sua investigação que dois comissários do Comitê de Segurança Geral de Picpus, auxiliados pela força armada, vieram à minha casa em minha ausência para me levar à prisão. Não sei de que crime me acusam. Mas convenha que devemos ter pena do sr. Colin, cuja mente está perturbada o suficiente para censurar um eclesiástico por não ter mostrado seu civismo em 10 de agosto, 2 de setembro, 31 de maio. Um homem capaz de tal pensamento é digno de pena.

– Eu também não tenho um certificado – disse Brotteaux. – Somos ambos suspeitos. Mas o senhor está cansado. Deite-se, padre. Amanhã refletiremos sobre sua segurança.

Deu o colchão ao hóspede e guardou para si a almofada de palha, que o monge pediu por humildade, com tanta insistência que foi preciso satisfazê-lo: sem isso, teria dormido no assoalho.

Tendo completado esses arranjos, Brotteaux apagou a vela por economia e prudência.

– Senhor – disse-lhe o religioso –, reconheço o que faz por mim; mas, infelizmente, que eu lhe seja grato não significa muita coisa. Que Deus faça disso um mérito! Seria de infinita consequência para o senhor. Mas Deus não leva em conta o que não é feito para sua glória, e o que o senhor faz é apenas o esforço de uma virtude puramente natural. Eis por que eu lhe suplico, senhor, que faça por Ele o que o senhor estava inclinado a fazer por mim.

– Padre – respondeu Brotteaux –, não se preocupe e não me seja reconhecido. O que estou fazendo nesse momento e do que o senhor exagera o mérito, não o faço por amor ao senhor: porque, enfim, embora o senhor seja amável, padre, eu o conheço muito pouco para amá-lo. Também não o faço por amor à humanidade: pois não sou tão simples como Don Juan, em acreditar, como ele, que a humanidade tem direitos; e esse preconceito, em um espírito tão livre quanto o dele, me entristece. Faço-o por aquele egoísmo que inspira no homem todos os atos de generosidade e devoção, fazendo-o reconhecer-se em todos os miseráveis, dispondo-o a ter pena de seu próprio infortúnio no infortúnio dos outros e estimulando-o a levar ajuda a um mortal semelhante a ele por natureza e destino, até que acredite estar ajudando a si mesmo, ajudando-o. Ainda o faço por ociosidade: porque a vida é tão insípida que é preciso se distrair a todo custo, e a beneficência é uma diversão um tanto sem gosto que nos oferecemos na ausência de outras mais saborosas; faço isso por orgulho e tirando vantagem do senhor; faço isso, finalmente, por espírito de sistema e para lhe mostrar do que um ateu é capaz.

– Não se calunie, senhor – respondeu o padre Longuemare. – Recebi de Deus mais graças do que ele lhe concedeu até agora; mas eu valho menos do que o senhor, e lhe sou muito inferior em méritos naturais. No entanto, permita-me também tirar vantagem sobre o senhor. Não me conhecendo, o senhor não pode me amar. E eu, senhor, sem conhecê-lo, amo-o mais do que a mim mesmo: Deus me ordena.

Tendo assim falado, o padre Longuemare ajoelhou-se no chão e, depois de ter recitado suas orações, deitou-se na almofada e adormeceu em paz.

CAPÍTULO XIII

ÉVARISTE GAMELIN PARTICIPAVA do tribunal pela segunda vez. Antes da abertura da audiência, conversava com seus colegas do júri sobre as notícias que tinham chegado pela manhã. Havia incertas e falsas; mas o que se podia extrair delas era terrível: os exércitos unidos das coalizões dominando todas as estradas, marchando em conjunto, a Vendeia vitoriosa, Lyon insurgente, Toulon entregue aos ingleses, que desembarcavam 14 mil homens ali.

Para esses magistrados, tratava-se tanto de fatos domésticos quanto de acontecimentos de interesse para o mundo inteiro. Certos de perecer se a pátria perecesse, faziam da salvação pública uma questão pessoal. E o interesse da nação, confundido com o deles, ditava seus sentimentos, suas paixões, sua conduta.

Gamelin recebeu em seu banco uma carta de Trubert, secretário do Comitê de Defesa; era a notícia de sua nomeação como comissário das pólvoras e dos salitres.

Você revirará todos os porões da seção para extrair as substâncias necessárias à fabricação da pólvora. O inimigo estará talvez amanhã diante de Paris: é preciso que o solo da pátria nos forneça os raios que lançaremos sobre seus agressores. Envio aqui uma instrução da Convenção relativa ao tratamento dos salitres. Saudações e fraternidade.

Nesse ponto, o acusado foi introduzido. Era um dos últimos dos generais derrotados que a Convenção entregava ao tribunal, e o mais obscuro. À sua vista, Gamelin estremeceu: era como se estivesse revendo aquele militar que, misturado ao público, ele tinha visto três semanas antes, ser julgado e enviado à guilhotina. Parecia o mesmo homem, com jeito teimoso, limitado: foi um julgamento idêntico. Ele respondia de uma forma tão melíflua e brutal que estragava suas melhores respostas. Suas chicanas, suas argúcias, as acusações que fazia a seus subordinados levavam a esquecer que ele estava realizando a respeitável tarefa de defender sua honra e sua vida. Nesse caso tudo era incerto, contestado, a posição dos exércitos, número de homens, munições, ordens dadas, ordens recebidas, movimentos de tropas: nada se sabia. Ninguém entendeu nada dessas operações confusas, absurdas, sem objetivo que haviam levado a um desastre, ninguém, tanto o defensor e o próprio acusado quanto o acusador, os juízes e os jurados, e, coisa estranha, ninguém confessava aos outros, nem a si mesmo, que não entendia. Os juízes tinham prazer em traçar planos, discutir táticas e estratégias; o acusado traía sua disposição natural para a chicana.

Discutia-se sem parar. E Gamelin, durante esses debates, via nas estradas acidentadas do Norte os caixões atolados na lama e os canhões revirados nos acostamentos e, por todos os caminhos, desfilarem em desordem as colunas derrotadas, enquanto a cavalaria inimiga emergia de todos os lados pelos desfiladeiros abandonados. E ele ouvia um clamor imenso subindo desse exército traído que acusava o general. No encerramento dos debates, a sombra invadia a sala e a figura indistinta de Marat aparecia como um fantasma acima da cabeça do presidente. O júri chamado para se pronunciar estava dividido. Gamelin, com uma voz abafada, que se estrangulava em sua garganta, mas em tom resoluto, declarou o acusado culpado de traição à República, e um murmúrio de aprovação, que se elevou na multidão, veio afagar sua jovem virtude. A sentença foi lida à luz das tochas, cujo clarão lívido tremia nas têmporas escavadas do condenado, onde se via pingar o suor. Na saída, na escadaria onde enxameava a multidão das comadres com insígnias patrióticas, enquanto ouvia seu nome murmurado, que os frequentadores do tribunal começavam a conhecer, Gamelin foi acometido por tricoteiras que, mostrando-lhe o punho, exigiam a cabeça da Austríaca.

No dia seguinte, Évariste teve de se pronunciar sobre o destino de uma pobre mulher, a viúva Meyrion, entregadora de pão. Ela ia pelas ruas empurrando um carrinho e carregando, pendurada na cintura, uma pequena prancha de madeira branca na qual fazia entalhes com a faca que representavam a contagem dos pães que entregara. Seus ganhos eram de 8 centavos por dia. O substituto do acusador público se mostrou de uma estranha violência contra essa infeliz mulher que, aparentemente, tinha gritado "Viva o rei!" várias vezes, fizera comentários contrarrevolucionários nas casas onde ia levar o pão de cada dia, e estava comprometida em uma conspiração que tinha por objeto a fuga da mulher Capeto. Questionada pelo juiz, ela reconheceu os fatos que lhe foram imputados; seja por simplicidade, seja por fanatismo, ela professou sentimentos monarquistas de grande exaltação e se perdeu.

O Tribunal Revolucionário fazia triunfar a igualdade ao se mostrar tão severo tanto com carregadores e criadas quanto com aristocratas e financistas. Gamelin não concebia que pudesse ser de outra forma sob um regime popular. Ele teria julgado desprezível, insolente para com o povo, excluí-lo do suplício. Teria sido considerá-lo, por assim dizer, indigno do castigo. Reservada apenas aos aristocratas, a guilhotina lhe pareceria uma espécie de privilégio iníquo. Gamelin começava a fazer do castigo uma ideia religiosa e mística, a perceber nele uma virtude, com méritos próprios. Ele pensava que a pena era devida aos criminosos e que seria prejudicá-los se fossem frustrados dela. Declarou a viúva Meyrion culpada e digna do castigo supremo, lamentando apenas que os fanáticos que a haviam perdido, mais culpados do que ela, não estivessem lá para compartilhar de sua sorte.

Évariste ia quase todas as noites aos jacobinos, que se reuniam na antiga capela dos dominicanos, vulgarmente chamada de jacobinos, Rue Honoré. Em um pátio, no qual se erguia uma árvore da Liberdade, um choupo, cujas folhas agitadas emitiam um murmúrio perpétuo, a capela, de estilo pobre e soturno, pesadamente coberta de telhas, apresentava sua empena nua, perfurada por um olho de boi e uma porta em arco, encimada pela bandeira de cores nacionais, com o barrete da Liberdade. Os jacobinos, assim como os cordeliers e os feuillants, haviam tomado a morada e o nome de monges dispersados. Gamelin, outrora assíduo nas seções dos cordeliers, não encontrava nos jacobinos os tamancos, as *carmagnoles*, os gritos dos dantonistas. A prudência administrativa e a gravidade burguesa reinavam no clube de Robespierre. Como o Amigo do Povo não existia mais, Évariste seguia as lições de Maximilien, cujo pensamento dominava nos jacobinos e, a partir daí, por mil sociedades afiliadas se estendia por toda a França. Durante a leitura do relatório, ele passeava seus olhares pelas paredes nuas e tristes, que, depois de terem abrigado os filhos espirituais do grande inquisidor da heresia, viam reunidos os zelosos inquisidores dos crimes contra a pátria.

Lá ocorria sem pompa e se exercia pela palavra o maior dos poderes do Estado. Governava a cidade, o império, ditava seus decretos à Convenção. Esses artesãos da nova ordem de coisas, tão respeitosos da lei que permaneceram monarquistas em 1791 e queriam sê-lo ainda no retorno de Varennes, por um apego obstinado à Constituição, amigos da ordem estabelecida, mesmo depois dos massacres de Champ-de-Mars, e nunca revolucionários contra a revolução, estrangeiros aos movimentos populares, nutriam em suas almas sombrias e poderosas um amor pela pátria que dera origem a catorze exércitos e elevara a guilhotina. Évariste admirava neles a vigilância, o espírito suspeitoso, o pensamento dogmático, o amor à regra, a arte de dominar, uma imperial sabedoria.

O público que compunha a sala emitia apenas uma vibração unânime e regular, como a folhagem da árvore da Liberdade que se erguia na soleira.

Naquele dia, 11 de vindimiário, um homem moço, com entradas nos cabelos, olhar penetrante, nariz pontudo, queixo agudo, rosto marcado pela bexiga, ar frio, subiu lentamente à tribuna. Estava empoado e usava um casaco azul que marcava sua cintura.

Tinha um comportamento compassado, uma postura comedida que fazia algumas pessoas dizerem, brincando, que parecia um professor de dança e que o fazia ser saudado pelos outros como o "Orfeu francês". Robespierre pronunciou em voz clara um discurso eloquente contra os inimigos da República. Atacou com argumentos metafísicos e terríveis Brissot e seus cúmplices. Falou por muito tempo, com abundância, com harmonia. Planando nas esferas celestes da filosofia, lançava um raio sobre os conspiradores que rastejavam no chão.

Évariste ouviu e compreendeu. Até então, ele acusara a Gironda de preparar a restauração da monarquia ou o triunfo da facção de Orléans e de projetar a ruína da cidade heroica que havia libertado a França e que um dia libertaria o universo. Agora, ouvindo a voz do sábio, ele descobria verdades mais elevadas e mais puras; concebia uma metafísica revolucionária, que elevava sua mente acima das contingências grosseiras, ao abrigo dos erros dos sentidos, na região das certezas absolutas. As coisas estão por si mesmas misturadas e cheias de confusão; a complexidade dos fatos é tanta que conduz à confusão. Robespierre as simplificava para ele, apresentava-lhe o bem e o mal em fórmulas simples e claras. Federalismo, indivisibilidade: na unidade e indivisibilidade estava a salvação; no federalismo, a danação. Gamelin experimentava a alegria profunda de um crente que conhece a palavra que salva e a palavra que perde. De agora em diante, o Tribunal Revolucionário, como os tribunais eclesiásticos de outrora, conheceria o crime absoluto, o crime verbal. E, porque tinha um espírito religioso, Évariste recebia essas revelações com um entusiasmo sombrio; seu coração se exaltava e se alegrava com a ideia de que agora, para discernir o crime e a inocência, possuía um símbolo. Vós tomais o lugar de tudo, ó tesouros da fé!

O sábio Maximilien também o esclareceu sobre as intenções pérfidas daqueles que queriam igualar os bens e compartilhar as terras, suprimir a riqueza e a pobreza e estabelecer para todos a mediocridade feliz. Seduzido por suas máximas, ele primeiro tinha aprovado suas intenções, que considerava conformes aos princípios de um verdadeiro republicano. Mas Robespierre, por seus discursos nos jacobinos, lhe revelara suas intrigas e descoberto que esses homens, cujas intenções pareciam puras, tendiam à subversão da República e alarmavam os ricos apenas para levantar poderosos e implacáveis inimigos contra a autoridade legítima. Com efeito, logo que a propriedade foi ameaçada, toda a população, ainda mais apegada a seus bens porque pouco possuía, de repente se voltava contra a República. Alarmar os interesses é conspirar. Sob a aparência de preparar a felicidade universal e o reino da justiça, aqueles que propunham a igualdade e a comunidade dos bens como objeto digno do esforço dos cidadãos eram traidores e celerados mais perigosos do que os federalistas.

Mas a maior revelação que a sabedoria de Robespierre lhe trouxe foram os crimes e infâmias do ateísmo. Gamelin nunca negou a existência de Deus; era um deísta e acreditava em uma providência que zela pelos homens; mas, confessando a si mesmo que concebia só muito indistintamente o Ser Supremo, e muito apegado à liberdade de consciência, prontamente admitiu que pessoas honestas, como Lamettrie, Boulanger, o barão d'Holbach, Lalande, Helvétius, o cidadão Dupuis, pudessem negar a existência de Deus, com a condição de estabelecer uma moral natural e encontrar em si as origens de justiça e as regras de uma vida virtuosa. Até sentiu simpatia pelos ateus quando os viu injuriados ou perseguidos. Maximilien lhe abrira a mente e os olhos. Com sua eloquência virtuosa, esse grande homem revelou-lhe o verdadeiro caráter do ateísmo, sua natureza, suas intenções, seus efeitos; demonstrou-lhe que essa doutrina, formada em salões e alcovas da aristocracia, era a invenção mais pérfida que os inimigos do povo haviam imaginado para desmoralizá-lo e escravizá-lo; que era criminoso arrancar dos corações dos infelizes o pensamento consolador de uma providência compensadora, e entregá-los sem guia e sem freios às paixões que degradam o homem e o tornam um escravo vil, e que, enfim, o epicurismo monárquico de um Helvétius conduzia à imoralidade, à crueldade, a todos os crimes. E, desde o momento em que as lições de um grande cidadão o tinham instruído, execrou os ateus, sobretudo quando possuíam o coração aberto e alegre, como o velho Brotteaux.

Nos dias que se seguiram, Évariste teve de julgar, um atrás do outro, um ex-aristocrata condenado por ter destruído grãos para esfaimar o povo, três emigrados que haviam voltado para fomentar a guerra civil na França, duas moças do Palais-Égalité, catorze conspiradores bretões, mulheres, velhos, adolescentes, patrões e criados. O crime foi confirmado, a lei era formal. Entre os culpados estava uma jovem de 20 anos, adornada com os esplendores da mocidade sob as sombras de seu fim próximo, encantadora. Um laço azul prendia seus cabelos de ouro, seu lenço de tecido fino revelava um pescoço branco e flexível.

Évariste votava constantemente pela morte, e todos os acusados, exceto um velho jardineiro, foram enviados ao cadafalso.

Na semana seguinte, Évariste e sua seção mataram 45 homens e 18 mulheres.

Os juízes do Tribunal Revolucionário não faziam distinção entre os homens e as mulheres, inspirados nisso por um princípio tão antigo quanto a própria justiça. E, se o presidente Montané, comovido pela coragem e beleza de Charlotte Corday, tinha tentado salvá-la alterando o procedimento, e perdido seu assento ali, as mulheres, no mais das vezes, eram interrogadas sem indulgência, segundo a regra comum para todos os tribunais. Os jurados as temiam, desconfiavam de suas espertezas, de seu hábito de fingir, de seus meios de sedução. Igualando os homens em coragem, elas levavam por isso mesmo o tribunal a tratá-las como homens. A maioria dos que as julgavam, mediocremente sensuais, ou sensuais em outros momentos, não ficava de forma alguma perturbada. Eles condenavam ou absolviam essas mulheres de acordo com suas consciências, seus preconceitos, seu zelo, seu amor débil ou violento pela República. Elas se mostravam quase todas cuidadosamente penteadas e vestidas da melhor maneira que permitiam suas condições infelizes. Mas havia entre elas poucas jovens, menos ainda bonitas. A prisão e as preocupações as tinham emurchecido, a luz crua da sala traía-lhes o cansaço, suas angústias eram denunciadas pelas pálpebras caídas, a vermelhidão da tez, os lábios brancos e contraídos. No entanto, a cadeira fatal recebeu mais de uma vez uma jovem, bela em sua palidez, enquanto uma sombra fúnebre, semelhante aos véus da volúpia, afogava seus olhares. Ao vê-las, quantos jurados teriam ficado sensíveis ou irritados; quantos, no segredo de seus sentidos depravados, um desses magistrados teria perscrutado as ideias mais íntimas dessa criatura que imaginava ao mesmo tempo viva e morta, e que, revolvendo imagens voluptuosas e sangrentas, tenha se oferecido o prazer atroz de entregar ao carrasco aquele corpo desejado; isso é o que, talvez, deveríamos calar, mas que não se poderia negar, quando se conhece os homens. Évariste Gamelin, artista frio e erudito, reconhecia a beleza apenas na Antiguidade clássica, e a beleza lhe inspirava menos perturbação do que respeito. Seu gosto clássico tinha tais severidades que raramente encontrava uma mulher de seu gosto; era insensível aos encantos de um rosto lindo tanto quanto à cor de Fragonard e às formas de Boucher. Jamais conhecera o desejo, a não ser no amor profundo.

Como a maioria de seus colegas do tribunal, acreditava que as mulheres eram mais perigosas do que os homens. Odiava as ex-princesas, aquelas que imaginava, em seus sonhos cheios de horror, tecendo, com Elizabeth e a Austríaca, complôs para assassinar os patriotas; odiava até mesmos todas aquelas lindas amigas dos financistas, dos filósofos e dos letrados, culpados por terem gozado dos prazeres dos sentidos e do espírito e de ter vivido em uma época na qual era doce viver. Ele as odiava sem confessar seu ódio e, quando tinha alguma para julgar, ele a condenava por ressentimento, acreditando condená-la com justiça para a salvação pública. E sua honestidade, seu pudor viril, sua sabedoria fria, sua devoção ao Estado, suas virtudes, enfim, cresciam sob a lâmina destinada às cabeças comoventes.

Mas o que é isso e o que significa esse estranho prodígio? Há pouco, ainda, era necessário buscar os culpados, esforçar-se por descobri-los em seus esconderijos e extrair deles a confissão de seus crimes. Agora, não é mais a caça com uma multidão de cães, a perseguição de uma presa tímida: eis que, de todos os lados, vítimas se ofereciam. Nobres, virgens, soldados, mulheres públicas se precipitam no tribunal, arrancam dos juízes suas sentenças lentas demais, exigem a morte como um direito do qual estão impacientes para desfrutar. Não basta essa multidão com a qual o zelo dos delatores encheu as prisões e que o acusador público e seus acólitos se cansavam de apresentar ao tribunal: é preciso ainda prover o suplício daqueles que não querem esperar. E tantos outros, ainda mais rápidos e orgulhosos, enviando suas mortes aos juízes e carrascos, se feriam com as próprias mãos! À fúria de matar responde a fúria de morrer. Eis, na Conciergerie, um jovem soldado, bonito, vigoroso, amado; ele deixou na prisão uma amante adorável que lhe disse: "Viva para mim!". Ele não quer viver nem para ela, nem para o amor, nem para a glória. Ele acendeu o cachimbo com seu ato de acusação. E, republicano, porque respira liberdade por todos os poros, fez-se monarquista para morrer. O tribunal tenta absolvê-lo; o acusado é mais forte; juízes e jurados são obrigados a ceder.

A mente de Évariste, naturalmente inquieta e escrupulosa, enchia-se, com as lições dos jacobinos e o espetáculo da vida, de suspeitas e alarmes. À noite, percorrendo as ruas mal iluminadas para chegar à casa de Élodie, acreditava perceber, através de cada respiradouro de porão, a prancha com falsos *assignats*; nos fundos da padaria ou da mercearia vazias, adivinhava prateleiras transbordando de provisões escondidas; pelas vitrinas cintilantes dos restaurantes, parecia ouvir as conversas dos agiotas que preparavam a ruína do país esvaziando garrafas de vinho de Beaune ou de Chablis; nas vielas infectas, percebia mulheres da vida prontas para pisar nas insígnias nacionais sob os aplausos da juventude elegante; ele via conspiradores e traidores por toda parte. E pensava: "República! contra tantos inimigos secretos ou declarados, tens apenas um socorro. Santa guilhotina, salva o país!".

Élodie esperava por ele em seu quartinho azul, acima do Amor Pintor. Para avisá-lo de que ele poderia entrar, colocou seu pequeno regador verde na beirada da janela, perto do vaso de cravos. Agora ele a horrorizava, surgia-lhe como um monstro: tinha medo dele e o adorava. A noite toda, apertados loucamente um contra o outro, o amante sanguinário e a voluptuosa moça, em silêncio trocavam beijos furiosos.

CAPÍTULO XIV

DE PÉ DESDE A AURORA, O PADRE LONGUEMARE, tendo varrido o quarto, foi dizer sua missa em uma capela da Rue d'Enfer, servida por um padre não juramentado. Havia milhares de refúgios semelhantes em Paris, onde o clero refratário reunia clandestinamente pequenos rebanhos de fiéis. A polícia das seções, embora vigilante e desconfiada, fechava os olhos diante desses apriscos escondidos, por medo do rebanho irritado e por um resto de veneração pelas coisas santas. O barnabita se despediu de seu anfitrião, que teve grande dificuldade em que ele prometesse voltar para o jantar, e finalmente conseguiu com a promessa de que a comida não seria nem abundante nem delicada.

Brotteaux, permanecendo sozinho, acendeu um pequeno fogão de barro; depois, enquanto preparava o jantar do religioso e o do epicurista, relia Lucrécio e meditava sobre a condição dos homens.

Esse sábio não se surpreendia que seres miseráveis, brinquedos vãos das forças da natureza, muitas vezes se encontrassem em situações absurdas e dolorosas; mas tinha a fraqueza de acreditar que os revolucionários eram mais perversos e mais estúpidos do que os outros homens, pelo que caía na ideologia. Além disso, não era pessimista e não achava que a vida fosse inteiramente ruim. Ele admirava a natureza em várias de suas partes, especialmente na mecânica celeste e no amor físico, e acomodava-se aos trabalhos da vida esperando o dia próximo, quando não mais conheceria nem medos nem desejos.

Coloriu com atenção alguns fantoches e fez uma Zerline que parecia Thévenin. Ele gostava dessa moça e seu epicurismo louvava a ordem dos átomos que a compunham.

Esses cuidados o ocuparam até o regresso do barnabita.

– Padre – falou ele, abrindo a porta –, eu lhe disse bem que nossa refeição seria magra. Só temos castanhas. E ainda não estão nada bem temperadas.

– Castanhas! – exclamou o padre Longuemare, sorrindo. – Prato mais delicioso não existe. Meu pai, senhor, era um pobre fidalgo da região de Limoges, que possuía, como únicas propriedades, um pombal em ruínas, um pomar silvestre e um bosque de castanheiros. Ele se alimentava, com sua esposa e doze filhos, de grandes castanhas verdes, e todos éramos fortes e robustos. Eu era o mais novo e o mais turbulento: meu pai costumava dizer, por brincadeira, que eu deveria ser mandado à América para ser pirata... Ah, senhor! Como está perfumada essa sopa de castanhas! Ela me lembra a mesa coroada de crianças em que minha mãe costumava sorrir.

Quando a refeição terminou, Brotteaux foi até Joly, comerciante de brinquedos na Rue Neuve-des-Petits-Champs, que pegou os bonecos recusados por Caillou e pediu não doze dúzias de uma vez como este, mas 24 dúzias, para começar.

Ao chegar à ex-Rue Royale, Brotteaux viu na Place de la Révolution um triângulo de aço cintilando entre dois montantes de madeira: era a guilhotina. A multidão enorme e alegre de pessoas curiosas se aglomerava ao redor do cadafalso, esperando as carroças cheias. Mulheres, carregando bandejas apoiadas nas barrigas, anunciavam, gritando, os bolos de Nanterre. Os vendedores de chá de ervas agitavam seus sinos; ao pé da estátua da Liberdade, um velho exibia gravuras óticas em um pequeno teatro encimado por um balanço onde um macaco se empoleirava. Cães, sob o cadafalso, lambiam o sangue da véspera. Brotteaux voltou para a Rue Honoré.

Regressando ao sótão, onde o barnabita lia seu breviário, limpou cuidadosamente a mesa e colocou ali sua caixa de tintas e as ferramentas e materiais de seu ofício.

– Padre – disse ele –, se o senhor não considera esse trabalho indigno do caráter sagrado de que está investido, ajude-me, peço-lhe, a fazer marionetes. Um sr. Joly me fez uma encomenda bastante grande esta manhã mesmo. Enquanto eu pinto essas figuras já formadas, o senhor me prestará um grande serviço recortando cabeças, braços, pernas e troncos com os modelos que estão aqui. O senhor não poderia encontrar melhores: foram feitos a partir de Watteau e Boucher.

– Eu acredito, de fato, senhor – disse Longuemare –, que Watteau e Boucher eram bons para criar tais bugigangas: teria sido melhor, para a glória deles, se eles tivessem se limitado a bonecos inocentes como esses. Ficaria feliz em ajudar, mas não sou hábil o suficiente para isso.

O padre Longuemare tinha razão em desconfiar de sua habilidade: depois de várias tentativas infrutíferas, foi necessário reconhecer que seu talento não era de recortar com a ponta de um canivete, contornos agradáveis no papelão fino. Mas quando, a seu pedido, Brotteaux lhe deu uma grande agulha e um cordão, ele se mostrou muito apto a dotar com movimentos esses pequenos seres que não tinha sabido formar e a instruí-los a dançar. Experimentava em seguida de bom grado fazendo que cada um executasse alguns passos de gavota e, quando respondiam à sua diligência, um sorriso escorregava em seus lábios severos.

Uma vez que ele puxava o cordão de um Scaramouche, disse:

– Senhor, esse pequeno ator me lembra uma história singular. Foi em 1746: estava terminando meu noviciado, sob a direção do padre Magitot, um homem idoso, de profundo saber e comportamento austero. Naquela época, talvez se lembre, os bonecos, destinados principalmente ao divertimento das crianças, exerciam sobre as mulheres e até mesmo sobre os homens jovens e velhos uma atração extraordinária; faziam furor em Paris. As lojas da moda estavam cheias deles; eram encontrados com pessoas de qualidade, e não era raro ver no passeio e nas ruas um grave personagem fazendo seu boneco dançar. A idade, o caráter e a profissão do padre Magitot não o impediram de contagiar-se. Quando via todos ocupados fazendo pular um homenzinho de papelão, seus dedos sentiam impaciência, o que logo se tornou muito importuno para ele. Um dia, quando, por um assunto importante, que dizia respeito a toda a ordem, ele visitava o sr. Chauvel, advogado no Parlamento, notando uma marionete pendurada na lareira, sentiu uma terrível tentação de puxar seu cordão. Foi apenas à custa de um grande esforço que ele triunfou. Mas esse desejo frívolo o perseguiu e não lhe deu mais descanso. Em seus estudos, em suas meditações, em suas preces, na igreja, no capítulo, no confessionário, no púlpito, era obcecado por isso. Depois de alguns dias consumido por uma perturbação horrível, explicou esse caso extraordinário ao geral da ordem, que, naquele momento, se encontrava, felizmente, em Paris. Era um doutor eminente e um dos príncipes da Igreja de Milão. Aconselhou o padre Magitot a satisfazer um desejo, inocente em seu princípio, importuno em suas consequências, e cujo excesso ameaçava causar as mais graves desordens na alma devorada por ele. Pelo conselho, melhor dizendo, por ordem do geral, o padre Magitot voltou ao sr. Chauvel, que o recebeu como a primeira vez, em seu gabinete. Lá, encontrando a marionete pendurada na lareira, aproximou-se rapidamente e pediu ao anfitrião a graça de puxar a corda por um momento. O advogado concedeu-lhe prontamente e confidenciou-lhe que às vezes fazia dançar Scaramouche (assim se chamava a marionete) enquanto preparava seus requisitórios e que, ainda na véspera, tinha acertado, com os movimentos de Scaramouche, sua peroração em favor de uma mulher falsamente acusada de ter envenenado seu marido. O padre Magitot agarrou o cordão, tremendo, e viu Scaramouche sob sua mão se agitar como um possesso sendo exorcizado. Tendo assim satisfeito seu capricho, foi libertado da obsessão.

– Sua história não me surpreende, padre – disse Brotteaux. – Essas obsessões existem. Mas nem sempre são as figuras de papelão que as causam.

O padre Longuemare, que era religioso, nunca falava de religião; Brotteaux falava disso constantemente. E, ao sentir simpatia pelo barnabita, ele se divertia em embaraçá-lo e perturbá-lo com objeções a vários artigos da doutrina cristã.

Uma vez, enquanto faziam Zerlines e Scaramouches juntos:

– Quando considero – disse Brotteaux – os acontecimentos que nos conduziram ao ponto em que estamos, ao perguntar que partidos, na loucura universal, foi o mais louco, não estou longe de acreditar que foi o da corte.

– Senhor – respondeu o religioso –, todos os homens tornam-se insensatos, como Nabucodonosor, quando Deus os abandona; mas nenhum homem, em nossos dias, mergulhou na ignorância e no erro tão profundamente quanto o sr. abade Fauchet, nenhum homem foi tão funesto para o reino como aquele. Deus devia estar ardentemente irritado com a França para enviar a ela o sr. abade Fauchet!

– Parece-me que temos outros malfeitores além desse infeliz Fauchet.

– O sr. abade Grégoire também mostrou muita malícia.

– E Brissot, e Danton, e Marat, e uma centena de outros, o que me diz deles, padre?

– Senhor, são leigos: os leigos não poderiam incorrer nas mesmas responsabilidades que os religiosos. Eles não praticam o mal de tão alto e seus crimes não são universais.

– E seu Deus, padre, o que me diz de sua conduta na revolução atual?

– Não o compreendo, senhor.

– Epicuro disse: ou Deus quer prevenir o mal e não pode, ou pode e não quer, ou ele nem pode nem quer, ou quer e pode. Se quer e não pode, é impotente; se pode e não quer, é perverso; se não pode e não quer, é impotente e perverso; se quer e pode, por que não o faz, padre?

E Brotteaux lançou um olhar satisfeito para seu interlocutor.

– Senhor – respondeu o religioso –, não há nada mais miserável do que as dificuldades que levanta. Quando examino as razões da incredulidade, parece-me ver formigas opondo algumas folhinhas de ervas como um dique à torrente que desce das montanhas. Permita-me não discutir com o senhor: eu teria razões demais e muito pouca inteligência. Além disso, encontrará sua condenação no padre Guénée e em vinte outros. Direi apenas que o que relata de Epicuro é tolice: porque Deus é julgado ali como se fosse um homem e tivesse a moral humana. Pois bem! Senhor, os incrédulos, de Celso até Bayle e Voltaire, enganaram os tolos com paradoxos semelhantes.

– Veja, padre – disse Brotteaux –, aonde sua fé o leva. Não contente de encontrar toda a verdade em sua teologia, o senhor ainda não quer encontrar nenhuma nas obras de tantos belos gênios que pensavam de maneira diferente.

– Está inteiramente enganado, senhor – respondeu Longuemare. – Acredito, pelo contrário, que nada poderia ser completamente falso no pensamento de um homem. Os ateus ocupam o nível mais baixo na escala do conhecimento; nesse grau ainda permanecem vislumbres de razão e lampejos de verdade, e, mesmo quando as trevas o afogam, o homem levanta uma fronte em que Deus pôs sua inteligência: é o destino de Lúcifer.

– Pois bem, senhor – disse Brotteaux –, não serei tão generoso e confesso que não encontro em todas as obras dos teólogos um átomo de bom senso.

Defendia-se, porém, de querer atacar a religião, que considerava necessária aos povos: teria desejado apenas que ela tivesse ministros filósofos e não polêmicos. Deplorava que os jacobinos quisessem substituí-la por uma religião mais jovem e mais maligna, pela religião da liberdade, da igualdade, da república, da pátria. Tinha notado que é no vigor de suas juventudes que as religiões são mais furiosas e mais cruéis, e que se acalmam ao envelhecer. Além disso, desejava que conservassem o catolicismo, que havia devorado muitas vítimas na época de seu vigor, e que agora, sob o peso dos anos, de apetite medíocre, contentava-se com quatro ou cinco assados de hereges a cada cem anos.

– Além disso – acrescentou ele –, sempre me dei bem com os teófagos e os cristícolas. Eu tinha um capelão em Les Ilettes: todos os domingos, rezávamos missa lá; todos os meus convidados compareciam. Os filósofos eram os mais discretos e as moças da Ópera, as mais fervorosas. Na época, eu era feliz e contava muitos amigos.

– Amigos – exclamou o padre Longuemare –, amigos! Ah! senhor, acha que eles o amavam, todos aqueles filósofos e todas aquelas cortesãs, que degradaram sua alma de tal maneira que o próprio Deus dificilmente reconheceria ali um dos templos que ele edificou para sua glória?

O padre Longuemare continuou morando com o publicano durante oito dias sem ser inquietado. Ele seguia, tanto quanto podia, a regra de sua comunidade e se levantava de seu colchão de palha para recitar, ajoelhado no chão, os ofícios noturnos. Embora os dois só tivessem miseráveis restos para comer, observava o jejum e a abstinência. Aflita e sorridente testemunha dessas austeridades, o filósofo perguntou-lhe um dia:

– O senhor realmente acredita que Deus tem algum prazer em vê-lo suportar o frio e a fome assim?

– O próprio Deus – respondeu o monge – deu-nos o exemplo do sofrimento.

No nono dia desde que o barnabita morava no sótão do filósofo, este saiu de tardezinha para levar seus fantoches a Joly, comerciante de brinquedos, na Rue Neuve-des-Petits-Champs. Voltava feliz por ter vendido todos eles, quando, na ex-Place du Carrousel, uma jovem em uma peliça de cetim azul com bordas de arminho, que corria mancando, se jogou em seus braços e o abraçou como o fizeram as suplicantes de todas as épocas.

Ela estava tremendo; era possível ouvir a batida acelerada de seu coração. Admirando como ela se mostrava patética em sua vulgaridade, Brotteaux, velho amador de teatro, pensou que Mademoiselle Raucourt não a teria visto sem proveito para sua arte.

Ela falava com voz ofegante, baixando o tom por medo de ser ouvida pelos passantes:

– Leve-me embora, cidadão, esconda-me, por piedade! Estão no meu quarto, na Rue Fromenteau. Enquanto eles subiam, me refugiei na casa de Flora, minha vizinha, e pulei pela janela para a rua, tanto que torci o pé... eles estão vindo; querem me pôr na prisão e me matar... Na semana passada, mataram Virginie.

Brotteaux entendeu perfeitamente que ela falava dos delegados do Comitê Revolucionário da Seção ou dos comissários do Comitê de Segurança Geral. A Comuna tinha então um promotor virtuoso, o cidadão Chaumette, que perseguia as moças da vida como se fossem as mais funestas inimigas da República. Ele queria regenerar os costumes. Para dizer a verdade, as senhoritas do Palais-Égalité eram pouco patriotas. Tinham saudades do antigo estado e nem sempre o escondiam. Muitas já haviam sido guilhotinadas como conspiradoras, e esse trágico destino havia gerado muita emulação entre suas colegas.

O cidadão Brotteaux perguntou à suplicante em que culpa havia incorrido para merecer um mandado de prisão.

Ela jurou que nada sabia sobre isso, que não tinha feito nada que pudesse lhe ser censurado.

– Pois bem, minha filha – disse Brotteaux a ela –, você não é uma suspeita: não tem nada a temer. Vá dormir e me deixe tranquilo.

Então ela confessou tudo:

– Eu arranquei minha insígnia patriótica e gritei: "Viva o rei!".

Ele se dirigiu para os cais desertos com ela. Cerrada em seu braço, ela dizia:

– Não é que eu goste do rei; o senhor pode bem imaginar que eu nunca o conheci e talvez ele não fosse um homem muito diferente dos outros. Mas estes são malvados. Mostram-se cruéis para com as pobres moças. Eles me atormentam, me humilham e me insultam de todas as maneiras; querem me impedir de fazer meu trabalho. Eu não tenho nenhum outro. O senhor pode imaginar que, se tivesse outro, não faria esse... O que querem? Eles se enfurecem contra os pequeninos, os fracos, o leiteiro, o carvoeiro, o carregador de água, a lavadeira. Só ficarão felizes quando virarem todos os pobres contra eles.

Ele a observou: tinha jeito de uma criança. Ela não sentia mais medo. Sorria, quase, leve e mancando. Ele perguntou seu nome. Ela respondeu que se chamava Athénaïs e tinha 16 anos.

Brotteaux se ofereceu para conduzi-la aonde quisesse. Ela não conhecia ninguém em Paris; mas tinha uma tia, uma criada em Palaiseau, que a receberia em casa.

Brotteaux tomou uma resolução:

– Venha, minha filha – disse ele.

E a levou, apoiada em seu braço.

Voltando ao seu sótão, encontrou o padre Longuemare, que lia seu breviário.

Mostrou-lhe Athénaïs, a quem segurava pela mão:

– Padre, aqui está uma menina da Rue Fromenteau que gritou: "Viva o rei!". A polícia revolucionária está em seus calcanhares. Ela não tem abrigo. O senhor permite que ela passe a noite aqui?

O padre Longuemare fechou seu breviário:

– Se o compreendo bem – disse –, está me perguntando, senhor, se essa jovem, que está, como eu, sob um mandado de prisão, pode, para sua salvação temporal, passar a noite no mesmo quarto que eu.

– Sim, padre.

– Com que direito eu me oporia? E, para acreditar que estou ofendido com sua presença, teria eu certeza de ser melhor do que ela?

Ele se sentou à noite em uma velha poltrona desconjuntada, garantindo que dormiria bem ali. Athénaïs deitou-se no colchão. Brotteaux se estendeu na almofada de palha e apagou a vela.

As horas e as meias horas batiam nos campanários das igrejas: ele não dormia e ouvia as respirações do religioso e da moça que se misturavam. A lua, imagem e testemunha de seus antigos amores, surgiu e enviou ao sótão um raio prateado que iluminou os cabelos loiros, os cílios dourados, o nariz fino, a boca redonda e vermelha de Athénaïs, dormindo profundamente.

"Está aí", ele pensou, "uma terrível inimiga da República!"

Quando Athénaïs acordou, era dia. O religioso havia partido. Brotteaux, sob a lucarna, lendo Lucrécio, instruía-se, com as lições da musa latina, a viver sem temores e sem desejos; e, ainda assim, estava devorado por remorsos e preocupações.

Abrindo os olhos, Athénaïs viu com espanto no alto as vigas de um sótão. Então ela se lembrou, sorriu para seu salvador e estendeu suas lindas mãozinhas sujas para acariciá-lo.

Erguendo-se em sua cama, apontou para a poltrona desconjuntada em que o monge havia passado a noite.

– Ele foi embora? Não foi me denunciar, não é?

– Não, minha filha. É impossível encontrar um homem mais honesto do que esse velho louco.

Athénaïs perguntou qual era a loucura daquele bom homem; e, quando Brotteaux disse que era a religião, ela o repreendeu gravemente por falar assim, declarando que homens sem religião eram piores do que animais e que ela frequentemente orava a Deus, esperando que ele lhe perdoasse seus pecados e a recebesse em sua santa misericórdia.

Depois, notando que Brotteaux segurava um livro na mão, pensou que fosse um livro de missa e disse:

– Veja, o senhor também faz suas orações! Deus o recompensará pelo que fez por mim.

Quando Brotteaux disse que aquele livro não era um livro de missa, e que havia sido escrito antes que a ideia de missa tivesse sido introduzida no mundo, ela pensou que era uma *Interpretação dos sonhos*, e perguntou se não havia nele a explicação de um sonho extraordinário que tivera. Ela não sabia ler e, por ouvir dizer, conhecia apenas esses dois tipos de livros.

Brotteaux respondeu que aquele livro explicava apenas o sonho da vida. A bela jovem, achando essa resposta difícil, desistiu de entendê-la e mergulhou a ponta do nariz na terrina que substituía, para Brotteaux, as vasilhas de prata que ele usava no passado. Depois, ela arrumou o cabelo na frente do espelho de barbear de seu anfitrião, com cuidado minucioso e grave. Com os braços brancos recurvados sobre a cabeça, pronunciava algumas palavras em longos intervalos.

– O senhor era rico.

– O que a faz pensar isso?

– Não sei. Mas o senhor foi rico e é um aristocrata, tenho certeza.

Tirou do bolso uma pequena Virgem Santa de prata em uma capela redonda de marfim, um pedaço de açúcar, linha, tesoura, um isqueiro, dois ou três estojos e, depois de ter feito a escolha do que lhe era necessário, pôs-se a remendar sua saia, que estava rasgada em vários lugares.

– Para sua segurança, minha filha, ponha isso em sua touca! – disse Brotteaux, dando-lhe a insígnia patriótica tricolor.

– Farei isso de bom grado – respondeu ela –; mas será por amor ao senhor, e não por amor à nação.

Depois de se vestir e enfeitar-se o melhor que podia, segurando a saia com as duas mãos, ela fez a reverência como havia aprendido na aldeia e disse a Brotteaux:

– Senhor, sou sua muito humilde criada.

Estava disposta a agradar seu benfeitor de qualquer maneira, mas achava apropriado que ele não pedisse nada e que ela não oferecesse nada: parecia-lhe que era delicado separarem-se assim, e de acordo com o decoro.

Brotteaux pôs-lhe nas mãos alguns *assignats* para que pudesse pegar o coche para Palaiseau. Era a metade de sua fortuna e, embora fosse conhecido por sua prodigalidade para com as mulheres, ainda nunca havia feito com nenhuma uma divisão tão igual de sua fortuna.

Ela lhe perguntou seu nome.

– Meu nome é Maurice. – Ele abriu com tristeza a porta do sótão para ela: – Adeus, Athénaïs.

Ela o beijou.

– Sr. Maurice, quando pensar em mim, me chame de Marthe: é meu nome de batismo, o nome que eu tinha na aldeia... Adeus e obrigada! Sua muito humilde criada, sr. Maurice.

CAPÍTULO XV

ERA PRECISO ESVAZIAR AS PRISÕES que extravasavam; era preciso julgar, julgar sem descanso nem trégua. Sentados contra as paredes empapeladas com motivos dos feixes de litores e barretes vermelhos, como seus colegas no tempo das flores de lis, os juízes mantinham a gravidade, a tranquilidade terrível de seus antecessores reais. O promotor público e seus substitutos, exaustos de cansaço, devorados pela insônia e por aguardente, sacudiam o cansaço apenas por um esforço violento; e a saúde ruim os tornava trágicos. Jurados, de origem e caráter diversos, alguns instruídos, outros ignorantes, covardes ou generosos, gentis ou violentos, hipócritas ou sinceros, mas todos, no perigo da pátria e da República, sentiam ou fingiam sentir as mesmas angústias, de arder com as mesmas chamas, todos atrozes cheios de virtude ou de medo, formando apenas um único ser, uma só cabeça surda, irritada, uma só alma, uma besta mística, que, pelo exercício natural de suas funções, produzia abundantemente a morte. Benevolentes ou cruéis por sensibilidade, sacudidos de repente por um súbito movimento de piedade, absolviam com lágrimas um acusado que, uma hora antes, teriam condenado com sarcasmos. À medida que avançavam em sua tarefa, seguiam mais impetuosamente os impulsos do coração.

Julgavam na febre e na sonolência que o excesso de trabalho lhes causava, sob as excitações de fora e as ordens do soberano, sob as ameaças dos sans-culottes e das tricoteiras apertadas nas tribunas e no recinto público, a partir de testemunhos furiosos, de requisitórios frenéticos, em um ar empesteado, que deixava os cérebros pesados, fazia zumbir os ouvidos e latejar as têmporas e punham sobre os olhos um véu de sangue. Rumores vagos circulavam no público a respeito de jurados corrompidos pelo ouro dos acusados. Mas, a esses rumores, todo o júri respondia com protestos indignados e condenações implacáveis. Enfim, eram homens, nem piores nem melhores do que os outros. A inocência, na maioria das vezes, é uma felicidade e não uma virtude: qualquer um que tivesse aceitado se pôr no lugar deles teria agido como eles e realizado essas tarefas terríveis com uma alma medíocre.

Antonieta, havia muito esperada, veio enfim sentar-se de vestido preto na cadeira fatal, em meio a um tal concerto de ódio que só a certeza do desfecho do julgamento fez que as formas fossem respeitadas. Às perguntas mortais a acusada respondia ora com o instinto de conservação, ora com sua soberba costumeira, e, por uma vez, graças à infâmia de um de seus acusadores, com majestade de mãe. Só permitiram às testemunhas o ultraje e a calúnia; a defesa estava paralisada de terror. O tribunal, obrigando-se a julgar segundo as regras, esperava até que tudo aquilo acabasse para jogar a cabeça da Austríaca para a Europa.

Três dias depois da execução de Maria Antonieta, Gamelin foi chamado junto ao cidadão Fortuné Trubert, que agonizava a trinta passos da repartição militar na qual tinha esgotado sua vida, sobre uma cama de correias, na cela de algum barnabita expulso. Sua cabeça lívida cavava o travesseiro. Seus olhos, que já não viam mais, voltaram suas pupilas vítreas para Évariste; sua mão descarnada agarrou a mão do amigo e a apertou com uma força inesperada. Tivera três vômitos de sangue em dois dias. Tentou falar; sua voz, a princípio velada e fraca como um sussurro, inflou, cresceu:

– Wattignies! Wattignies! Jourdan forçou o inimigo a entrar em seu acampamento... desbloqueou Maubeuge... Retomamos Marchiennes. *Ça ira... Ça ira...*

E ele sorriu.

Não eram sonhos de um doente; era uma visão clara da realidade, que iluminava então aquele cérebro sobre o qual desciam as trevas eternas. Agora a invasão parecia interrompida: os generais, apavorados, percebiam que só podiam vencer. O que os alistamentos voluntários não tinham trazido, um exército grande e disciplinado, a requisição proporcionou. Mais um esforço e a República estaria salva.

Depois de meia hora de aniquilação, o rosto de Fortuné Trubert, escavado pela morte, reanimou-se, suas mãos se ergueram.

Apontou para seu amigo a única peça de mobília na sala, uma pequena escrivaninha de nogueira.

E, com sua voz ofegante e fraca, conduzida por uma mente lúcida:

– Meu amigo, como Eudamidas, lego a você minhas dívidas: 320 libras que encontrará nas contas... nesse caderno vermelho... Adeus, Gamelin. Não cochile. Zele pela defesa da República. Tudo vai dar certo.

A sombra da noite desceu na cela. Ouvia-se o moribundo soltar uma respiração embaraçada, e suas mãos que arranhavam o lençol.

À meia-noite ele proferiu palavras sem sentido:

– Mais salitre... Entreguem os fuzis... Saúde? Muito boa... Desçam esses sinos...

Expirou às cinco da manhã.

Por ordem da seção, seu corpo foi exposto na nave da ex-igreja barnabita, aos pés do Altar da Pátria, em uma cama de campanha, o corpo coberto por uma bandeira tricolor e a testa circundada por uma coroa de carvalho.

Doze velhos vestidos com a toga latina, palmas nas mãos, doze moças, arrastando longos véus e carregando flores, cercavam o leito funerário. Aos pés do morto, duas crianças seguravam uma tocha voltada para baixo. Évariste reconheceu em uma delas a filha de sua zeladora, Joséphine, que, por sua gravidade infantil e beleza encantadora, lembrava aqueles gênios do amor e da morte, que os romanos esculpiam em seus sarcófagos.

O cortejo dirigiu-se ao cemitério Saint-André-des-Arts aos cantos da "Marselhesa" e da "Ça ira".

Dando um beijo de despedida na testa de Fortuné Trubert, Évariste chorou. Chorou por si mesmo, invejando aquele que estava descansando, sua tarefa cumprida.

Quando voltou para casa, recebeu a notificação de que havia sido nomeado membro do conselho geral da Comuna. Candidato havia quatro meses, fora eleito sem concorrente, após várias votações, por cerca de trinta votos. Não se votava mais: as seções estavam desertas; ricos e pobres só procuravam escapar dos cargos públicos. Os maiores acontecimentos não despertavam mais entusiasmo ou curiosidade; os jornais não eram mais lidos, Évariste duvidava que, dos 700 mil habitantes da capital, 3 mil ou 4 mil ainda tivessem alma republicana.

Naquele dia, os Vinte e Um compareceram.

Inocentes ou culpados das desgraças e crimes da República, vaidosos, imprudentes, ambiciosos e levianos, ao mesmo tempo moderados e violentos, fracos tanto no terror como na clemência, prontos para declarar guerra, lentos para conduzi-la, arrastados para o tribunal por causa do exemplo que haviam dado, não deixavam de ser a juventude brilhante da Revolução; tinham sido seu encanto e sua glória. Esse juiz que vai interrogá-los com parcialidade erudita; esse pálido acusador, que, ali, em sua mesinha, prepara a morte e a desonra deles; esses jurados, que daqui a pouco desejarão abafar a defesa; esse público nas tribunas, que os cobre de invectivas e vaias, juízes, jurados, povo, ainda há pouco aplaudiam a eloquência deles, celebrando seus talentos, suas virtudes. Mas não se lembram mais.

Évariste tinha feito outrora de Vergniaud seu deus, e de Brissot, seu oráculo. Não se lembrava mais disso, e se restava em sua memória algum vestígio de sua antiga admiração, era para conceber que esses monstros haviam seduzido os melhores cidadãos.

Ao voltar a sua casa, depois da audiência, Gamelin ouviu gritos desesperadores. Era a pequena Joséphine que sua mãe chicoteava por ter brincado na praça com os moleques e sujado o lindo vestido branco que tinham posto nela para o funeral do cidadão Trubert.

CAPÍTULO XVI

DEPOIS DE TER, TODOS OS DIAS, DURANTE TRÊS MESES, sacrificado à pátria vítimas ilustres ou obscuras, Évariste teve um processo todo seu; de um acusado ele fez seu acusado.

Desde que participara do tribunal, ele espiava, ansiosamente, na multidão de réus que passavam diante de seus olhos, o sedutor de Élodie, de quem havia formado, em sua imaginação laboriosa, uma ideia na qual alguns traços eram precisos. Ele o via como jovem, bonito, insolente, e tinha certeza de que havia emigrado para a Inglaterra. Acreditou tê-lo descoberto em um jovem emigrado chamado Maubel, que, de volta à França e denunciado por seu hospedeiro, tinha sido preso em uma pousada de Passy, e Fouquier-Tinville fora encarregado do processo, com milhares de outros. Haviam apreendido com ele o que a promotoria considerou como evidência de um complô urdido por Maubel e os agentes de Pitt, mas que na verdade eram apenas cartas escritas ao emigrado por banqueiros de Londres nos quais havia depositado fundos. Maubel, que era jovem e bonito, parecia principalmente ocupado com galanteria. Em sua agenda, havia indícios de relações com a Espanha, então em guerra com a França; essas cartas, na verdade, eram de natureza íntima e, se a promotoria não o declarou inocente, foi em virtude do princípio segundo o qual a justiça nunca deve se apressar em libertar um prisioneiro.

Gamelin teve comunicação do primeiro interrogatório sofrido por Maubel na câmara do conselho e ficou impressionado com o caráter do jovem ex-aristocrata, que imaginava conforme ao que ele atribuía ao homem que havia abusado da confiança de Élodie. A partir de então, trancado por longas horas no gabinete do secretário do tribunal, estudou o arquivo com ardor. Suas suspeitas aumentaram estranhamente ao encontrar em um caderno já antigo do emigrado o endereço do Amor Pintor, junto, é verdade, ao do Macaco Verde, do Retrato da ex-Dauphine e vários outros negócios de gravuras e quadros. Mas, quando viu que algumas pétalas de um cravo vermelho haviam sido coletadas na mesma agenda, cuidadosamente cobertas com papel de seda, lembrou que o cravo vermelho era a flor favorita de Élodie, que a cultivava em sua janela, enfeitava com ela seus cabelos e oferecia (ele sabia) como testemunho de amor, Évariste não duvidou mais.

Então, tendo se assegurado, resolveu questionar Élodie, escondendo dela, no entanto, as circunstâncias que o levaram a descobrir o criminoso.

Enquanto subia as escadas de sua casa, sentiu o cheiro forte de frutas desde os patamares inferiores e encontrou Élodie no ateliê, ajudando a cidadã Gamelin a fazer geleia de marmelo. Enquanto a velha dona de casa, acendendo o fogão, pensava em como poupar o carvão e o açúcar mascavo sem prejudicar a qualidade da geleia, a cidadã Blaise, em sua cadeira de palha, com um avental de tecido cinza, com o colo cheio de frutas em seu seio, descascava os marmelos e jogava-os em quartos dentro de uma bacia de cobre. As abas de sua touca estavam atiradas para trás, suas mechas negras retorcidas na testa úmida; emanava dela um encanto doméstico e uma graça familiar que inspirava doces pensamentos e uma volúpia tranquila.

Ela ergueu, sem se mover, seu lindo olhar de ouro fundido sobre seu amante e disse:

– Veja, Évariste, estamos trabalhando para o senhor. Comerá, durante todo o inverno, uma deliciosa geleia de marmelo que fortalecerá seu estômago e alegrará seu coração.

Mas Gamelin, aproximando-se dela, sussurrou este nome em seu ouvido:

– Jacques Maubel...

Nesse momento, o sapateiro Combalot veio mostrar seu nariz vermelho pela porta entreaberta. Trazia, com sapatos nos quais havia consertado os saltos, a nota de seu trabalho.

Por medo de parecer um mau cidadão, empregava o novo calendário. A cidadã Gamelin, que gostava de ver suas contas com clareza, perdeu-se nos frutidor e vindimiário.

Ela suspirou:

– Jesus! Eles querem mudar tudo, os dias, os meses, as estações, o sol e a lua! Meu Deus, sr. Combalot, o que é esse par de galochas de 8 de vindimiário?

– Cidadã, dê uma olhada em seu calendário para saber.

Ela o retirou da parede, olhou e, desviando imediatamente o olhar:

– Não parece cristão! – disse ela, apavorada.

– Não só isso, cidadã – disse o sapateiro –, mas temos só três domingos em vez de quatro. E não é tudo: teremos de mudar nossa forma de contar. Não haverá mais tostões ou dinheiros, tudo será pago com água destilada.

A essas palavras, a cidadã Gamelin, com lábios trêmulos, ergueu os olhos para o teto e suspirou:

– Eles estão fazendo demais!

E, enquanto lamentava, como as santas mulheres dos calvários rústicos, um pedaço de carvão fumegante, aceso em sua ausência nas brasas, enchia o ateliê com um vapor infecto que, junto com o odor forte do marmelo, tornava o ar irrespirável.

Élodie reclamou que sua garganta estava coçando e pediu que abrissem a janela. Mas, assim que o cidadão sapateiro se despediu e a cidadã Gamelin voltou ao seu fogão, Évariste repetiu este nome no ouvido da cidadã Blaise:

– Jacques Maubel.

Ela olhou para ele com um pouco de surpresa e, muito tranquilamente, sem parar de cortar um marmelo em quatro:

– E então? Jacques Maubel?

– É ele!

– Quem? Ele?

– Você deu a ele um cravo vermelho.

Ela declarou que não entendia e pediu que ele se explicasse.

– Esse aristocrata! Esse emigrado! Esse infame!

Ela deu de ombros e disse, com muita naturalidade, nunca ter conhecido um Jacques Maubel.

E realmente ela nunca havia conhecido um.

Afirmou jamais ter dado cravos vermelhos a ninguém além de Évariste; mas talvez, nesse ponto, ela não tivesse memória muito boa.

Ele conhecia mal as mulheres e não tinha penetrado muito profundamente no caráter de Élodie; no entanto, ele a achava muito capaz de fingir e de enganar alguém mais inteligente do que ele.

– Por que negar? – ele disse. – Eu sei.

Ela disse novamente que não conhecia nenhum Maubel. E, tendo acabado de descascar os marmelos, pediu água porque estava com os dedos pegajosos.

Gamelin trouxe-lhe uma bacia.

E, lavando as mãos, ela renovou suas negações.

Ele repetiu mais uma vez que sabia, e dessa vez ela ficou em silêncio.

Ela não percebia o sentido da questão de seu amante e estava a mil léguas de suspeitar que esse Maubel, de quem ela nunca havia ouvido falar, tivera de comparecer perante o Tribunal Revolucionário; ela não compreendia nada das suspeitas obcecantes, mas sabia que eram infundadas. É por isso que, tendo pouca esperança de dissipá-las, não tinha muita vontade de fazê-lo também. Cessou de se defender de ter conhecido um Maubel, preferindo deixar o ciumento se perder em uma pista falsa, quando, a qualquer momento, o menor incidente poderia colocá-lo no caminho certo. Seu pequeno funcionário de outrora, que se tornara um lindo dragão patriótico, tinha agora brigado com sua amante aristocrática. Quando encontrava Élodie na rua, olhava para ela com um jeito que parecia dizer: "Vamos, linda! Sinto que vou perdoá-la por eu tê-la traído e que estou muito perto de devolver-lhe minha estima". Assim, ela não fez mais esforço para curar o que chamava de manias de seu amigo; Gamelin conservou a convicção de que Jacques Maubel era o corruptor de Élodie.

Nos dias que se seguiram, o tribunal trabalhou incansavelmente para aniquilar o federalismo, que, como uma hidra, tinha ameaçado devorar a liberdade. Foram dias sobrecarregados; e os jurados, exaustos de cansaço, despacharam o mais rápido possível a mulher Roland, inspiradora ou cúmplice dos crimes da facção brissotina.

No entanto, Gamelin ia à procuradoria todas as manhãs para pressionar sobre o caso Maubel. Documentos importantes estavam em Bordeaux: conseguiu que um comissário fosse buscá-los pelos correios. Chegaram, enfim.

O substituto do promotor público os leu, fez uma careta e disse a Évariste:

– Os documentos não são importantes! Não há nada ali! Bobagens! Se pelo menos fosse certo que esse ex-conde de Maubel tivesse emigrado!

Finalmente, Gamelin conseguiu. O jovem Maubel recebeu seu ato de acusação e foi levado ao Tribunal Revolucionário em 19 de brumário.

Desde a abertura da audiência, o presidente mostrou o rosto sombrio e terrível que cuidava em tomar para conduzir os casos mal instruídos. O substituto do acusador acariciou o queixo com sua pena e afetou a serenidade de uma consciência pura. O escrivão leu a acusação: ainda não se ouvira alguma tão fraca.

O presidente perguntou ao acusado se ele não tinha conhecimento das leis aprovadas contra os emigrados.

– Eu as conheci e observei – respondeu Maubel –, e deixei a França munido de passaportes válidos.

Sobre os motivos de sua viagem à Inglaterra e seu regresso à França, ele explicou satisfatoriamente. Seu rosto era agradável, com um ar de franqueza e de orgulho que seduzia. As mulheres nas tribunas olharam para ele com simpatia.

A acusação alegou que ele tinha feito uma estadia na Espanha no momento em que essa nação estava em guerra com a França:

ele afirmou não ter deixado Bayonne naquela época. Apenas um ponto permanecia obscuro. Entre os papéis que ele havia jogado na lareira, durante sua detenção, e dos quais apenas restos foram encontrados, liam-se palavras em espanhol e o nome "Nieves".

Jacques Maubel recusou-se a dar as explicações que lhe foram solicitadas sobre esse assunto. E, quando o presidente lhe disse que o interesse do acusado era se explicar, ele respondeu que nem sempre se deve seguir seu interesse.

Gamelin só sonhava em acusar Maubel de um crime: três vezes insistiu com o presidente para que perguntasse ao acusado se poderia se explicar a respeito do cravo, cujas pétalas secas ele guardava tão cuidadosamente na carteira.

Maubel contrapôs que não se sentia obrigado a responder a uma pergunta que não dizia respeito à justiça, já que nenhum bilhete escondido nessa flor fora encontrado.

O júri retirou-se para a sala de deliberação, favoravelmente disposto em relação a esse jovem cujo caso obscuro parecia sobretudo esconder mistérios amorosos. Dessa vez, os bons, os próprios puros, o teriam absolvido de boa vontade. Um deles, um ex-aristocrata, que tinha dado garantias à Revolução, disse:

– É por seu nascimento que o acusamos? Eu também tive a infelicidade de nascer na aristocracia.

– Sim, mas você saiu dela – respondeu Gamelin –, e ele ficou lá.

E falou com tanta veemência contra esse conspirador, esse emissário de Pitt, esse cúmplice de Coburg, que tinha ido além-montes e além-mares para suscitar inimigos contra a liberdade, exigiu tão ardentemente a condenação do traidor, que despertou o clima ainda inquieto, a velha severidade dos jurados patrióticos.

Um deles disse-lhe cinicamente:

– Há serviços que você não pode recusar entre colegas.

O veredicto de morte foi definido por maioria de votos.

O condenado ouviu sua sentença com uma tranquilidade sorridente. Seus olhares, que ele percorria pacificamente pela sala, exprimiram, ao encontrar o rosto de Gamelin, um desprezo indizível.

Ninguém aplaudiu a sentença.

Jacques Maubel, escoltado de volta à Conciergerie, escreveu uma carta enquanto aguardava a execução que ocorreria na mesma noite, à luz de tochas:

Minha querida irmã, o tribunal me manda para o cadafalso, dando-me a única alegria que poderia sentir desde a morte de minha Nieves adorada. Tiraram-me o único bem que me restava dela, uma flor de romã, a que chamavam, não sei por quê, de cravo.
Amei as artes: em Paris, em tempos felizes, colecionei pinturas e gravuras que agora estão em um lugar seguro e que serão entregues a você o mais breve possível. Eu imploro, querida irmã, que as conserve em minha memória.

Cortou uma mecha de cabelos, enfiou-a na carta, que dobrou, e redigiu o sobrescrito:

À cidadã Clémence Dezeimeries, nascida Maubel.
La Réole.

Deu todo o dinheiro que tinha ao carcereiro, implorando para que ele enviasse a carta, pediu uma garrafa de vinho e bebeu devagar enquanto esperava a carroça...
Depois do jantar, Gamelin correu para o Amor Pintor e saltou para a sala azul onde Élodie o esperava todas as noites.
– Você está vingada – disse-lhe. – Jacques Maubel não existe mais. A carroça que o levou à morte passou por baixo de suas janelas, rodeada de tochas.
Ela entendeu:
– Desgraçado! Você o matou, e não era meu amante. Eu não o conhecia... nunca o vi! Que homem era? Ele era jovem, amável... inocente. E você o matou, miserável! Miserável!
Ela caiu desmaiada. Mas, nas sombras dessa morte leve, ela se sentia inundada de horror e volúpia. Voltou um pouco a si; suas pálpebras pesadas descobriam-lhe o branco dos olhos, sua garganta inchava, suas mãos levantavam-se em busca de seu amante. Ela o apertou em seus braços quase sufocando-o,

mergulhou as unhas em sua carne e deu-lhe, com seus lábios rasgados, o mais silencioso, o mais surdo, o mais longo, o mais doloroso e o mais delicioso dos beijos.

Ela o amava com toda a sua carne, e quanto mais terrível, cruel e atroz ele aparecia para ela, quanto mais o via coberto com o sangue de suas vítimas, mais ela tinha fome e sede dele.

CAPÍTULO XVII

NO DIA 24 DE FRIMÁRIO, ÀS 10 HORAS DA MANHÃ, sob um céu vivo e rosa, que derretia o gelo da noite, os cidadãos Guénot e Delourmel, delegados do Comitê de Segurança Geral, dirigiram-se até os barnabitas e pediram para serem conduzidos ao Comitê de Vigilância da seção, na sala do capítulo, onde então se encontrava o cidadão Beauvisage, que enfiava lenha na lareira. Mas não o viram de início, por causa de sua estatura baixa e atarracada.

Com a voz rachada dos corcundas, o cidadão Beauvisage pediu aos delegados que se sentassem e se pôs à disposição deles.

Guénot perguntou se ele conhecia um ex-Des Ilettes, que morava perto de Pont-Neuf.

– É – acrescentou – um indivíduo que estou encarregado de prender.

E exibiu a ordem do Comitê de Segurança Geral.

Beauvisage, tendo procurado por algum tempo em sua memória, respondeu que não conhecia nenhuma pessoa chamada Des Ilettes, que o suspeito assim designado podia não viver na seção, pois certas partes do Museu, da Unidade, de Marat-et-Marseille encontravam-se também perto da Pont-Neuf; que, se morava na seção, devia ser sob outro nome e não aquele escrito na ordem do Comitê; que, entretanto, não demoraria a ser descoberto.

– Não vamos perder tempo! – disse Guénot. – Ele foi levado à nossa atenção por uma carta de uma de suas cúmplices, interceptada e entregue ao Comitê há quinze dias, e da qual o cidadão Lacroix tomou conhecimento apenas ontem à noite. Estamos sobrecarregados; as denúncias chegam até nós de todos os lados, em tal abundância que não se sabe a quem dar ouvidos.

– As denúncias – respondeu Beauvisage com orgulho – afluem também para o Comitê de Vigilância da seção. Alguns trazem suas revelações por civismo; outros, pela isca de uma nota de cem. Muitos filhos denunciam seus pais, cuja herança eles cobiçam.

– Essa carta – respondeu Guénot – vem de uma ex-Rochemaure, mulher galante, na casa de quem se jogava biribi, e tem, no sobrescrito, o nome de uma cidadã Rauline; mas, na verdade, é dirigida a um emigrado a serviço de Pitt. Eu a trouxe comigo para lhes comunicar o que diz respeito ao indivíduo Des Ilettes.

Tirou a carta do bolso.

– Começa com longas indicações sobre os membros da Convenção de que se poderia, segundo essa mulher, ganhar com a oferta de uma soma em dinheiro ou com a promessa de um alto cargo em um novo governo, mais estável que esse. Em seguida, se lê esta passagem:

Acabo de sair da casa do sr. Des Ilettes, que mora perto da Pont-Neuf, em um sótão onde é preciso ser um gato ou um demônio para encontrá-lo; foi reduzido a fabricar polichinelos para viver. Tem bom senso: é por isso que estou lhe transmitindo, senhor, o essencial de sua conversa. Ele não acredita que o estado atual das coisas vá durar muito tempo. Não prevê seu fim com a vitória da coalizão; e os acontecimentos parecem lhe dar razão; pois o senhor sabe que por algum tempo as notícias da guerra são ruins. Ele acreditaria antes na revolta do populacho e das mulheres do povo, ainda profundamente apegadas à religião. Estima que o medo geral causado pelo Tribunal Revolucionário em breve reunirá toda a França contra os jacobinos. "Este tribunal", disse ele brincando, "que julga a rainha da França e uma carregadora de pães, se assemelha a esse William Shakespeare, tão admirado pelos ingleses etc." Ele não acredita ser impossível que Robespierre se case com madame Royale e se faça nomear protetor do reino.

Ficaria reconhecida se o senhor pudesse me transmitir as somas que me são devidas, ou seja, mil libras esterlinas, pelas vias que está acostumado a empregar, mas tome cuidado para não escrever ao sr. Morhardt: ele acaba de ser preso, posto na prisão etc.

– O sr. Des Ilettes fabrica polichinelos – disse Beauvisage –, aí está uma pista valiosa... embora haja muitas pequenas indústrias desse tipo na seção.

– Isso me faz pensar – disse Delourmel – que prometi levar uma boneca para minha filha Nathalie, a caçula, que está doente com febre escarlatina. As manchas apareceram ontem. Essa febre não é muito perigosa; mas requer cuidado. E Nathalie, muito avançada para a idade, com uma inteligência muito desenvolvida, goza de saúde delicada.

– Eu – disse Guénot – tenho apenas um menino. Ele brinca com arcos feitos com aros de barril e fabrica pequenos aeróstatos soprando em sacos.

– Muitas vezes – observou Beauvisage –, é com objetos que não são brinquedos que as crianças brincam melhor. Meu sobrinho Émile, que é um garotinho de 7 anos muito inteligente, se diverte o dia todo com quadradinhos de madeira, com os quais faz construções... O senhor aceita?

E Beauvisage estendeu sua caixa de rapé aberta aos dois delegados.

– Agora precisamos pinçar nosso patife – disse Delourmel, que usava bigodes compridos e arregalava os olhos. – Estou com apetite esta manhã, com vontade de comer tripas de aristocrata regadas com uma taça de vinho branco.

Beauvisage propôs aos delegados irem encontrar em sua loja da Place Dauphine seu colega Dupont, o Velho, que certamente conhecia o indivíduo Des Ilettes.

Caminhavam pelo ar fresco, seguidos por quatro granadeiros da seção.

– Viram a peça o *Juízo Final dos reis*? – perguntou Delourmel a seus companheiros. – Merece ser vista. O autor mostra todos os reis da Europa refugiados em uma ilha deserta, aos pés de um vulcão que os engolfa. É uma obra patriótica.

Delourmel notou um carrinho na esquina da Rue du Harlay, brilhante como uma capela, conduzida por uma velha que usava sobre sua touca um chapéu de oleado.

– O que essa velha está vendendo? – perguntou.

A própria velha respondeu:

– Vejam, senhores, façam sua escolha. Tenho terços e rosários, cruzes, imagens de Santo Antônio, santos sudários, lenços de Santa Verônica, Ecce homo, Agnus dei, trompas e anéis de Santo Humberto e todos os objetos de devoção.

– Esse é o arsenal do fanatismo! – exclamou Delourmel.

E ele procedeu ao interrogatório sumário da vendedora, que respondeu a todas as perguntas:

– Meu filho, faz quarenta anos que vendo objetos de devoção.

Um delegado do Comitê de Segurança Geral, notando um casaco azul que passava, ordenou que ele levasse a senhora atônita para a Conciergerie.

O cidadão Beauvisage observou a Delourmel que caberia antes ao Comitê de Vigilância prender essa vendedora e conduzi-la à seção; que, além disso, não se sabia mais que comportamento ter em relação ao ex-culto, para agir de acordo com a visão do governo, e se era preciso permitir tudo ou proibir tudo.

Ao se aproximarem da carpintaria, os delegados e o comissário ouviram clamores irritados, misturados ao guincho da serra e ao ronco da plaina. Uma querela havia surgido entre o carpinteiro Dupont, o Velho, e seu vizinho, o porteiro Remacle, por causa da cidadã Remacle, que uma atração invencível constantemente levava para os fundos da marcenaria, de onde ela voltava para a portaria coberta de aparas de madeira e de serragem. O porteiro ofendido chutou Mouton, o cachorro do carpinteiro, no próprio instante que sua filha, a pequena Joséphine, segurava o animal abraçando-o com ternura. Joséphine, indignada, despejou imprecações contra o pai; o carpinteiro gritou com uma voz irritada:

– Miserável! Proíbo você de bater no meu cachorro.

– E eu – respondeu o porteiro, erguendo a vassoura –, eu proíbo você de...

Ele não terminou: a grande plaina do carpinteiro havia passado perto de sua cabeça.

Assim que viu o cidadão Beauvisage acompanhado pelos delegados, correu até ele e lhe disse:

– Cidadão comissário, o senhor é uma testemunha de que esse celerado acaba de me assassinar.

O cidadão Beauvisage, de barrete vermelho, insígnia de seu ofício, estendeu os longos braços em atitude pacificadora e, dirigindo-se ao porteiro e ao carpinteiro:

– Cem sols[1] – disse ele – para qualquer um que nos indicar onde se encontra um suspeito, procurado pelo Comitê Geral de Segurança, o ex-Des Ilettes, fabricante de polichinelos.

Ambos, o porteiro e o carpinteiro, designaram juntos a casa de Brotteaux, não mais discutindo, exceto pelo *assignat* de 100 sols prometido ao delator.

Delourmel, Guénot e Beauvisage, seguidos pelos quatro granadeiros, pelo porteiro Remacle, pelo carpinteiro Dupont e uma dúzia de moleques da vizinhança, se meteram pela escada que se abalava sob seus passos, depois subiram pela escada de mão.

Brotteaux, em seu sótão, cortava bonecos enquanto o padre Longuemare, à sua frente, montava seus membros espalhados por meio de fios, e ele sorria ao ver nascer assim, sob seus dedos, o ritmo e a harmonia.

Ao som das coronhas no patamar, o religioso estremeceu em todos os seus membros. Não que tivesse menos coragem do que Brotteaux, que permanecia impassível, mas o respeito humano não o habituara a dominar-se. Brotteaux, às questões do cidadão Delourmel, compreendeu de onde vinha o golpe e percebeu, um pouco tarde, que é errado confiar em mulheres. Convidado a seguir o cidadão comissário, ele pegou seu Lucrécio e suas três camisas.

---

[1] Antiga unidade francesa de moeda. [N. T.]

– O cidadão – disse ele, apontando para o padre Longuemare – é um ajudante que tomei para fabricar minhas marionetes. Está domiciliado aqui.

Mas o religioso, não podendo apresentar um certificado de civismo, foi preso com Brotteaux.

Quando a procissão passou pela portaria, a cidadã Remacle, apoiada em sua vassoura, olhou para seu inquilino com o ar de virtude que vê o crime nas mãos da lei. A pequena Joséphine, desdenhosa e bela, conteve pela coleira Mouton, que queria brincar com o amigo que lhe dera açúcar. Uma multidão de curiosos encheu a Place de Thionville.

Brotteaux, ao pé da escada, encontrou com uma jovem camponesa que se preparava para subir os degraus. Ela carregava debaixo do braço uma cesta cheia de ovos e segurava na mão um bolo embrulhado com um pano. Era Athénaïs, que vinha de Palaiseau para apresentar a seu salvador um testemunho de sua gratidão. Quando ela percebeu que os magistrados e quatro granadeiros estavam levando embora o "sr. Maurice", ela permaneceu perplexa, perguntou se era verdade, aproximou-se do comissário e disse suavemente:

– O senhor o está levando? Não é possível... Mas o senhor não o conhece! Ele é bom como o bom Deus.

O cidadão Delourmel empurrou-a e fez sinal aos granadeiros para avançarem. Então, Athénaïs vomitou sobre os magistrados e os granadeiros os insultos mais sujos, as invectivas mais obscenas, que acreditaram que se esvaziavam em sua cabeça todas as bacias do Palais-Royal e da rue Fromenteau. Então, com uma voz que encheu toda a Place de Thionville e fez estremecer a multidão de curiosos, gritou:

– Viva o rei! Viva o rei!

CAPÍTULO XVIII

A CIDADÃ GAMELIN GOSTAVA DO VELHO BROTTEAUX e considerava que ele era, ao mesmo tempo, o homem mais amável e mais importante que já havia conhecido. Não se despedira dele quando foi preso, porque temia desafiar as autoridades e porque, em sua humilde condição, considerava a covardia como um dever. Mas recebera um golpe do qual não conseguia se recuperar.

Não podia comer e lamentava ter perdido o apetite quando finalmente tinha alguma coisa para satisfazê-lo. Ela ainda admirava seu filho; mas já não se atrevia a pensar nas tarefas horríveis que ele desempenhava e felicitava-se por ser apenas uma mulher ignorante para não ter de julgá-lo.

A pobre mãe tinha encontrado um velho rosário no fundo de um baú; não sabia bem como usá-lo, mas o segurava com os dedos trêmulos. Depois de viver até a velhice sem praticar sua religião, tornou-se devota: rezou a Deus o dia todo, junto à lareira, pela salvação de seu filho e daquele bom sr. Brotteaux. Frequentemente Élodie ia vê-la: não ousavam olhar uma para a outra e, sucedendo-se, falavam ao acaso sobre coisas sem interesse.

Em um dia de pluvioso, quando a neve, que caía em grandes flocos, escurecia o céu e abafava todos os ruídos da cidade, a cidadã Gamelin, que estava sozinha em casa, ouviu baterem à porta. Tremeu: havia vários meses que o menor ruído a fazia estremecer. Abriu a porta. Um jovem de 18 ou 20 anos entrou, chapéu na cabeça. Ele estava vestido com um grande capote[1] verde-garrafa, as três golas cobriam-lhe o peito e a cintura. Usava botas com bainha à maneira inglesa. Seus cabelos castanhos caíam em cachos sobre os ombros. Ele avançou até o meio do ateliê, como se fosse para receber toda a luz que o vidro pudesse enviar através da neve, e permaneceu imóvel e em silêncio por alguns momentos.

Finalmente, enquanto a cidadã Gamelin olhava para ele, estupefata:

– Você não reconhece sua filha?

A velha senhora juntou as mãos:

– Julie! É você... meu Deus, é possível!

– Mas sim, sou eu! Beije-me, mamãe.

A cidadã viúva Gamelin apertou a filha em seus braços e deixou cair uma lágrima na gola do casaco. Então ela continuou, com um acento de preocupação:

– Você, em Paris!

– Ah! mamãe, porque não vim sozinha! E ninguém me reconhecerá com esse traje.

De fato, o casaco dissimulava suas formas e ela não parecia diferente de muitos jovens que, como ela, usavam cabelos longos, divididos em duas massas. Os traços de seu rosto, finos e encantadores, mas bronzeados, encovados pelo cansaço, endurecidos pelas preocupações, tinham uma expressão audaciosa e masculina. Ela era magra, tinha pernas longas e retas, seus movimentos eram fáceis; apenas sua voz clara poderia tê-la traído.

Sua mãe perguntou-lhe se ela estava com fome. Julie respondeu que comeria com prazer e, quando lhe serviu pão, vinho e presunto, começou a comer, com um cotovelo sobre a mesa, bela e gulosa como Ceres na cabana do velho Baubô.

Então, com o copo ainda em seus lábios:

– Mamãe, você sabe quando meu irmão voltará para casa? Vim falar com ele.

---

1 *Carrick*: grande casaco pesado e amplo com várias golas. [N. T.]

A boa mãe olhou para a filha com embaraço e não respondeu nada.

– Tenho de vê-lo. Meu marido foi preso esta manhã e conduzido ao Luxemburgo.

Ela dava esse nome de "marido" a Fortuné de Chassagne, ex-nobre e oficial do regimento de Bouillé. Ele a amara quando ela trabalhava para modistas na Rue des Lombards, a sequestrara e levara para a Inglaterra, aonde ele emigrara depois do 10 de agosto. Era seu amante; mas ela achava mais decente chamá-lo de marido, diante de sua mãe. E ela dizia a si mesma que a miséria os casara bem, e que o infortúnio era um sacramento.

Mais de uma vez eles passaram a noite juntos em um banco nos parques de Londres, pegando pedaços de pão debaixo das mesas de tavernas em Piccadilly.

Sua mãe não respondia e olhava para ela com olhos tristes.

– Você não está me ouvindo, mamãe? O tempo urge, preciso ver Évariste imediatamente: só ele pode salvar Fortuné.

– Julie – respondeu a mãe –, é melhor você não falar com seu irmão.

– Como? O que está dizendo, minha mãe?

– Eu digo que é melhor você não falar com seu irmão sobre o sr. de Chassagne.

– Mamãe, é preciso, porém!

– Minha filha, Évariste não perdoa o sr. de Chassagne por ter sequestrado você. Sabe com que raiva falou dele, com que nomes ele o chamava.

– Sim, ele o chamava de corruptor – Julie disse com uma risadinha sibilante, dando de ombros.

– Minha filha, ele ficou mortalmente ofendido. Évariste decidiu parar de falar sobre o sr. de Chassagne. E já se passaram dois anos sem que ele tenha dito uma única palavra sobre ele ou você. Mas seus sentimentos não mudaram; você o conhece: ele não os perdoa.

– Mas, mamãe, já que Fortuné se casou comigo... em Londres...

A pobre mãe ergueu os olhos e os braços:

– Basta que Fortuné seja um aristocrata, um emigrado, para que Évariste o trate como um inimigo.

– Enfim, responda, mamãe. Pensa que, se eu lhe pedir que faça o que for necessário para salvar Fortuné junto ao promotor público e à Comissão de Segurança Geral, ele não consentirá? Mas, mamãe, ele seria um monstro, se recusasse!

– Minha filha, seu irmão é um homem honesto e um bom filho. Mas não pergunte a ele, oh!, não peça a ele para se interessar pelo sr. de Chassagne... Ouça-me, Julie. Ele não me confia seus pensamentos e, sem dúvida, eu não seria capaz de compreendê-los... mas ele é juiz; tem princípios; ele age de acordo com sua consciência. Não peça nada a ele, Julie.

– Vejo que você o conhece agora. Você sabe que é frio, insensível, que é maldoso, que só tem ambição, vaidade. E você sempre o preferiu a mim. Quando nós três morávamos juntos, você o oferecia para mim como modelo. Sua atitude formal e suas palavras graves impressionavam você, que descobria todas as virtudes nele. E eu, você sempre me desaprovava, você me atribuía todos os vícios, porque eu era franca e trepava nas árvores. Você jamais gostou de mim. Você só amava a ele. Ouça! Eu o odeio, seu Évariste: ele é um hipócrita.

– Cale-se, Julie: fui uma boa mãe tanto para você quanto para ele. Fiz que você aprendesse um ofício. Não dependeu de mim que você permanecesse moça honesta e que não se casasse de acordo com sua condição. Eu a amei ternamente e ainda a amo. Eu a perdoo e a amo. Mas não fale mal de Évariste. É um bom filho. Sempre cuidou de mim. Quando você me deixou, minha filha, quando você deixou seu ofício, sua loja, para ir viver com o sr. de Chassagne, o que seria de mim sem ele? Eu estaria morta de miséria e fome.

– Não fale assim, mamãe: você sabe muito bem que a teríamos cercado com carinho, Fortuné e eu, se você não tivesse se afastado de nós, estimulada por Évariste. Deixe-me em paz! Ele é incapaz de uma boa ação; é para me tornar odiosa aos seus olhos que decidiu cuidar de você. Ele! Amar você? E ele é capaz de amar alguém? Não tem coração nem espírito. Ele não tem talento nenhum. Para pintar, é preciso ter uma natureza mais afetuosa do que a dele.

Ela passeou os olhos sobre as telas do ateliê, que encontrava tais como as havia deixado.

– Aí está sua alma! Ele a pôs em suas telas, fria e sombria. Seu Orestes, seu Orestes, com o olho estúpido, a boca ruim e que parece um empalado, é ele, inteirinho... Enfim, mamãe, você não compreende nada? Não posso deixar Fortuné na prisão. Você os conhece, os jacobinos, os patriotas, toda a cambada de Évariste. Eles vão matá-lo. Mamãe, minha querida mamãe, minha mãezinha, eu não quero vê-lo morto. Eu o amo! Eu o amo! Ele tem sido tão bom para mim, e nós temos sido tão infelizes juntos! Veja, esse casaco pertence a ele. Eu não tinha mais uma só camisa. Um amigo de Fortuné emprestou-me um paletó e fui morar na casa de um garçom de café, em Dover, enquanto ele trabalhava em um cabeleireiro. Sabíamos muito bem que voltar para a França era arriscar nossa vida; mas nos perguntaram se queríamos ir a Paris para cumprir uma missão importante... Consentimos; teríamos aceitado uma missão para o diabo. Pagaram nossa viagem e nos deram uma letra de câmbio para um banqueiro em Paris. Encontramos os escritórios fechados: esse banqueiro está preso e vai ser guilhotinado. Não tínhamos um único tostão. Todos com quem éramos ligados e a quem poderíamos nos dirigir estão fugidos ou na prisão. Nenhuma porta na qual bater. Dormíamos em um estábulo na Rue de La Femme-sans-tête. Um engraxate caridoso, que dormia ali na palha conosco, emprestou ao meu amante uma de suas caixas, uma escova e um pote de graxa três quartos vazio. Fortuné, durante quinze dias, ganhou sua vida e a minha engraxando sapatos na Place de Grève. Mas, na segunda-feira, um membro da Comuna pôs o pé na caixa e lhe fez engraxar suas botas. Era um antigo açougueiro em quem Fortuné certa vez deu um chute no traseiro por vender carne com falso peso. Quando Fortuné levantou a cabeça para reclamar seus 2 tostões, o patife o reconheceu, chamou-o de aristocrata e ameaçou prendê-lo. A multidão se reuniu; compunha-se de boas pessoas e alguns celerados que gritavam "Morte ao emigrado!" e chamaram a polícia. Nesse momento, eu estava levando a sopa para Fortuné. Eu o vi ser conduzido à seção e ser preso na igreja de Saint-Jean. Eu queria beijá-lo: eles me empurraram. Passei a noite como um cão em um degrau da igreja... Levaram-no esta manhã...

Julie não conseguiu terminar; os soluços a sufocavam.

Ela jogou seu chapéu no assoalho e se ajoelhou aos pés da mãe:

– Ele foi levado para a prisão do Luxemburgo esta manhã. Mamãe, mamãe, ajude-me a salvá-lo; tenha piedade de sua filha!

Em lágrimas, ela abriu seu casaco e, para mais se mostrar como amante e filha, descobriu seu peito; pegando as mãos da mãe, pressionou-as contra seus seios palpitantes.

– Minha filha querida, minha Julie, minha Julie! – suspirou a viúva Gamelin.

E ela colou seu rosto úmido de lágrimas nas faces da jovem.

Por alguns momentos, mantiveram-se em silêncio. A pobre mãe buscava em seu espírito uma forma de ajudar a filha e Julie observava o olhar daqueles olhos afogados em lágrimas.

"Talvez", pensou a mãe de Évariste, "talvez, se eu falar com ele, ele ceda. Ele é bom, ele é terno. Se a política não o tivesse endurecido, se não tivesse sido influenciado pelos jacobinos, não teria essas severidades que me assustam, pois não as compreendo."

Ela tomou em suas duas mãos a cabeça de Julie:

– Escute, minha filha. Falarei com Évariste. Vou prepará-lo para vê-la, para ouvi-la. Sua visão poderia irritá-lo e eu temeria seu primeiro movimento... E, além disso, eu o conheço: sua roupa iria chocá-lo; ele é severo em tudo o que é relativo à decência e ao decoro. Eu mesma fiquei um pouco surpresa ao ver minha Julie como um rapaz.

– Ah, mamãe! A emigração e as terríveis desordens do reino tornaram esses disfarces muito comuns. Usam deles para exercer uma profissão, para não ser reconhecido, para fazer coincidir com um passaporte ou certificado emprestados. Eu vi em Londres o pequeno Girey vestido de moça e parecia muito bonita; e você vai concordar, mãe, que esse disfarce é mais escabroso do que o meu.

– Minha pobre filha, você não precisa se justificar aos meus olhos, nem disso nem de outra coisa. Sou sua mãe: você sempre será inocente para mim. Vou falar com Évariste, vou dizer...

Ela se interrompeu. Sentia o que era seu filho; ela o sentia, mas não queria acreditar, não queria saber.

– Ele é bom. Ele o fará por mim... por você, o que eu lhe pedir.

E as duas mulheres, infinitamente cansadas, calaram-se. Julie adormeceu com a cabeça apoiada nos joelhos em que havia descansado quando criança. No entanto, com o terço na mão, a mãe dolorosa chorava pelos males que sentia chegarem silenciosamente, na calma daquele dia de neve em que tudo silenciava, os passos, as rodas, o céu.

De repente, com uma audição muito fina que a inquietação havia aguçado, ela ouviu seu filho subindo as escadas.

– Évariste! – disse ela. – Esconda-se.

E empurrou a filha para o seu quarto.

– Como vai a senhora hoje, minha boa mãe?

Évariste pendurou seu chapéu no cabide, trocou o paletó azul por um paletó de trabalho e sentou-se ao cavalete. Havia vários dias que vinha esboçando com o esfuminho uma Vitória depondo uma coroa na testa de um soldado morto pela pátria. Ele teria tratado esse tema com entusiasmo, mas o tribunal devorava todos os seus dias, tomava toda a sua alma, e sua mão, desacostumada a desenhar, fazia-se pesada e preguiçosa.

Ele cantarolou a "Ça ira".

– Você está cantando, meu filho – disse a cidadã Gamelin. – Você está com o coração alegre.

– Devemos nos alegrar, minha mãe: há boas notícias. A Vendeia está esmagada; os austríacos, derrotados; o exército do Reno forçou as linhas de Lautern e Wissembourg. Aproxima-se o dia em que a República triunfante mostrará sua clemência. Por que aumenta a audácia dos conspiradores, na medida em que a República cresce em força e os traidores conspiram para atacar a pátria nas sombras, enquanto ela fulmina os inimigos que a atacam abertamente?

A cidadã Gamelin, tricotando uma meia, observava o filho por cima dos óculos.

– Berzélius, seu antigo modelo, veio reclamar as 10 libras que você lhe devia: eu dei a ele. A pequena Joséphine estava com dor de barriga por ter comido muitas geleias que o carpinteiro lhe dera. Fiz um chá de ervas para ela... Desmahis veio ver você; lamentou não tê-lo encontrado. Ele gostaria de gravar um tema criado por você. Ele acha que você tem um grande talento. Esse bom rapaz viu seus esboços e os admirou.

– Quando a paz for restaurada e a conspiração sufocada – disse o pintor –, vou retomar meu Orestes. Não tenho o hábito de me elogiar, mas há uma cabeça digna de Davi ali.

Ele traçou com uma linha majestosa o braço de sua Vitória.

– Ela oferece palmas – disse ele. – Mas seria mais bonito que seus próprios braços fossem palmas.

– Évariste!

– Mamãe?

– Eu recebi notícias de... adivinhe quem...

– Não sei...

– De Julie... de sua irmã... Ela não está feliz.

– Seria um escândalo se ela estivesse.

– Não fale assim, filho: ela é sua irmã. Julie não é ruim; tem bons sentimentos que o infortúnio alimentou. Ela ama você. Posso assegurar-lhe, Évariste, que ela aspira a uma vida laboriosa e exemplar, e pensa apenas em se aproximar de nós. Nada impede você de revê-la. Ela se casou com Fortuné Chassagne.

– Ela escreveu para nós?

– Não.

– Como teve notícias dela, minha mãe?

– Não é por carta, meu filho; é...

Ele se levantou e a interrompeu com uma voz terrível:

– Cale-se, minha mãe! Não me diga que os dois voltaram para a França... já que devem morrer, que pelo menos não seja por mim. Por eles, pela senhora, por mim, deixe-me ignorar que eles estão em Paris. Não me obrigue a saber; sem o quê...

– O que você quer dizer, meu filho? Você quereria, você ousaria?

– Minha mãe, me escute: se eu soubesse que minha irmã Julie está naquele quarto... (e apontou para a porta fechada), eu iria imediatamente denunciá-la ao Comitê de Vigilância da seção.

A pobre mãe, branca como sua touca, largou o tricô de suas mãos trêmulas e suspirou, com uma voz mais fraca do que o mais leve murmúrio:

"Eu não queria acreditar, mas vejo bem: é um monstro..."

Tão pálido quanto ela, com espuma em seus lábios, Évariste fugiu e correu a buscar o esquecimento com Élodie, o sono, o delicioso sabor do nada.

CAPÍTULO XIX

ENQUANTO O PADRE LONGUEMARE E A JOVEM Athénaïs eram interrogados na seção, Brotteaux foi conduzido entre dois guardas ao Luxemburgo, onde o porteiro se recusou a recebê-lo, alegando que não havia mais lugar. O velho financista foi então levado para a Conciergerie e conduzido para a sala dos registros, bastante pequena, separada em duas por uma divisória de vidro. Enquanto o escrevente anotava seu nome nos registros de prisão, Brotteaux viu através das vidraças dois homens que, cada um deles em um colchão ruim, mantinham uma imobilidade de cadáver e, com os olhos fixos, pareciam nada ver. Pratos, garrafas, sobras de pão e carne cobriam o chão em volta deles. Eram condenados à morte esperando a carroça.

O ex-Des Ilettes foi levado para uma masmorra onde, à luz de uma lanterna, avistou duas figuras deitadas, uma selvagem, mutilada, horrível, a outra graciosa e gentil. Esses dois presos lhe ofereceram um pouco de sua palha podre, cheia de vermes, para que ele não se deitasse na terra suja de excrementos. Brotteaux deixou-se cair em um banco na sombra fedorenta e ficou com a cabeça encostada na parede, em silêncio, imóvel. Sua dor era tanta que teria esmagado a cabeça contra a parede, se tivesse forças. Não conseguia respirar. Seus olhos se turvaram; um ruído longo, tranquilo como o silêncio, invadiu seus ouvidos, sentiu todo o seu ser banhado em um nada delicioso. Durante um segundo incomparável, para ele tudo foi harmonia, clareza serena, perfume, suavidade. Então, desfaleceu.

Quando voltou a si, o primeiro pensamento que dominou sua mente foi lastimar seu desmaio, e, filósofo até o torpor do desespero, pensou que tivera de baixar a uma fossa imunda, esperando a guilhotina, para experimentar a mais vívida sensação de volúpia que seus sentidos jamais haviam experimentado. Ele tentava retomar o sentimento, mas sem sucesso, e, aos poucos, ao contrário, sentia o ar infecto da masmorra trazer a seus pulmões, com o calor da vida, a consciência de sua intolerável miséria.

No entanto, seus dois companheiros consideravam seu silêncio como uma cruel injúria. Brotteaux, que era sociável, tentou satisfazer a curiosidade deles; mas, quando souberam que ele era o que se chamava "um político", um daqueles cujo leve crime era de palavra ou pensamento, não sentiram estima nem simpatia por ele. Os fatos alegados contra aqueles dois presos tinham mais solidez: o mais velho era um assassino, o outro havia fabricado falsos *assignats*. Ambos se acomodaram àquele estado e até encontraram nele alguma satisfação. Brotteaux se pôs a pensar que acima de sua cabeça tudo era movimento, ruído, luz e vida, e que as lindas vendedoras do Palácio sorriam ao passante feliz e livre, por trás de seus balcões de perfumaria, de armarinho, e essa ideia aumentou seu desespero.

A noite veio, despercebida na sombra e no silêncio da masmorra, mas pesada, porém, e sombria. Com uma perna esticada no banco e as costas contra a parede, Brotteaux cochilou. E ele se viu sentado ao pé de uma faia densa, onde os pássaros cantavam; o sol poente cobria o rio de chamas líquidas e a borda das nuvens estava colorida de púrpura. A noite passou. Uma febre ardente o devorava, e ele bebia com avidez, diretamente em sua moringa, a água que aumentava seu sofrimento.

No dia seguinte, o carcereiro, que trouxe a sopa, prometeu a Brotteaux que daria privilégios a ele, mediante pagamento, assim que tivesse lugar, o que não demoraria muito. Com efeito, dois dias depois, convidou o velho financista a sair de sua masmorra. A cada degrau que subia, Brotteaux sentia sua força e vida voltando, e quando viu instalada, no assoalho vermelho de um quarto, uma cama de correias, coberta com uma pobre manta de lã, chorou de alegria. A cama dourada em que pombas esculpidas se beijavam, que outrora mandara fazer para a mais bonita das dançarinas da Ópera, não lhe parecera tão agradável nem prometera tantas delícias.

Aquela cama de correias ficava em uma grande sala, razoavelmente limpa, que continha dezessete outras, separadas por pranchas altas. O grupo que ali vivia, formado por ex-nobres, comerciantes, banqueiros, artesãos, não desagradou ao velho coletor de impostos, que se acomodava com todo tipo de gente. Observou que esses homens, privados como ele de todo prazer e expostos a perecer pelas mãos do carrasco, mostravam alegria e gosto vivo para brincadeiras. Pouco disposto a admirar os homens, atribuía o bom humor de seus companheiros a uma leveza de espírito que os impedia de considerar atentamente sua situação. E confirmou essa ideia ao observar que os mais inteligentes entre eles estavam profundamente tristes. Logo percebeu que a maioria buscava no vinho e na aguardente uma alegria que tinha como base um caráter violento e às vezes um tanto louco. Nem todos tinham coragem; mas todos mostraram alguma. Brotteaux não se surpreendeu com isso: sabia que os homens confessam facilmente a crueldade, a raiva e até a avareza, mas nunca a covardia, porque essa admissão os colocaria, entre os selvagens e até mesmo em uma sociedade educada, em perigo mortal. É por isso, ele pensou, que todos os povos são povos de heróis e todos os exércitos são compostos apenas por bravos.

Mais ainda do que o vinho e a aguardente, o barulho das armas e das chaves, o rangido das fechaduras, o chamado das sentinelas, o ruído dos cidadãos à porta do tribunal embriagava os prisioneiros, inspirava-lhes melancolia, delírio ou furor. Houve alguns que cortaram a garganta com uma navalha ou se jogaram pela janela.

Brotteaux estava havia três dias no tratamento privilegiado, quando soube, pelo carcereiro, que o padre Longuemare definhava na palha podre, entre os vermes, com ladrões e assassinos.

Ele lhe concedeu o tratamento privilegiado, no quarto em que morava e onde uma cama havia ficado vaga. Tendo se comprometido a pagar pelo religioso, o velho cobrador de impostos, que não tinha um grande tesouro consigo, planejou fazer retratos por 1 escudo cada. Obteve, por intermédio de um carcereiro, pequenas molduras negras para fazer pequenos trabalhos com cabelos, que executava com bastante habilidade. E essas obras foram muito procuradas por um conjunto de homens que queriam deixar lembranças.

O padre Longuemare mantinha seu coração e seu espírito elevados. Enquanto esperava ser conduzido ao Tribunal Revolucionário, preparava sua defesa. Não separando sua causa da causa da Igreja, prometeu-se expor aos seus juízes as desordens e escândalos causados à Esposa de Jesus Cristo pela constituição civil do clero; pretendia pintar a filha mais velha da Igreja travando uma guerra sacrílega contra o papa; o clero francês despojado, violentado, odiosamente submetido aos leigos; os regulares, verdadeira milícia de Cristo, espoliados e dispersados. Citava São Gregório Magno e Santo Irineu, apresentava numerosos artigos de direito canônico e parágrafos inteiros das decretais.

Durante todo o dia, rabiscava sobre seus joelhos, ao pé da cama, mergulhando tocos de penas gastas até a barba em tinta, fuligem, borra de café, cobrindo com escrita ilegível papéis grosseiros, de embrulho, jornais, páginas de guarda, velhas cartas, contas antigas, cartas de baralho, e pensou em usar a camisa depois de engomada. Amontoava folha sobre folha e, mostrando o borrão indecifrável, dizia:

– Quando eu comparecer perante meus juízes, vou inundá-los de luz.

E, um dia, lançando um olhar satisfeito para sua defesa cada vez maior e pensando naqueles magistrados que ele ansiava por confundir, exclamou:

– Não gostaria de estar no lugar deles!

Os prisioneiros que o destino havia reunido naquela prisão eram monarquistas ou federalistas; havia até um jacobino ali; diferiam entre si na opinião de conduzir os assuntos de Estado, mas nenhum deles conservava o menor resquício de crenças cristãs. Os feuillants, os constitucionais, os girondinos, achavam, como Brotteaux, o bom Deus muito ruim para eles próprios e excelente para o povo. Os jacobinos instalaram no lugar de Jeová um deus jacobino, para fazer o jacobinismo descer lá do alto sobre o mundo; mas, como nenhum deles podia conceber que alguém fosse absurdo o suficiente para acreditar em qualquer religião revelada, vendo que não faltava inteligência ao padre Longuemare, eles o tomaram por um velhaco. A fim de, sem dúvida, se preparar para o martírio, confessava sua fé com todos os que encontrava e, quanto mais demonstrava sinceridade, mais parecia um impostor.

Em vão Brotteaux garantia a boa-fé do religioso; consideravam que o próprio Brotteaux acreditava apenas em uma parte do que estava dizendo. Suas ideias eram singulares demais para não parecerem afetadas, e não contentavam ninguém inteiramente. Falava de Jean-Jacques como de um malandro sem expressão. Em compensação, punha Voltaire no nível dos homens divinos, sem, no entanto, igualá-lo ao amável Helvetius, a Diderot, ao barão de Holbach. Em sua opinião, o maior gênio do século era Boulanger. Também estimava muito o astrônomo Lalande e Dupuis, autor de uma *Memória sobre a origem das constelações*. Os homens de espírito daquela sala fizeram mil brincadeiras com o pobre barnabita, que ele nunca percebeu: sua candura contornava todas as armadilhas.

Para afastar as preocupações que os corroíam e escapar dos tormentos da ociosidade, os prisioneiros jogavam damas, baralho e *trictrac*.[1] Não era permitido ter nenhum instrumento de música. Depois do jantar, cantavam e recitavam versos. *A donzela* de Voltaire alegrou um pouco o coração desses infelizes, que não se cansavam de ouvir seus belos trechos. Mas, incapazes de se distrair do terrível pensamento plantado no meio de seu coração, eles às vezes tentavam zombar disso, e no quarto de dezoito camas, antes de adormecer, brincavam de Tribunal Revolucionário. Os papéis eram distribuídos de acordo com os gostos e as aptidões. Alguns representavam os juízes e o acusador; outros,

---

1 Jogo de dados. [N. T.]

os acusados ou as testemunhas; outros, o carrasco e seus ajudantes. Os processos terminavam invariavelmente com a execução dos condenados, que eram estendidos sobre uma cama, com o pescoço sob uma tábua. A cena era então transportada para os infernos. Os mais ágeis do elenco, embrulhados em lençóis, representavam os espectros. E um jovem advogado de Bordeaux, chamado Dubosc, pequeno, moreno, vesgo, corcunda, o próprio diabo manco em pessoa, ia, com chifres, puxar pelos pés o padre Longuemare para fora de sua cama, anunciando-lhe que estava condenado às chamas eternas e desgraçado sem perdão por ter feito do criador do universo um ser invejoso, tolo e perverso, um inimigo da alegria e do amor.

– Ah! Ah! Ah! – gritava horrivelmente esse diabo. – Você ensinou, velho bonzo, que agrada a Deus ver suas criaturas definharem na penitência e se absterem de seus mais caros dons. Impostor, hipócrita, barata, sente-se em pregos e coma cascas de ovo pela eternidade!

O padre Longuemare se contentava em responder que, nesse discurso, o filósofo surgia por baixo do diabo e que o menor demônio do inferno teria dito menos bobagens, sendo um pouco conhecedor de teologia e certamente menos ignorante do que um enciclopedista.

Contudo, quando o advogado girondino o chamava de capuchinho, ficava vermelho de tão zangado e dizia que um homem incapaz de distinguir um barnabita de um franciscano não conseguia ver a mosca no leite.

O Tribunal Revolucionário esvaziava as prisões, que os comitês enchiam sem cessar: em três meses, a sala dos dezoito foi renovada pela metade. O padre Longuemare perdeu seu diabinho. O advogado Dubosc, perante o Tribunal Revolucionário, foi condenado à morte como federalista e por ter conspirado contra a unidade da República. Ao sair do tribunal, como todos os outros presidiários, passou novamente por um corredor que cruzava a prisão e dava para a sala que ele animara durante três meses com sua alegria. Ao se despedir de seus companheiros, manteve o tom leve e o ar alegre que lhe eram habituais.

– Desculpe-me, senhor – disse ao padre Longuemare –, por tê-lo arrastado pelos pés em sua cama. Não voltarei mais.

E, virando-se para o velho Brotteaux:

– Adeus, eu o precedo no nada. De bom grado entrego à natureza os elementos que me compõem, esperando que ela, no futuro, faça deles melhor uso, pois é preciso admitir que ela não teve sucesso ao me fabricar.

E desceu ao registro, deixando Brotteaux entristecido e o padre Longuemare trêmulo e verde como uma folha, mais morto do que vivo ao ver o ímpio rir à beira do abismo.

Quando germinal trouxe de volta os dias claros, Brotteaux, que era voluptuoso, descia várias vezes por dia ao pátio que dava para o bairro das mulheres, perto da fonte aonde as presas vinham, pela manhã, lavar suas roupas. Uma grade separava os dois blocos; mas as barras não eram apertadas o suficiente para evitar que as mãos se juntassem e as bocas se unissem. Sob a noite indulgente, os casais se apertavam ali. Então Brotteaux, discretamente, refugiava-se na escada e, sentado em um degrau, tirava do bolso de seu redingote vermelho-escuro seu pequeno Lucrécio e lia, à luz de uma lanterna, algumas máximas severamente consoladoras: "*Sic ubi non erimus...* Quando cessarmos de viver, nada poderá nos comover, nem mesmo o céu, a terra e o mar confundindo seus escombros...". Mas, enquanto gozava de sua alta sabedoria, Brotteaux invejava a loucura do barnabita que lhe escondia o universo.

O terror crescia mês a mês. Todas as noites, os carcereiros bêbados, acompanhados por seus cães de guarda, iam de masmorra em masmorra, levando atos de acusação, gritando nomes que estropiavam, acordando os prisioneiros e, por vinte vítimas designadas, aterrorizavam duzentas. Nesses corredores, cheios de sombras sangrentas, passavam todos os dias, sem uma queixa, vinte, trinta, cinquenta condenados, velhos, mulheres, adolescentes, e tão diversos em condição, caráter, sentimento, que se poderia perguntar se não teriam sido escolhidos ao acaso.

E jogavam baralho, bebiam vinho da Borgonha, faziam projetos, marcavam encontros à noite, no portão. A sociedade, quase completamente renovada, era agora composta em grande parte por "exagerados" e por "raivosos". No entanto, a sala de dezoito leitos continuava a ser o lugar de elegância e bom-tom: à parte dois prisioneiros que para lá foram levados – recentemente transferidos do Luxemburgo para a Conciergerie, e que eram suspeitos de ser "carneiros", quer dizer, espiões, os cidadãos Navette e Bellier –, havia ali apenas pessoas honestas que mostravam confiança mútua. Celebravam, de taça na mão, as vitórias da República. Vários poetas se reuniam ali, como é costume em qualquer reunião de homens ociosos. Os mais hábeis deles compunham odes aos triunfos do exército do Reno e as recitavam com ênfase. Eram rumorosamente aplaudidos. Apenas Brotteaux louvava sem entusiasmo os vencedores e seus vates.

– É, desde Homero, uma estranha mania dos poetas – disse um dia – celebrar os militares. A guerra não é uma arte, e só o acaso decide o destino das batalhas. De dois generais oponentes, ambos estúpidos, um deve necessariamente sair vitorioso. Esperem o dia em que um daqueles porta-espadas, que os senhores divinizam, engula-os a todos, como o grou na fábula engole as rãs. Só aí ele será realmente deus! Pois, se há alguma coisa que os deuses conhecem, é o apetite.

Brotteaux nunca fora exaltado pela glória das armas. Ele não se alegrava nada com os triunfos da República, que havia previsto. Não gostava do novo regime que a vitória fortalecia. Estava descontente. Qualquer um o teria sido por menos.

Certa manhã, anunciaram que os comissários do Comitê de Segurança Geral fariam buscas nos detidos, que *assignats*, objetos de ouro e prata, facas, tesouras seriam apreendidos, que tais buscas tinham sido feitas no Luxemburgo e que haviam tomado cartas, papéis, livros.

Cada um então se esforçou em encontrar algum esconderijo para guardar o que tinha de mais precioso. O padre Longuemare levou sua defesa, em braçadas, a uma calha, Brotteaux enfiou seu Lucrécio nas cinzas da lareira.

Quando os comissários, com fitas tricolores em volta do pescoço, vieram para fazer as apreensões, encontraram pouco mais do que se julgou conveniente deixar para eles. Depois que partiram, o padre Longuemare correu para sua calha e recolheu de sua defesa o que a água e o vento haviam deixado. Brotteaux tirou da lareira seu Lucrécio, todo preto de fuligem.

"Gozemos da hora presente", pensou ele, "pois adivinho, por alguns sinais, que o tempo está agora estreitamente contado para nós."

Em uma suave noite de prairial, enquanto acima do pátio a lua mostrava seus dois chifres de prata no céu pálido, o velho financista, que, como de hábito, lia Lucrécio em um degrau da escada de pedra, ouviu uma voz chamando-o, uma voz de mulher, uma voz deliciosa que ele não reconhecia. Desceu ao pátio e viu por trás da grade uma forma que, não mais do que a voz, conseguia reconhecer e que lhe lembrava, por seus contornos indistintos e encantadores, todas as mulheres que amara. O céu a banhava em azul e prata. Brotteaux de repente reconheceu a bela atriz da rua Feydeau, Rose Thévenin.

– A senhora aqui, minha criança! A alegria de vê-la é cruel para mim. Desde quando, e por que está aqui?

– Desde ontem.

E acrescentou baixinho:

– Fui denunciada como monarquista. Sou acusada de ter conspirado para libertar a rainha. Como eu sabia que o senhor estava aqui, imediatamente procurei vê-lo. Ouça-me, meu amigo... pois me permite chamá-lo assim? Conheço pessoas no poder; tenho, sei disso, simpatias até no Comitê de Segurança Pública. Farei agirem meus amigos; eles me libertarão, e eu, por minha vez, também o libertarei.

Mas Brotteaux, com uma voz que se fez urgente:

– Por tudo o que tem de mais caro, minha criança, não faça nada! Não escreva, não solicite; não pergunte nada a ninguém, eu lhe conjuro, faça que a esqueçam.

Como ela não parecia compreender o que ele dizia, Brotteaux se tornou ainda mais suplicante:

– Fique em silêncio, Rose, faça que a esqueçam: é isso a salvação. Qualquer coisa que seus amigos tentassem, só apressaria sua perda. Busque ganhar tempo. É preciso pouco, muito pouco, espero, para salvá-la... Acima de tudo, não tente comover os juízes, os jurados, um Gamelin. Não são homens, são coisas: não é possível nos explicar para coisas. Faça que a esqueçam. Se seguir meu conselho, minha amiga, morrerei feliz por ter salvado sua vida.

Ela respondeu:

– Vou obedecer-lhe... Não fale em morrer.

Ele deu de ombros:

– Minha vida acabou, minha criança. Viva e seja feliz.

Ela pegou as mãos dele e as pôs no peito:

– Ouça-me, meu amigo... Eu só o vi um dia e, no entanto, o senhor não é indiferente para mim. E, se o que vou lhe dizer pode trazê-lo de volta à vida, acredite: eu serei para o senhor... o que quiser que eu seja.

E eles se beijaram na boca através da grade.

CAPÍTULO XX

ÉVARISTE GAMELIN, DURANTE UMA LONGA audiência no tribunal, em seu banco, no ar quente, fecha os olhos e pensa:

"Os facínoras, obrigando Marat a se esconder em buracos, fizeram dele um pássaro noturno, a coruja de Minerva, cujo olho traspassava os conspiradores nas trevas em que eles se dissimulavam. Agora é um olhar azul, frio e sereno que atravessa os inimigos do Estado e denuncia os traidores com uma sutileza desconhecida até pelo Amigo do Povo, dormindo para sempre no jardim dos cordeliers. O novo salvador, tão zeloso e mais perspicaz do que o primeiro, vê o que ninguém tinha visto, e seu dedo levantado espalha o terror. Distingue as nuanças delicadas, imperceptíveis, que separam o mal do bem, o vício da virtude, que, sem ele, ficariam confundidos, com prejuízo da pátria e da liberdade; traça diante de si a linha tênue, inflexível, fora da qual, à esquerda e à direita, existe apenas erro, crime e perversão. O Incorruptível ensina como servimos ao estrangeiro com nossos exageros e fraquezas, perseguindo os cultos em nome da razão e resistindo às leis da República em nome da religião. Assim como os celerados que imolaram Le Peltier e Marat, aqueles que conferem honras divinas a eles, para comprometer suas memórias, servem ao estrangeiro. É agente do estrangeiro quem rejeita as ideias de ordem, sabedoria, oportunidade; é agente do estrangeiro quem ultraja a moral, ofende a virtude e, na desordem de seu coração, nega a Deus. Os padres fanáticos merecem a morte; mas existe uma forma contrarrevolucionária de combater o fanatismo; existem abjurações criminosas. Moderados, perdemos a República; violentos, nós a perdemos.

"Oh! Tremendos deveres do juiz, ditados pelo mais sábio dos homens! Não são mais apenas os aristocratas, os federalistas, os celerados da facção de Orléans, os inimigos declarados da pátria que devem ser golpeados. O conspirador, o agente do estrangeiro é um Proteu, assume todas as formas. Adquire a aparência de um patriota, de um revolucionário, de um inimigo dos reis; simula a audácia de um coração que só bate pela liberdade; engrossa a voz e faz tremer os inimigos da República: é Danton; sua violência mal dissimula sua odiosa moderação, e sua corrupção enfim aparece. O conspirador, o agente do estrangeiro, é esse gago eloquente que pôs em seu chapéu a primeira insígnia dos revolucionários, é esse panfletário que, em seu civismo irônico e cruel, se chamava a si próprio 'o procurador da lanterna', é Camille Desmoulins: ele se denunciou ao defender os generais traidores e ao exigir as medidas criminosas de uma prematura clemência. É Philippeaux, é Hérault, é o desprezível Lacroix. O conspirador, o agente do estrangeiro, é esse pai Duchesne que aviltava a liberdade com sua baixa demagogia e cujas calúnias imundas tornaram interessante a própria Antonieta. É Chaumette, que, no entanto, foi visto como manso, popular, moderado, simpático e virtuoso na administração da Comuna, mas era ateu! Os conspiradores, os agentes do estrangeiro, são todos esses sans-culottes, de barrete vermelho, *carmagnole*, tamancos, que tolamente faziam concorrência de patriotismo com os jacobinos. O conspirador, o agente do estrangeiro, é Anacharsis Cloots, o orador do gênero humano, condenado à morte por todas as monarquias do mundo; mas, dele, devíamos temer tudo: ele era prussiano.

"Agora, violentos e moderados, todos esses facínoras, todos esses traidores, Danton, Desmoulins, Hébert, Chaumette, morreram sob a lâmina. A República está salva; um concerto de louvor sobe de todos os comitês e todas as assembleias populares para

Maximilien e a Montanha. Os bons cidadãos exclamam: 'Dignos representantes de um povo livre, foi em vão que os filhos dos Titãs ergueram sua cabeça altiva: Montanha benigna, Sinai protetor, de teu seio exaltado brotou o relâmpago salutar...'.

"Nesse concerto, o tribunal tem sua parte de louvores. Como é bom ser virtuoso, e como o reconhecimento público é caro ao coração do juiz íntegro!

"No entanto, para um coração patriota, que espanto e quantas causas de inquietação! O quê! Para trair a causa popular não bastavam Mirabeau, La Fayette, Bailly, Piéton, Brissot? Era preciso ainda aqueles que denunciaram esses traidores! O quê! Todos os homens que fizeram a Revolução o fizeram apenas para perdê-la! Esses grandes autores dos grandes dias estavam preparando com Pitt e Cobourg a realeza de Orléans ou a tutela de Luís XVII! O quê! Danton, era Monk! O quê! Chaumette e os hebertistas, mais pérfidos do que os federalistas, que eles empurraram para a morte, conjuraram a ruína do império! Mas, entre aqueles que atiram os pérfidos Danton e os pérfidos Chaumette à morte, os olhos azuis de Robespierre não descobrirão amanhã, outros ainda mais pérfidos? Onde acabarão a cadeia execrável de traidores traídos e a perspicácia do Incorruptível?"

CAPÍTULO XXI

NESSE ÍNTERIM, JULIE GAMELIN, vestida com seu grande casaco verde-garrafa, ia todos os dias ao Jardim do Luxemburgo e ali, em um banco, no final de uma alameda, esperava o momento em que seu amante apareceria em uma das lucarnas do palácio. Eles faziam sinais e trocavam pensamentos em uma linguagem muda que haviam imaginado. Ela sabia por esse meio que o prisioneiro ocupava um quarto bastante bom, gozava de uma companhia agradável, precisava de um cobertor e uma bolsa de água quente e amava sua amante com ternura.

Não estava sozinha espreitando um rosto amado naquele palácio transformado em prisão. Uma jovem mãe perto dela mantinha seu olhar fixado em uma janela fechada e, assim que ela via a janela se abrir, levantava o filho nos braços, acima de sua cabeça. Uma senhora idosa, com um véu de renda sobre o rosto, ficava longas horas imóvel em um banquinho dobrável, esperando em vão perceber por um momento seu filho que, para não perder a forma, se exercitava com disco no pátio da prisão, até que tivessem fechado o jardim.

Durante essas longas esperas sob o céu cinza ou azul, um homem maduro, bastante gordo, muito limpo, ficava em um banco próximo, brincando com sua caixa de rapé e seus berloques, e desdobrando um jornal que nunca lia. Estava vestido à velha moda burguesa, com um tricórnio ornado de guarnição dourada, um casaco lilás avermelhado e um colete azul bordado de prata. Tinha jeito honesto; era músico, a julgar pela ponta da flauta que saía de seu bolso. Em nenhum momento tirava os olhos daquele falso rapaz, não cessava de lhe sorrir e, vendo-o levantar-se, levantava-se também e o seguia de longe. Julie, em sua miséria e solidão, sentia-se tocada pela discreta simpatia que aquele bom homem lhe demonstrava.

Um dia, quando ela saía do jardim, a chuva começava a cair; o bom homem se aproximou dela e, abrindo seu vasto guarda-chuva vermelho, pediu-lhe permissão para abrigá-la. Ela respondeu suavemente, com sua voz clara, que consentia. Mas, ao som daquela voz e advertido, talvez, por um sutil perfume de mulher, ele se afastou rapidamente, deixando exposta à chuva tempestuosa a jovem, que compreendeu e, apesar de suas preocupações, não pôde reprimir um sorriso.

Julie morava em um sótão na Rue du Cherche-Midi e fingia ser um vendedor de roupas que procurava emprego: a cidadã viúva Gamelin, finalmente persuadida de que sua filha não corria tanto perigo a não ser perto dela, afastara-a da Place de Thionville e da seção da Pont-Neuf, e lhe dava, tanto quanto podia, provisões e roupas. Julie cozinhava um pouco, ia ao Luxemburgo ver seu caro amante e voltava para seu pardieiro; a monotonia dessa rotina embalava suas tristezas e, como ela era jovem e robusta, dormia a noite toda com um sono profundo. Com um caráter ousado, habituada a aventuras e excitada, talvez, pela roupa que usava, às vezes ia, à noite, a um café na Rue du Four, que tinha o nome, na placa, de Cruz Vermelha, frequentado por pessoas de todos os tipos e por mulheres galantes. Lia as gazetas ali e jogava gamão com algum vendedor de loja ou algum militar que fumava cachimbo na cara dela. Lá, bebia-se, jogava-se, fazia-se o amor e as rixas eram frequentes. Uma noite, um que bebia, ao ouvir o ruído de uma cavalgada na calçada do cruzamento, ergueu a cortina e, reconhecendo o comandante em chefe da Guarda Nacional, o cidadão Hanriot, que passava galopando com seu estado-maior, murmurou entre dentes:

– Aí vai o burrico de Robespierre!

Ao ouvir essa frase, Julie deu uma grande gargalhada.

Mas um patriota de bigodes respondeu com severidade:

– Quem fala assim – exclamou – é um f... de aristocrata, que eu teria prazer em ver espirrar na cesta de Sansão.[1] Saiba que o general Hanriot é um bom patriota que saberá defender, se necessário, Paris e a Convenção. É isso que os monarquistas não lhe perdoam. – E, encarando Julie, que não parava de rir: – Você, pirralho, cuidado, que eu lhe dou um pontapé no traseiro, para ensiná-lo a respeitar os patriotas.

Entretanto, vozes se levantavam:

– Hanriot é um bêbado e um imbecil!

– Hanriot é um bom jacobino! Viva Hanriot!

Dois partidos se formaram. Enfrentaram-se, houve socos em chapéus amassados, mesas foram derrubadas, vidros se espatifaram, as luzes foram apagadas, as mulheres soltaram gritos estridentes. Atacada por vários patriotas, Julie armou-se com um banquinho, foi derrubada, arranhou, mordeu seus agressores. De seu grande casaco aberto e seu jabô rasgado, saía seu peito ofegante. Uma patrulha acorreu ao barulho, e a jovem aristocrata escapou entre as pernas dos guardas.

Todos os dias, as carroças se enchem de condenados.

– Não posso, no entanto, deixar meu amante morrer! – dizia Julie para sua mãe.

Ela resolveu solicitar, tomar providências, ir a comitês, a escritórios, ver representantes, magistrados, em todos os lugares que era preciso. Não tinha vestido. Sua mãe pediu emprestado à cidadã Blaise um vestido listrado, um fichu, uma touca de renda, e Julie, vestida de mulher e de patriota, foi até o juiz Renaudin, em uma casa úmida e escura da Rue Mazarine.

Subiu tremendo a escada de madeira e ladrilhos e foi recebida pelo juiz em seu miserável gabinete, mobiliado com uma mesa de pinho e duas cadeiras de palha. O papel de parede pendia em

---

1 Carrasco que cortava as cabeças com a guilhotina. [N. T.]

farrapos. Renaudin, com os cabelos pretos e grudados, olho sombrio, beiços arrepanhados e o queixo protuberante, fez sinal para que ela falasse e a ouviu em silêncio.

Disse-lhe que era irmã do cidadão Chassagne, prisioneiro no Luxemburgo, expôs-lhe da forma mais habilidosa que pôde as circunstâncias em que foi detido, apresentou-o como inocente e infeliz, insistiu que era urgente.

Ele permaneceu insensível e duro.

Suplicante, aos pés dele, ela chorou.

Assim que viu as lágrimas, seu rosto mudou: seus olhos, de um preto avermelhado, acenderam-se e suas enormes mandíbulas azuis se moveram como se quisessem sugar saliva em sua garganta seca.

– Cidadã, faremos o necessário. Não se preocupe.

E, abrindo uma porta, empurrou a suplicante para um pequeno salão rosa, onde havia pilares pintados, grupos de biscuit, um relógio de mesa e candelabros dourados, pastoras, um sofá de tapeçaria decorado com uma pastoral de Boucher. Julie estava pronta para tudo, desde que salvasse seu amante.

Renaudin foi brutal e rápido. Quando ela se levantou, ajeitando o lindo vestido da cidadã Élodie, encontrou o olhar cruel e zombeteiro daquele homem; imediatamente sentiu que havia feito um sacrifício inútil.

– O senhor me prometeu a liberdade de meu irmão – disse ela.

Ele escarneceu.

– Eu lhe disse, cidadã, que faríamos o necessário, ou seja, que aplicaríamos a lei, nada mais, nada menos. Eu disse para você não se inquietar, e por que você se inquietaria? O Tribunal Revolucionário é sempre justo.

Ela pensou em se jogar sobre ele, mordê-lo, arrancar-lhe os olhos. Mas, sentindo que iria terminar por perder Fortuné Chassagne, fugiu e correu para tirar, em sua mansarda, o vestido maculado de Élodie. E lá, sozinha, urrou, a noite toda, de raiva e dor.

No dia seguinte, ao regressar ao Luxemburgo, encontrou o jardim ocupado por policiais que expulsavam as mulheres e as crianças. Sentinelas, dispostas nas alamedas, impediam os transeuntes de se comunicar com os detidos. A jovem mãe, que vinha todos os dias com o filho nos braços, disse a Julie que falavam de conspiração nas prisões e acusavam as mulheres de se reunir no jardim para comover o povo em favor dos aristocratas e dos traidores.

CAPÍTULO XXII

UMA SÚBITA MONTANHA ELEVOU-SE DE REPENTE no Jardim das Tulherias. O céu está sem nuvens. Maximilien caminha na frente de seus colegas com paletó azul, com calção amarelo, segurando nas mãos um punhado de espigas, mirtilos e papoulas. Ele escala a montanha e anuncia o deus de Jean-Jacques à República enternecida. Oh, pureza! Oh, doçura! Oh, fé! Oh, antiga simplicidade! Oh, lágrimas de piedade! Oh, orvalho fecundo! Oh, clemência! Oh, fraternidade humana!

Em vão o ateísmo alça ainda sua face hedionda: Maximilien agarra uma tocha; as chamas devoram o monstro e a Sabedoria aparece, uma das mãos apontando o céu; a outra, segurando uma coroa de estrelas.

No estrado erguido diante do Palácio das Tulherias, Évariste, no meio da multidão comovida, derrama doces lágrimas e dá graças a Deus. Ele vê abrir-se uma era de felicidade. Suspira:

– Finalmente seremos felizes, puros, inocentes, se os celerados permitirem.

Ai! Os celerados não permitiram. É preciso ainda haver suplícios; é preciso ainda derramar torrentes de sangue impuro. Três dias depois da festa da nova aliança e da reconciliação do céu e da terra, a Convenção promulga a lei de prairial que suprime, com uma espécie de bonomia terrível, todas as formas tradicionais da lei, tudo o que foi concebido desde o tempo dos justos romanos para a salvaguarda da suspeita de inocência. Chega de instruções, chega de interrogatórios, chega de testemunhas, chega de defensores: o amor à pátria compensa tudo. O acusado, que carrega dentro de si seu crime ou sua inocência, passa, mudo, perante o jurado patriota. E é durante esse tempo que é preciso discernir sua causa às vezes difícil, muitas vezes carregada e obscurecida. Como julgar agora? Como reconhecer em um instante o homem honesto e o celerado, o patriota e o inimigo da pátria?

Depois de um momento de perturbação, Gamelin entendeu seus novos deveres e acomodou-se às novas funções. Reconheceu na abreviação do procedimento as verdadeiras características dessa justiça salutar e terrível cujos ministros não eram rábulas pesando à vontade prós e contras em suas balanças góticas, mas sans-culottes julgando por meio de iluminação patriótica e vendo tudo em um relâmpago. Quando garantias e precauções teriam derrubado tudo, os impulsos de um reto coração salvavam tudo. Era preciso seguir os impulsos da natureza, essa boa mãe, que nunca se engana; era preciso julgar com o coração, e Gamelin fazia invocações ao espírito de Jean-Jacques:

– Homem virtuoso, inspira-me, com o amor dos homens, o ardor para regenerá-los!

Seus colegas, em sua maioria, sentiam como ele. Eram sobretudo pessoas simples; e, quando os procedimentos foram simplificados, ficaram à vontade. A justiça abreviada os satisfazia. Nada mais, em sua marcha acelerada, os perturbava. Eles apenas indagavam sobre as opiniões dos acusados, não concebendo que se pudesse, sem maldade, pensar diferente deles. Como acreditavam que tinham a verdade, a sabedoria, o soberano bem, atribuíam aos seus adversários o erro e o mal. Eles se sentiam fortes: eles viam Deus.

Eles viam Deus, esses jurados do Tribunal Revolucionário. O Ser Supremo, reconhecido por Maximilien, os inundou com suas chamas. Eles amavam, eles acreditavam.

A cadeira do acusado havia sido substituída por um vasto estrado com capacidade para cinquenta pessoas: só se procedia por fornadas. O Ministério Público reunia em um mesmo caso e inculpava como cúmplices gente que, frequentemente, se encontrava pela primeira vez. O tribunal julgou com as terríveis facilidades da lei de prairial essas pretensas conspirações das prisões que, sucedendo às proscrições dos dantonistas e da Comuna, se ligavam a eles pelos artifícios de um pensamento sutil. Com efeito, para que se reconhecesse nisso as duas características essenciais de um complô fomentado com ouro estrangeiro contra a República, a moderação intempestiva e o exagero calculado, para que ainda se pudesse ver aí o crime dantonista e o crime hebertista, haviam colocado duas cabeças opostas, duas cabeças de mulheres, a viúva de Camille, aquela amável Lucile, e a viúva do hebertista Momoro, deusa por um dia e alegre comadre. Ambas foram confinadas por simetria na mesma prisão, onde choraram juntas no mesmo banco de pedra; ambas tinham, por simetria, subido ao cadafalso. Símbolo engenhoso demais, obra prima de equilíbrio sem dúvida imaginada pela alma de um promotor e com a qual Maximilien foi honrado. Levavam a esse representante do povo todos os acontecimentos felizes ou infelizes que aconteciam na República, as leis, os costumes, o curso das estações, as colheitas, as doenças. Injustiça merecida, pois esse homem, miúdo, limpinho, franzino, com cara de gato, era poderoso sobre o povo...

O tribunal despachou, naquele dia, parte da grande conspiração das prisões, cerca de trinta conspiradores do Luxemburgo, presos muito submissos, mas monarquistas ou federalistas muito acentuados. A acusação baseava-se inteiramente no testemunho de um único delator. Os jurados não sabiam uma única palavra do caso; ignoravam até mesmo os nomes dos conspiradores. Gamelin, lançando um olhar para o banco dos acusados, reconheceu Fortuné Chassagne entre eles. O amante de Julie, emaciado por um longo cativeiro, pálido, com as feições endurecidas pela luz crua que banhava a sala, conservava ainda alguma graça e certo orgulho. Seus olhares encontraram os de Gamelin e carregaram-se de desprezo.

Gamelin, possuído por um furor tranquilo, levantou-se, pediu a palavra e, com os olhos fixos no busto de Brutus, o velho, que dominava o tribunal, disse:

– Cidadão presidente, embora possa haver laços entre um dos acusados e eu que, se declarados, seriam laços de alianças, digo que não me nego. Os dois Brutus não se negaram quando, pela salvação da República ou pela causa da liberdade, tiveram de condenar um filho ou golpear um pai adotivo.

Voltou a se sentar.

– Que belo celerado – murmurou Chassagne entre os dentes.

O público permanecia frio, seja porque, enfim, se cansara de personagens sublimes, seja porque Gamelin havia triunfado de modo demasiado fácil sobre os sentimentos naturais.

– Cidadão Gamelin – disse o presidente –, nos termos da lei, toda recusa deve ser formulada por escrito, no prazo de 24 horas antes da abertura dos debates. De resto, você não tem motivos para se recusar: um jurado patriota está acima das paixões.

Cada acusado foi interrogado durante três ou quatro minutos. O requisitório concluiu com a pena de morte para todos. Os jurados votaram com uma palavra, um aceno de cabeça e por aclamação. Quando foi a vez de Gamelin opinar:

– Todos os acusados são culpados – disse ele –, e a lei é formal.

Quando ele descia as escadas do palácio, um jovem com um grande casaco verde-garrafa, que parecia ter 17 ou 18 anos, parou-o bruscamente quando passava. Usava um chapéu redondo, jogado para trás, e cujas abas faziam um halo negro em sua cabeça pálida. Diante do jurado, gritou, terrível de cólera e de desespero:

– Celerado! Monstro! Assassino! Bata em mim, covarde! Sou mulher! Mande-me prender, mande-me guilhotinar, Caim! Sou sua irmã!

E Julie cuspiu na cara dele.

A multidão das tricoteiras e sans-culottes então relaxou sua vigilância revolucionária; seu ardor cívico tinha diminuído bastante: houve apenas em torno de Gamelin e seu agressor movimentos incertos e confusos. Julie abriu caminho na multidão e desapareceu no crepúsculo.

CAPÍTULO XXIII

ÉVARISTE GAMELIN ESTAVA CANSADO e não conseguia repousar; vinte vezes por noite, acordava sobressaltado de um sono cheio de pesadelos. Apenas no quarto azul, nos braços de Élodie, é que conseguia dormir algumas horas. Falava e gritava enquanto dormia e a acordava; mas ela não conseguia entender suas palavras.

Certa manhã, depois de uma noite em que tinha visto as Eumênides, acordou abatido pelo terror e fraco como uma criança. A aurora atravessava as cortinas do quarto com suas flechas lívidas. Os cabelos de Évariste, emaranhados na testa, cobriam seus olhos com um véu negro: Élodie, na cabeceira da cama, afastava suavemente as mechas rebeldes. Ela olhava para ele, dessa vez com a ternura de uma irmã, e com seu lenço enxugava o suor gelado sobre a testa do infeliz. Então, ele se lembrou daquela bela cena do Orestes de Eurípedes, da qual esboçara um quadro que, se pudesse completá-lo, teria sido sua obra-prima: a cena em que a infeliz Electra enxuga a espuma que macula a boca do irmão. E ele acreditava ouvir Élodie dizer em voz baixa: "Ouça-me, meu querido irmão, enquanto as Fúrias o deixam mestre de sua razão...".

E ele pensava: "E, no entanto, não sou um parricida. Pelo contrário, é por piedade filial que derramei o sangue impuro dos inimigos de minha pátria".

CAPÍTULO XXIV

NÃO TERMINAVAM MAIS OS JULGAMENTOS da conspiração das prisões. Quarenta e nove réus enchiam as arquibancadas. Maurice Brotteaux ocupava a direita do degrau mais alto, o lugar de honra. Ele estava vestido com seu redingote vermelho-escuro, que havia cuidadosamente escovado na véspera, e também costurado o lugar do bolso que o pequeno Lucrécio havia desgastado com o tempo. Ao lado dele, a mulher Rochemaure, pintada, maquiada, vistosa, horrível. O padre Longuemare foi disposto entre ela e a moça Athénaïs, que, nas Madelonnettes, havia reencontrado o frescor da adolescência.

Os guardas amontoavam nas arquibancadas pessoas que os quatro não conheciam e que, talvez, não se conheciam entre si, todos cúmplices, porém, parlamentares, diaristas, ex-nobres, burgueses e burguesas. A cidadã Rochemaure avistou Gamelin no banco dos jurados. Embora ele não tivesse respondido às suas cartas urgentes, às suas mensagens repetidas, depositava esperanças nele, enviou-lhe um olhar suplicante e se esforçou para ser bonita e comovente. Mas o olhar frio do jovem magistrado lhe afastou qualquer ilusão.

O escrivão leu o ato de acusação que, breve sobre cada um dos acusados, foi longo devido ao número. Ele expunha em linhas gerais o complô urdido nas prisões para afogar a República no sangue dos representantes da nação e do povo de Paris e, enumerando cada crime, disse:

– Um dos autores mais perniciosos dessa conspiração abominável é o chamado Brotteaux, ex-Des Ilettes, coletor de impostos sob o tirano. Esse indivíduo, que era conhecido, mesmo no tempo da tirania, por sua conduta dissoluta, é uma prova segura de que a libertinagem e os maus costumes são os maiores inimigos da liberdade e da felicidade dos povos: com efeito, depois de ter dilapidado as finanças públicas e exaurido em devassidão uma parte notável do patrimônio do povo, esse indivíduo se associou com sua antiga concubina, a mulher Rochemaure, para se corresponder com os emigrados e informar traiçoeiramente à facção do estrangeiro sobre o estado de nossas finanças, sobre os movimentos de nossas tropas, sobre as flutuações da opinião.

"Brotteaux, que, nesse período de sua existência desprezível, vivia em concubinagem com uma prostituta que apanhara na lama da rue Fromenteau, a jovem Athénaïs, facilmente a conquistou para seus desígnios e a empregou para fomentar a contrarrevolução, por meio de gritos impudentes e excitações indecentes.

"Algumas palavras deste homem nefasto indicarão claramente suas ideias abjetas e seu objetivo pernicioso. Falando do tribunal patriótico, convocado hoje para puni-lo, dizia com insolência: 'O Tribunal Revolucionário parece uma peça de William Shakespeare, que mistura as cenas mais sangrentas com as palhaçadas mais triviais'.

"Preconizava sem cessar o ateísmo, como a maneira mais segura de aviltar o povo e rejeitá-lo na imoralidade. Na prisão da Conciergerie, onde foi detido, deplorava as vitórias de nossos valentes exércitos como se fossem as piores calamidades, e se esforçava para lançar suspeitas sobre os generais os mais patrióticos, atribuindo-lhes desígnios tiranicidas. 'Esperem', dizia ele, em linguagem atroz, que a pena hesita em reproduzir, 'esperem que, um dia, um daqueles porta-espadas, a quem devem a salvação, os engolirá a todos como o grou da fábula engoliu as rãs.'"

E a acusação prosseguiu assim:

– A mulher Rochemaure, ex-nobre, concubina de Brotteaux, não é menos culpada do que ele. Ela não apenas se correspondia com o estrangeiro e era paga pelo próprio Pitt, mas, associada a homens corruptos, como Jullien (de Toulouse) e Chabot, nas relações com o ex-barão de Batz, inventava, de concerto com esse celerado, todo tipo de maquinações para fazer abaixar as ações da Companhia das Índias, comprá-las a preço vil e aumentar seu valor por meio de maquinações opostas às primeiras, frustrando assim a fortuna privada e a fortuna pública. Encarcerada em La Bourbe e nas Madelonnettes, não cessou de conspirar em sua prisão, de agiotar e de se entregar a tentativas de corrupção de juízes e jurados.

"Louis Longuemare, ex-nobre, ex-capuchinho, há muito exercia a infâmia e o crime antes de cometer os atos de traição pelos quais deve responder aqui. Vivendo em uma vergonhosa promiscuidade com a moça Gorcut, dita Athénaïs, sob o próprio teto de Brotteaux, é cúmplice dessa moça e desse ex-nobre. Durante seu cativeiro na Conciergerie, ele não parou de escrever por um único dia libelos que atentavam contra a liberdade e a paz públicas.

"É justo dizer, a respeito de Marthe Gorcut, conhecida como Athénaïs, que as moças prostituídas são o maior flagelo dos costumes públicos, os quais elas insultam, e o opróbrio da sociedade que elas maculam. Mas de que adianta insistir em crimes repugnantes, que a acusada confessa sem pudor?"

A acusação então examinou os outros 54 réus, que nem Brotteaux, nem o padre Longuemare, nem a cidadã Rochemaure conheciam, exceto por terem visto vários deles nas prisões, e que foram enredados com os primeiros nesta "conspiração execrável, da qual os anais dos povos não fornecem exemplo".

A acusação concluiu com a pena de morte para todos os réus.

Brotteaux foi o primeiro a ser questionado.

– Você conspirou?

– Não, eu não conspirei. Tudo é falso no ato de acusação que acabo de ouvir.

– Veja: você ainda, neste momento, está conspirando contra o tribunal.

E o presidente passou para a mulher Rochemaure, que respondeu com protestos desesperados, lágrimas e argúcias.

O padre Longuemare entregava-se inteiramente à vontade de Deus. Nem mesmo tinha trazido sua defesa por escrito.

A todas as perguntas que lhe foram feitas, respondeu com um espírito de renúncia. Porém, quando o presidente o chamou de capuchinho, o velho animou-se:

– Não sou capuchinho – disse ele –, sou sacerdote e religioso da ordem dos barnabitas.

– É a mesma coisa – replicou o presidente com bonomia.

O padre Longuemare parecia indignado:

– Não é possível conceber um erro mais estranho – disse ele – do que confundir com um capuchinho um religioso da ordem dos barnabitas, que tira suas constituições do próprio apóstolo São Paulo.

Risos e vaias explodiram no público.

E o padre Longuemare, tomando essas zombarias por sinais de negação, proclamava que morreria como membro dessa ordem de São Barnabé, da qual trazia o hábito no coração.

– Você reconhece – perguntou o presidente – ter conspirado com a moça Gorcut, conhecida como Athénaïs, que lhe concedia seus favores desprezíveis?

A essa questão, o padre Longuemare lançou um olhar doloroso para o céu e respondeu com um silêncio que exprimia a surpresa de uma alma cândida e a gravidade de um religioso que teme proferir palavras vazias.

– Moça Gorcut – perguntou o presidente à jovem Athénaïs –, admite ter conspirado com Brotteaux?

Ela respondeu suavemente:

– O sr. Brotteaux, que eu saiba, só fez o bem. Ele é um homem como seria bom haver muitos, e como não há melhor. Aqueles que dizem o contrário estão errados. Isso é tudo o que tenho a dizer.

O presidente perguntou se ela admitia ter vivido em concubinato com Brotteaux. Foi preciso explicar-lhe esse termo, que ela não compreendia. Mas, assim que compreendeu do que se tratava, ela respondeu que dependeria dele, mas que ele não lhe pedira nada.

Houve risos nas tribunas e o presidente ameaçou tirar a moça Gorcut do debate se ela ainda respondesse com tal cinismo.

Então ela o chamou de barata, rosto de quaresma, corno, e vomitou nele, nos juízes e nos jurados, baldes de insultos, até que os guardas a tirassem de seu banco e a levassem para fora da sala.

O presidente então interrogou brevemente os outros acusados, na ordem em que estavam dispostos nas arquibancadas. Um chamado Navette respondeu que não lhe teria sido possível conspirar em uma prisão onde havia ficado apenas quatro dias. O presidente fez a observação de que a resposta devia ser considerada e pediu aos cidadãos jurados que a levassem em conta. Um certo Bellier respondeu da mesma maneira, e o presidente dirigiu a mesma observação em seu favor ao júri. Essa benevolência do juiz foi interpretada como efeito de uma louvável equidade ou como um salário devido à delação.

O substituto do promotor público tomou a palavra. Ele simplesmente amplificou o ato de acusação e fez as seguintes questões:

– É verdade que Maurice Brotteaux, Louise Rochemaure, Louis Longuemare, Marthe Gorcut, conhecida como Athénaïs, Eusèbe Rocher, Pierre Guyton-Fabulet, Marceline Descourtis, e outros, formaram uma conspiração cujos meios são o assassinato, a fome, a fabricação de falsos *assignats* e de moeda falsa, a depravação da moral e do espírito público, a revolta das prisões; o objetivo: a guerra civil, a dissolução da representação nacional, o restabelecimento da realeza?

Os jurados retiraram-se para a câmara de deliberações. Votaram por unanimidade pela afirmativa referente a todos os acusados, com exceção dos chamados Navette e Bellier, que o presidente e, depois dele, o acusador público, tinham, de algum modo, excluído. Gamelin motivou seu veredicto nestes termos:

– A culpa dos acusados salta aos olhos: seu castigo é importante para a salvação da nação e eles próprios devem desejar o suplício como único meio de expiar seus crimes.

O presidente pronunciou a sentença na ausência dos interessados. Naqueles grandes dias, ao contrário do que a lei exigia, os condenados não eram chamados de volta para ouvir a leitura da sentença, sem dúvida porque temiam o desespero de um número tão grande de pessoas. Vão temor, pois a submissão das vítimas era então grande e geral! O escrivão desceu para ler o veredicto, que foi ouvido nesse silêncio e tranquilidade que levavam a comparar os condenados de prairial a árvores que se abatem.

A cidadã Rochemaure declarou-se grávida. Um cirurgião, que era ao mesmo tempo jurado, foi nomeado para examiná-la. Eles a carregaram inconsciente para a sua masmorra.

– Ah! – suspirou o padre Longuemare. – Esses juízes são homens dignos de piedade: o estado de suas almas é verdadeiramente deplorável. Eles embrulham tudo e confundem um barnabita com um franciscano.

A execução devia ocorrer no mesmo dia na barreira do Trône-Renversé. Os condenados, depois de preparados, com os cabelos cortados, as camisas abertas, aguardaram o carrasco, encurralados como gado na pequena sala separada da secretaria por uma divisória de vidro.

Na chegada do executor e seus ajudantes, Brotteaux, que lia silenciosamente seu Lucrécio, pôs o marcador na página iniciada, fechou o livro, enfiou-o no bolso de seu redingote e disse ao barnabita:

– Meu reverendo padre, o que me deixa furioso é que não vou persuadi-lo. Ambos vamos dormir nosso último sono, e não poderei puxá-lo pela manga e acordá-lo para lhe dizer: "Veja, o senhor não tem mais sentimento nem conhecimento; o senhor é inanimado. O que sucede à vida é como aquilo que a precede".

Quis sorrir; mas uma dor atroz se apoderou de seu coração e de suas entranhas, e ele estava a ponto de desmaiar. Retomou, no entanto:

– Padre, deixo-lhe ver minha fraqueza. Amo a vida e não a abandono sem tristeza.

– Senhor – respondeu o monge suavemente –, atente para o fato de que o senhor é mais corajoso do que eu e que, no entanto, a morte ainda o perturba mais. O que isso quer dizer, senão que eu vejo a luz, que o senhor ainda não vê?

– Também poderia ser – disse Brotteaux– que eu lamente a vida porque a desfrutei melhor do que o senhor, que a tornou o mais semelhante possível à morte.

– Senhor – disse o padre Longuemare, empalidecendo –, esta hora é grave. Que Deus me ajude! É certo que morreremos sem socorro. Devo ter recebido os sacramentos alguma vez no passado com indiferença e com um coração ingrato, para que o Céu os recuse a mim hoje, quando tenho uma necessidade tão urgente deles.

As carroças esperavam. Os condenados estavam entulhados nela, com as mãos amarradas. A mulher Rochemaure, cuja gravidez não havia sido reconhecida pelo cirurgião, foi içada para uma das carretas. Ela recuperou um pouco de sua energia para observar a multidão de espectadores, procurando contra toda esperança encontrar salvadores ali. Seus olhos imploravam. A afluência era menor do que outrora e os movimentos dos espíritos, menos violentos. Apenas algumas mulheres gritavam "À morte!" ou zombavam daqueles que iam morrer. Os homens devam de ombros, viravam a cabeça e se calavam, seja por prudência, seja por respeito à lei.

Houve um arrepio na multidão quando Athénaïs passou pelo postigo. Ela tinha o ar de uma criança. Curvou-se diante do religioso:

– Senhor padre – disse ela –, dê-me a absolvição.

O padre Longuemare murmurou gravemente as palavras sacramentais e disse:

– Minha filha! Você caiu em grandes desordens na vida; mas por que não posso apresentar ao Senhor um coração tão simples como o seu?!

Ela subiu, ligeira, no carrinho. E ali, com o busto ereto, a cabeça de criança orgulhosamente ereta, ela gritou:

– Viva o rei!

Fez um pequeno aceno para Brotteaux mostrando-lhe que havia um lugar ao lado dela. Brotteaux ajudou o barnabita a subir e se instalou entre o religioso e a inocente moça.

– Senhor – disse o padre Longuemare ao filósofo epicurista –, peço-lhe um favor: esse Deus em quem ainda não acredita, ore a ele por mim. Não tenho certeza de que o senhor não esteja mais perto dele do que eu próprio estaria: um momento pode decidir isso. Para que o senhor se torne o filho privilegiado do Senhor, basta um segundo. Meu senhor, ore por mim.

Enquanto as rodas giravam, rangendo na calçada do longo subúrbio, o religioso recitava com o coração e os lábios as orações dos agonizantes.

Brotteaux relembrava os versos do poeta da natureza: *Sic ubi non erimus...* Amarrado e sacudido na infame carroça, mantinha uma atitude tranquila e como que uma preocupação com seu conforto. Ao lado dela, Athénaïs, tão orgulhosa de morrer do mesmo modo que a rainha da França, lançava um olhar altivo para a multidão, e o velho financista, contemplando como um conhecedor o pescoço branco da jovem, lamentava a luz do dia.

CAPÍTULO XXV

ENQUANTO AS CARROÇAS RODAVAM, cercadas de guardas, em direção à Place du Trône-Renversé, levando à morte Brotteaux e seus cúmplices, Évariste estava sentado, pensativo, em um banco do Jardim das Tulherias. Esperava por Élodie. O sol, curvando-se no horizonte, crivava com suas flechas flamejantes os castanheiros espessos. No portão do jardim, a Fama, em seu cavalo alado, tocava sua eterna trombeta. Os jornaleiros gritaram a grande vitória de Fleurus.

"Sim", pensou Gamelin, "a vitória é nossa. Pagamos o preço."

Via os maus generais arrastarem suas sombras condenadas na poeira sangrenta daquela Place de la Révolution, onde haviam perecido. E sorriu orgulhosamente, pensando que, sem as severidades das quais participara, os cavalos austríacos hoje morderiam a casca daquelas árvores. Exclamava para si mesmo:

"Terror salutar, oh, terror sagrado! No ano passado, nessa época, tínhamos derrotados em farrapos como defensores heroicos; o solo da pátria era invadido, dois terços dos departamentos estavam em revolta. Agora nossos exércitos bem equipados, bem formados, comandados por generais hábeis, tomam a ofensiva, prontos para levar a liberdade pelo mundo. A paz reina em todo o território da República... Terror salutar! Ó santo terror! Amável guilhotina! No ano passado, nessa época, a República era dilacerada por facções; a hidra do federalismo ameaçava devorá-la. Agora a unidade jacobina estende sobre o império sua força e sabedoria..."

No entanto, ele estava sombrio. Uma ruga profunda marcava-lhe a testa; sua boca estava amarga. Pensava: "Dizíamos: vencer ou morrer. Estávamos errados, era vencer e morrer que devíamos dizer".

Olhou ao seu redor. As crianças faziam montes de areia. As cidadãs em suas cadeiras de madeira, ao pé das árvores, bordavam ou cosiam. Os transeuntes com paletós e calças de uma elegância estranha, pensando em seus negócios ou prazeres, voltavam para casa. E Gamelin sentia-se sozinho entre eles: não era nem o compatriota nem o contemporâneo deles. O que acontecera então? Como ao entusiasmo dos belos anos sucediam-se a indiferença, o cansaço e, talvez, o nojo? Visivelmente, aquelas pessoas não queriam mais ouvir falar do Tribunal Revolucionário e se afastavam da guilhotina. Tendo se tornado muito importuna na Place de la Révolution, ela foi mandada para o fim do subúrbio Antoine. Mesmo ali, quando passavam as carroças, havia murmúrios. Algumas vozes, disseram, tinham gritado: "Basta!".

Basta, quando ainda havia traidores, conspiradores! Basta, quando era preciso renovar os comitês, purificar a Convenção! Basta, quando celerados desonravam a representação nacional! Basta, quando se planejava, até no Tribunal Revolucionário, a derrubada do Justo! Pois, coisa horrível de se pensar e por demais verdadeira, o próprio Fouquier urdia tramas, e era para derrubar Maximilien que ele lhe imolara pomposamente 57 vítimas arrastadas até a morte com as camisas vermelhas dos parricidas. À que criminosa piedade se rendia a França? Era, portanto, preciso salvá-la, apesar de si mesma, e, quando clamava por graça, tapar os ouvidos e golpear. Ai! Os destinos tinham decidido: a pátria amaldiçoava seus salvadores. Que ela nos amaldiçoe e seja salva!

"É muito pouco imolar vítimas obscuras, aristocratas, financistas, publicitários, poetas, um Lavoisier, um Roucher, um André Chénier. É preciso golpear aqueles celerados todo-poderosos que, com as mãos cheias de ouro e pingando sangue, preparavam a ruína da Montanha: os Fouché, Tallien, Rovère, Carrier, Bourdon. É preciso livrar o Estado de todos os seus inimigos. Se Hébert tivesse triunfado, a Convenção seria derrubada, a República rolaria para o abismo; se Desmoulins e Danton tivessem triunfado, a Convenção, sem virtudes, entregaria a República aos aristocratas, agiotas e generais. Se os Tallien, os Fouché, monstros saturados de sangue e de pilhagem tivessem triunfado, a França se afogaria no crime e na infâmia... Você dorme, Robespierre, enquanto criminosos bêbados de fúria e de medo meditam sobre sua morte e sobre o funeral da liberdade. Couthon, Saint-Just, por que demoram para expor os complôs?

"O quê! O antigo Estado, o monstro monarquista assentava seu império prendendo 400 mil homens todos os anos, enforcando 15 mil, mandando 3 mil para a roda, e a República ainda hesitaria em sacrificar algumas centenas de cabeças à sua segurança e ao seu poder? Afoguemo-nos em sangue e salvemos a pátria..."

Enquanto pensava assim, Élodie correu até ele, pálida e exausta:

– Évariste, o que você tem a me dizer? Por que não ir ao Amor Pintor no quarto azul? Por que me fez vir aqui?

– Para lhe dizer um adeus eterno.

Ela murmurou que ele era um tolo, que ela não conseguia entender...

Ele a interrompeu com um pequeno aceno de mão:

– Élodie, não posso mais aceitar seu amor.

– Cale-se, Évariste, cale-se!

Ela lhe pediu para se afastarem dali: onde estavam, eram observados, eram ouvidos.

Ele deu cerca de vinte passos e prosseguiu, muito calmo:

– Fiz o sacrifício de minha vida e de minha honra por minha pátria. Morrerei infame, e nada terei a deixar para você, infeliz, a não ser uma execrada memória... Podemos nos amar? Ainda posso ser amado? Posso amar?

Ela disse que ele estava louco; que ela o amava, que ela sempre o amaria. Foi ardente, sincera; mas sentia tão bem quanto

Évariste, melhor até, que ele estava certo. E ela se debatia contra a evidência.

Ele retomou:

– Não me culpo de nada. O que fiz, faria de novo. Fiz de mim um anátema pela pátria. Sou maldito. Eu me pus fora da humanidade: nunca voltarei a ela. Não! A grande tarefa não terminou. Ah! A clemência, o perdão! Os traidores perdoam? Os conspiradores são clementes? Os celerados parricidas estão constantemente aumentando em número; brotam de baixo da terra, correm de todas as nossas fronteiras: jovens, que teriam perecido melhor em nossos exércitos, velhos, crianças, mulheres, com as máscaras da inocência, da pureza, da graça. E, quanto mais os imolamos, mais eles aumentam... Você vê que devo renunciar ao amor, a toda alegria, a toda doçura da vida, à própria vida.

Calou-se. Feita para saborear pacíficos prazeres, Élodie havia mais de um dia que tinha medo de misturar, sob os beijos de um amante trágico, as impressões voluptuosas das imagens sangrentas: ela não respondeu. Évariste bebeu como um cálice amargo o silêncio da jovem.

– Você vê bem, Élodie: nós nos precipitamos; nossa obra nos devora. Nossos dias, nossas horas são anos. Logo terei vivido um século. Veja essa testa! É a de um amante? Amar!

– Évariste, você é meu, vou guardá-lo; não lhe devolvo sua liberdade.

Ela se exprimia com o acento do sacrifício. Ele o sentiu; ela própria o sentiu.

– Élodie, você poderá atestar, um dia, que vivi fiel ao meu dever, que meu coração era reto e minha alma pura, que não tive outra paixão senão o bem público; que tinha nascido sensível e terno? Você diria: "Ele cumpriu seu dever"? Não! Você não vai dizer. E não estou lhe pedindo que diga. Que minha memória pereça! Minha glória está em meu coração; a vergonha me cerca. Se você me amou, conserve um silêncio eterno sobre meu nome.

Uma criança de 8 ou 9 anos, brincando com o arco, atirou-se neste momento entre as pernas de Gamelin, que a levantou bruscamente em seus braços:

– Filho! Você vai crescer livre, feliz, e deverá isso ao infame Gamelin. Eu sou atroz para que você seja feliz. Sou cruel para que você seja bom; sou impiedoso para que amanhã todos os franceses se abracem, derramando lágrimas de alegria. – Ele o pressionou contra o peito: – Filhinho, quando você for um homem, você me deverá sua felicidade, sua inocência; e se, alguma vez, ouvir meu nome ser pronunciado, vai execrá-lo.

E pôs no chão a criança, a qual foi se atirar apavorada nas saias da mãe, que acorrera para libertá-lo.

Essa jovem mãe, que era linda e de graça aristocrática, em seu vestido de linho branco, tomou seu filho com ar de altivez.

Gamelin lançou para Élodie um olhar feroz:

– Eu beijei essa criança; talvez mande guilhotinar sua mãe.

E ele se afastou, com largos passos, sob os quincunces.

Élodie permaneceu por um momento imóvel, com o olhar fixo e abatido. Então, de repente, lançou-se nas pegadas de seu amante e, furiosa, desgrenhada, tal uma bacante, agarrou-o como se fosse rasgá-lo e gritou, com uma voz sufocada de sangue e lágrimas:

– Pois bem! Meu amado, a mim também, mande-me para a guilhotina; a mim também, corte-me a cabeça!

E, à ideia da lâmina em sua nuca, toda a sua carne se derretia de horror e volúpia.

CAPÍTULO XXVI

ENQUANTO O SOL DE TERMIDOR SE PUNHA em um púrpura sangrento, Évariste vagava, sombrio e preocupado, pelos jardins de Marbeuf, que haviam se tornado propriedade nacional e eram frequentados por parisienses ociosos. Tomava-se ali limonada e sorvete; havia cavalos de madeira e tiro ao alvo para os jovens patriotas. Debaixo de uma árvore, um menino da Saboia, em farrapos, usando um boné preto, fazia uma marmota dançar ao som azedo de sua viola de arco. Um homem, ainda jovem, esbelto, de casaco azul, cabelo empoado, acompanhado de um cachorro grande, parou para ouvir essa música rústica. Évariste reconheceu Robespierre. Ele o encontrava pálido, emaciado, o rosto endurecido e marcado por rugas dolorosas. E pensou: "Quais fadigas e quantos sofrimentos deixaram sua marca naquela testa? Como é árduo trabalhar pela felicidade dos homens! O que pensa, neste momento? O som da viola de arco vinda da montanha está distraindo-o das preocupações? Pensa que fez um pacto com a morte e que é hora de cumpri--lo? Medita em voltar como vencedor a esse Comitê de Segurança Pública do qual se retirou, cansado de ser derrotado, junto com Couthon e Saint-Just, por uma maioria sediciosa? Por trás desse rosto impenetrável, que esperanças se erguem ou que medos?".

Entretanto, Maximilien sorriu para a criança, fez-lhe com voz suave, gentilmente, algumas perguntas sobre o vale, a choupana, os pais que o pobrezinho havia deixado, jogou-lhe uma pequena moeda de prata e retomou a caminhada. Depois de dar alguns passos, virou-se para chamar seu cachorro, que, sentindo cheiro de rato, arreganhava os dentes para a marmota arrepiada.

– Brount! Brount!

Depois, enfiou-se nas alamedas sombrias.

Gamelin, por respeito, não se aproximou do caminhante solitário; mas, contemplando a forma esguia que se desvanecia na noite, dirigiu-lhe esta oração mental: "Vi sua tristeza, Maximilien; compreendi seu pensamento. Sua melancolia, seu cansaço e até aquela expressão de pavor em seus olhos, tudo em você diz: 'Que acabe o terror e que comece a fraternidade! Franceses, sejam unidos, sejam virtuosos, sejam bons. Amem-se uns aos outros...'. Pois bem! Eu servirei aos seus propósitos; para que você possa, em sua sabedoria e bondade, pôr fim às discórdias civis, extinguir os ódios fratricidas, fazer do carrasco um jardineiro que cortará apenas as cabeças dos repolhos e das alfaces, prepararei, com meus colegas do tribunal, os caminhos da clemência, exterminando os conspiradores e os traidores. Redobraremos nossa vigilância e severidade. Nenhum culpado nos escapará. E quando a cabeça do último dos inimigos da República cair sob a lâmina, você poderá ser indulgente sem crime e fazer que a inocência e a virtude reinem sobre a França, ó pai da pátria!".

O Incorruptível já estava longe. Dois homens com chapéus redondos e calções de seda – um dos quais, de aspecto selvagem, longo e magro, com mancha no olho, parecia Tallien – cruzaram com ele na curva de uma alameda, lançaram-lhe um olhar oblíquo. E, fingindo não reconhecê-lo, passaram. Quando eles estavam longe o suficiente para não serem ouvidos, murmuraram em voz baixa:

– Eis aí, então, ele, o rei, o papa, o deus. Porque ele é Deus. E Catherine Théot é sua profetisa.

– Ditador, traidor, tirano! A raça dos Brutus ainda não se extinguiu.

– Trema, celerado! A rocha Tarpeia fica perto do Capitólio.

O cachorro Brount se aproximou deles. Calaram-se e apressaram o passo.

CAPÍTULO XXVII

VOCÊ DORME, ROBESPIERRE! A hora passa, o tempo precioso flui... Por fim, no dia 8 de termidor, na Convenção, o Incorruptível se levanta e vai falar. Sol do dia 31 de maio, vai levantar uma segunda vez? Gamelin espera, almeja. Robespierre irá, então, arrancar dos bancos que eles desonram esses legisladores mais culpados do que os federalistas, mais perigosos do que Danton... Não! Não ainda. "Não posso", diz ele, "decidir-me a rasgar inteiramente o véu que recobre esse profundo mistério de iniquidade." E o raio que se espalha, sem atingir nenhum dos conjurados, assusta a todos. Eram sessenta que, durante quinze dias, não ousavam dormir em suas camas. Marat, ele, nomeava os traidores, mostrava-os com o dedo. O Incorruptível hesita, e, a partir daí, é ele o acusado...

À noite, nos jacobinos, asfixia-se na sala, nos corredores, no pátio.

Estão todos lá, os amigos barulhentos e os inimigos mudos. Robespierre lê esse discurso que a Convenção ouviu em silêncio terrível e que os jacobinos cobrem com aplausos comovidos.

– É meu testamento de morte – disse o homem –, vão me ver beber a cicuta com calma.

– Vou bebê-la com você – responde David.

– Todos, todos! – exclamam os jacobinos, que se separam sem nada decidir.

Évariste, enquanto a morte do Justo se preparava, dormiu o sono dos discípulos no horto das Oliveiras. No dia seguinte, foi ao tribunal, onde duas seções reuniam-se. Aquela da qual ele fazia parte julgava 21 cúmplices na conspiração de Lázaro. E, durante esse tempo, chegou a notícia: "A Convenção, depois de uma sessão de seis horas, decretou a acusação de Maximilien Robespierre, Couthon, Saint-Just com Augustin Robespierre e Lebas, que pediram para compartilhar o destino dos acusados. Os cinco proscritos tomaram a cadeira dos réus".

Descobre-se que o presidente da seção que funciona na sala vizinha, o cidadão Dumas, foi preso em sua cadeira, mas que a audiência continua. Ouvem-se os tambores batendo e os sinos de alarme.

Évariste, em seu banco, recebe ordem da Comuna para ir à Câmara Municipal e tomar seu assento no Conselho-Geral. Ao som dos sinos e dos tambores, ele dá seu veredicto com os colegas e corre para casa para abraçar sua mãe e pegar sua echarpe. A Place de Thionville está deserta. A seção não ousa pronunciar-se a favor ou contra a Convenção. Caminha-se junto às paredes, dissimula-se nas alamedas, volta-se para casa. Ao chamado dos sinos de alarme e dos tambores, respondem os ruídos de venezianas que batem e fechaduras que trancam. O cidadão Dupont, o Velho, se escondeu em sua loja; o porteiro Remacle se barricou em sua portaria. A pequena Joséphine segura com medo Mouton em seus braços. A cidadã viúva Gamelin geme sobre a carestia da comida, causa de todo o mal. Ao pé da escada, Évariste encontra Élodie sem fôlego, com suas negras mechas coladas na testa úmida.

– Procurei você no tribunal. Você acaba de sair. Aonde vai?

– Para a prefeitura.

– Não vá! Seria sua perda: Hanriot foi preso... as seções não se mexerão. A seção de Piques, a seção de Robespierre, não farão nada. Eu sei: meu pai faz parte dela. Se você for à prefeitura, estará perdido inutilmente.

– Você quer que eu seja covarde?

– É corajoso, pelo contrário, ser fiel à Convenção e obedecer à lei.

– A lei está morta quando os celerados triunfam.

– Évariste, ouça sua Élodie; ouça sua irmã; venha sentar-se junto dela, para que ela acalme sua alma irritada.

Ele olhou para ela: nunca lhe parecera tão desejável; nunca essa voz soara em seus ouvidos tão voluptuosa e tão persuasiva.

– Dois passos, dois passos apenas, meu amigo!

Ela o conduziu até a elevação sobre a qual se encontrava o pedestal da estátua derrubada. Bancos em volta, cheios de mulheres e homens que passeavam. Uma vendedora de ninharias oferecia rendas; o vendedor de chá de ervas, carregando o tambor nas costas, tocava seu sininho; meninas estavam brincando de *"grâces"*.[1] Na margem, os pescadores mantinham-se imóveis, com a vara de pescar nas mãos. O tempo estava tempestuoso, o céu nublado. Gamelin, inclinando-se sobre o parapeito, olhava para a ilha pontuda como uma proa, ouvia as copas das árvores gemerem ao vento e sentia entrar em sua alma um desejo infinito de paz e solidão.

E, como um eco delicioso de seu pensamento, a voz de Élodie suspirou:

– Lembra-se quando, vendo os campos, você queria ser juiz de paz em uma pequena aldeia? Seria a felicidade.

Mas, em meio ao farfalhar das árvores e à voz da mulher, ele ouvia os sinos de alarme, os tambores, o estrondo distante de cavalos e canhões no calçamento.

A poucos passos dele, um jovem, que estava conversando com uma cidadã elegante, disse:

– Sabe a novidade? A Ópera foi instalada na Rue de la Loi.

Entretanto, sabia-se: sussurrava-se o nome de Robespierre, mas tremendo, pois ainda o temiam. E as mulheres, ao som murmurado de sua queda, dissimulavam um sorriso.

Évariste Gamelin agarrou a mão de Élodie e no mesmo instante a rejeitou abruptamente:

– Adeus! Eu associei você aos meus terríveis destinos, estraguei para sempre sua vida. Adeus. Que você possa me esquecer!

---

1 Jogo de crianças, com aros e bastões. [N. T.]

– Acima de tudo – ela lhe disse –, não vá para casa esta noite: venha para o Amor Pintor. Não toque a campainha; jogue uma pedra contra minhas venezianas. Eu mesma irei abrir a porta, vou escondê-lo no sótão.

– Você me voltará a ver triunfante, ou não me verá de novo. Adeus!

Ao se aproximar da prefeitura, ouviu o rumor dos grandes dias subindo em direção ao céu pesado. Na Place de Grève, um tumulto de armas, uma explosão de lenços e uniformes, os canhões de Hanriot em bateria. Sobe a escadaria de honra e, ao entrar na câmara do Conselho, assina a folha de presença. O Conselho-Geral da Comuna, por unanimidade dos 491 membros presentes, declara-se favorável aos proscritos.

O prefeito manda trazer as tábuas dos Direitos do Homem, lê o artigo que diz: "Quando o governo viola os direitos do povo, a insurreição é para o povo o mais sagrado e essencial dos deveres", e o primeiro magistrado de Paris declara que ao golpe de Estado da Convenção, a Comuna opõe a insurreição popular.

Os membros do Conselho-Geral juram morrer no cargo. Dois funcionários municipais são encarregados de ir à Place de Grève e convidar o povo a se juntar aos seus magistrados para salvar a pátria e a liberdade.

Buscam-se uns aos outros, trocam-se notícias, dão-se opiniões. Entre esses magistrados, poucos artesãos. A Comuna ali reunida é tal como a fez a depuração jacobina: juízes e jurados do Tribunal Revolucionário, artistas como Beauvallet e Gamelin, rentistas e professores, burgueses ricos, grandes comerciantes, cabeças empoadas, barrigas com berloques; poucos tamancos, calças, *carmagnoles*, barretes vermelhos. Esses burgueses são numerosos, decididos. Mas, pensando bem, isso é tudo que Paris conta como verdadeiros republicanos. De pé na prefeitura, como no rochedo da liberdade, um oceano de indiferença os cerca.

No entanto, notícias favoráveis chegam. Todas as prisões em que os proscritos foram trancados abrem suas portas e devolvem suas presas. Augustin Robespierre, que veio de La Force, foi o primeiro a entrar na prefeitura e foi aclamado. Sabe-se que, às

20 horas, Maximilien, depois de ter resistido por muito tempo, foi à Comuna. Esperam-no, vai chegar, chega: uma aclamação formidável sacode as abóbadas do velho palácio municipal. Ele entra, carregado por vinte braços. Aquele homem esguio, limpinho, em casaco azul e calças amarelas é ele. Ele se senta, ele fala.

À sua chegada, o Conselho ordena que a fachada da Casa Comum seja imediatamente iluminada. Nele reside a República. Ele fala, fala com uma voz fina, com elegância. Fala puramente, abundantemente. Os que estão lá, que apostaram a vida em sua cabeça, percebem, aterrorizados, que é um homem de palavra, um homem de comitês, de tribuna, incapaz de uma resolução rápida e de um ato revolucionário.

Levam-no para a sala de deliberações. Agora estão todos lá, esses ilustres proscritos: Lebas, Saint-Just, Couthon. Robespierre fala. É meia-noite e meia: ainda está falando. Enquanto isso, Gamelin, na sala do Conselho, com a testa colada a uma janela, olha ansiosamente, vê os lampiões fumegando na noite sombria. Os canhões de Hanriot estão, em bateria, na frente da prefeitura. Na praça toda escura, agita-se uma multidão incerta, inquieta. À meia-noite e meia, tochas emergem na esquina da Rue de la Vannerie, cercando um delegado da Convenção que, usando suas insígnias, desdobra um papel e lê, em um clarão vermelho, o decreto da Convenção, que aponta como foras da lei os membros da Comuna insurgente, os membros do Conselho-Geral que a assistem e os cidadãos que responderem ao seu apelo.

Fora da lei, morte sem julgamento! Só essa ideia faz empalidecer os mais determinados. Gamelin sente sua testa gelar. Ele observa a multidão saindo da Place de Grève.

E, quando vira a cabeça, seus olhos veem que a sala, onde os conselheiros estavam sufocando antes, está quase vazia.

Mas fugiram em vão: haviam assinado.

São duas horas. O Incorruptível delibera na sala contígua com a Comuna e os representantes proscritos.

Gamelin olha em desespero para a praça escura. Ele vê, ao clarão das lanternas, as velas de madeira entrechocando-se sobre o toldo da mercearia, com um barulho de pinos; os revérberos balançam e vacilam: um grande vento se levantou. Um momento depois, cai uma chuva tempestuosa: a praça se esvazia completamente; aqueles que o terrível decreto não havia expulsado, algumas gotas de água os dispersam. Os canhões de Hanriot são abandonados. E quando se veem as tropas da Convenção, à luz dos raios, emergindo ao mesmo tempo pela Rue Antoine e pelo cais, as proximidades da prefeitura estão desertas.

Finalmente Maximilien decidiu apelar a respeito da Convenção para a seção de Piques.

O Conselho-Geral ordenou que fossem trazidos sabres, pistolas e fuzis. Mas um barulho de armas, passos e janelas quebradas enchem a casa. As tropas da Convenção passam como uma avalanche pela sala de deliberação e correm para a sala do Conselho. Um tiro ressoa: Gamelin vê Robespierre cair com a mandíbula quebrada. Ele próprio agarrou sua faca, a faca de 6 tostões que, em um dia de fome, cortara o pão para a mãe necessitada, e que, na chácara de Orangis, uma bela noite, Élodie a tivera em seu colo, tirando prendas; ele a abre, quer enfiá-la no próprio coração: a lâmina encontra uma costela e dobra na trava que cedeu, e ele corta dois dedos. Gamelin cai ensanguentado. Ele está sem movimento, mas sofre de um frio cruel e, no tumulto de uma luta tremenda, pisoteado, ouve distintamente a voz do jovem dragão Henry, que grita:

– O tirano não existe mais; seus satélites estão quebrados. A Revolução retomará seu curso majestoso e terrível.

Gamelin desmaiou.

Às 7 horas, um cirurgião enviado pela Convenção fez um curativo nele. A Convenção estava cheia de solicitude para com os cúmplices de Robespierre: não queria que nenhum deles escapasse à guilhotina. O pintor, ex-jurado, ex-membro do Conselho-Geral da Comuna, foi levado de maca para a Conciergerie.

CAPÍTULO XXVIII

NO DIA 10, ENQUANTO, no catre de uma masmorra, Évariste, depois de um sono febril, acordava sobressaltado em um horror indescritível, Paris, em sua graça e imensidão, sorria ao sol; a esperança renascia no coração dos prisioneiros; os mercadores abriam alegremente suas lojas, os burgueses se sentiam mais ricos, os jovens mais felizes, as mulheres mais belas, com a queda de Robespierre. Apenas um punhado de jacobinos, alguns padres constitucionais e algumas mulheres idosas tremiam ao ver o império passar para os malignos e corruptos. Uma delegação do Tribunal Revolucionário, composta pelo promotor público e dois juízes, comparecia à Convenção, para felicitá-la por ter desfeito os complôs. A assembleia decidiu que o cadafalso seria erguido novamente na Place de la Révolution. Queriam que os ricos, os elegantes, as mulheres bonitas pudessem ver sem incômodo o suplício de Robespierre, que aconteceria naquele mesmo dia. O ditador e seus cúmplices estavam fora da lei: bastava que suas identidades fossem verificadas por dois funcionários municipais para que o tribunal os entregasse imediatamente ao executor. Mas surgia uma dificuldade: as constatações não poderiam ser feitas de modo formal, estando a Comuna inteiramente fora da lei. A assembleia autorizou o tribunal a constatar a identidade por testemunhas ordinárias.

Os triúnviros foram arrastados para a morte, com seus principais cúmplices, em meio a gritos de alegria e de furor, imprecações, risos, danças.

No dia seguinte, Évariste, que recuperara alguma força e podia quase ficar de pé, foi retirado de sua masmorra, levado ao tribunal e disposto no estrado que tantas vezes vira carregado de acusados, onde haviam se sentado em sucessão tantas vítimas ilustres ou obscuras. Ela gemia agora sob o peso de setenta indivíduos, a maior parte deles membros da Comuna, e alguns jurados, como Gamelin, postos fora da lei. Reviu seu banco, o espaldar em que se apoiava, o lugar de onde havia aterrorizado os infelizes, o lugar onde teve de suportar o olhar de Jacques Maubel, Fortuné Chassagne, Maurice Brotteaux, os olhos suplicantes da cidadã Rochemaure, que o fizera nomear jurado e a quem ele recompensou com um veredicto de morte. Reviu, dominando o estrado em que os juízes estavam sentados em três poltronas de mogno, estofadas com veludo vermelho de Utrecht, os bustos de Chalier e Marat e aquele busto de Brutus que uma vez invocara como testemunha. Nada havia mudado, nem os machados, os feixes, os barretes vermelhos do papel de parede, nem os ultrajes das tricoteiras atirados das arquibancadas contra aqueles que iam morrer, nem a alma de Fouquier-Tinville, teimoso, laborioso, mexendo com zelo em seus papéis homicidas e enviando, como perfeito magistrado, seus amigos da véspera para o cadafalso.

Os cidadãos Remacle, alfaiate porteiro, e Dupont, o Velho, carpinteiro, da Place de Thionville, membro do Comitê de Vigilância da seção da Pont-Neuf, reconheceram Gamelin (Évariste), pintor, ex-jurado do Tribunal Revolucionário, ex-membro do Conselho Geral da Comuna. Eles testemunharam por um *assignat* de 100 sols, à custa da seção; mas, por terem tido relações íntimas e amizade com o fora da lei, ficaram com vergonha de encontrar seu olhar. De resto, fazia calor: tinham sede e pressa de ir tomar um copo de vinho.

Gamelin fez um esforço para subir na carroça: havia perdido muito sangue e o ferimento o fazia sofrer cruelmente. O cocheiro chicoteou seu pangaré e o cortejo partiu em meio a vaias.

Mulheres que reconheceram Gamelin gritaram para ele:

– Vá então! Bebedor de sangue! Assassino a 18 francos por dia! Agora ele não ri mais: vejam como está pálido, o covarde!

Eram as mesmas mulheres que outrora insultavam os conspiradores e os aristocratas, os exagerados e os indulgentes enviados por Gamelin e seus colegas para a guilhotina.

A carroça virou no Quai des Morfondus, lentamente ganhou a Pont-Neuf e a Rue de la Monnaie: ia para a Place de la Révolution, para o cadafalso de Robespierre. O cavalo mancava; o tempo todo o cocheiro lhe tocava as orelhas com um chicote. A multidão de espectadores, alegre, animada, atrasava a marcha da escolta. O público felicitava os guardas, que continham seus cavalos. Na esquina da Rue Honoré, os insultos redobraram. Jovens, sentados no mezanino, nos salões dos restaurantes da moda, puseram-se nas janelas com os guardanapos nas mãos e gritaram:

– Canibais, antropófagos, vampiros!

Tendo a carroça tropeçado em um monte de lixo que não havia sido retirado nesses dois dias de turbulência, a juventude dourada explodiu de alegria:

– A carroça atolou! Na lama, os jacobinos!

Gamelin refletia, e pensou compreender.

"Morro justamente", pensou ele. "É justo recebermos esses ultrajes lançados contra a República e dos quais deveríamos tê-la defendido. Fomos fracos; somos culpados de indulgência. Traímos a República. Merecemos nossa sorte. O próprio Robespierre, o puro, o santo, pecou por suavidade, por mansuetude; suas culpas são apagadas por seu martírio. Seguindo seu exemplo, traí a República; ela perece: é justo que eu morra com ela. Poupei o sangue: que meu sangue corra! Que eu pereça! Eu mereci...".

Enquanto pensava assim, viu a placa do Amor Pintor, e torrentes de amargura e doçura rolaram em tumulto em seu coração. A loja estava fechada, as persianas das três janelas do mezanino totalmente trancadas. Quando a carroça passou em frente à janela da esquerda, a janela do quarto azul, a mão de uma mulher, que usava um anel de prata no dedo anular, empurrou a fresta do postigo, e jogou para Gamelin um cravo vermelho que suas mãos amarradas não puderam apanhar, mas que ele adorou como o símbolo e a imagem daqueles lábios vermelhos e perfumados que haviam refrescado sua boca. Seus olhos se incharam de lágrimas e ele foi tomado pelo encanto desse adeus, quando viu surgir na Place de la Révolution a lâmina ensanguentada.

CAPÍTULO XXIX

O SENA ARRASTAVA OS GELOS DE NIVOSO. As vascas das Tulherias, os riachos, as fontes estavam congelados. O vento do norte levantava nas ruas ondas de geada. Os cavalos exalavam um vapor branco pelas narinas; os citadinos olhavam, ao passar, para o termômetro na porta dos oculistas. Um balconista limpava o embaçado das vitrines do Amor Pintor e os curiosos lançavam um olhar para as estampas da moda: Robespierre pressionando sobre uma taça um coração, como se fosse um limão, para beber seu sangue, e grandes peças alegóricas como a *Tigrocracia* de Robespierre: eram hidras, serpentes, monstros terríveis lançados na França pelo tirano. E via-se ainda: a *Horrível conspiração de Robespierre*, a *Prisão de Robespierre*, a *Morte de Robespierre*.

Naquele dia, depois do almoço, Philippe Desmahis entrou, com seu álbum debaixo do braço, no Amor Pintor e trouxe para o cidadão Jean Blaise uma prancha que ele acabara de gravar em pontilhado, *O suicídio de Robespierre*. O buril picaresco do gravador tinha feito Robespierre o mais hediondo possível. O povo francês ainda não estava embriagado com todos esses monumentos que consagravam o opróbrio e o horror daquele homem acusado de todos os crimes da Revolução. Entretanto, o comerciante de gravuras, que conhecia o público, avisou Desmahis que dali em diante lhe daria temas militares para gravar.

– Vamos precisar de vitórias e conquistas, sabres, penachos, generais. Partimos para a glória. Sinto isso em mim; meu coração bate com a narração das façanhas de nossos valentes exércitos. E quando tenho um sentimento, é raro que todo mundo não o tenha ao mesmo tempo. Precisamos de guerreiros e mulheres, Marte e Vênus.

– Cidadão Blaise, ainda tenho em casa dois ou três desenhos de Gamelin, que o senhor me deu para gravar. Está com pressa?

– De jeito nenhum.

– Sobre Gamelin: ontem, passando pelo boulevard du Temple, vi em um brechó, que tem sua loja em frente à casa de Beaumarchais, todas as pinturas desse infeliz. Lá estava seu *Orestes e Electra*. A cabeça de Orestes, que parece Gamelin, é muito bonita, garanto... a cabeça e o braço são soberbos... O dono do brechó me disse que não se importava em vender essas telas para artistas que pintarão por cima... Pobre Gamelin! ele teria, talvez, um talento de primeira ordem se não tivesse feito política.

– Tinha alma de criminoso! – replicou o cidadão Blaise. – Eu o desmascarei, neste mesmo lugar, quando seus instintos sanguinários ainda estavam contidos. Nunca me perdoou... Ah! Ele era um belo canalha.

– Pobre rapaz! Era sincero. Foram os fanáticos que o perderam.

– Você não o está defendendo, espero, Desmahis! Ele não é defensável.

– Não, cidadão Blaise, não é defensável.

E o cidadão Blaise, dando um tapinha no ombro do belo Desmahis:

– Os tempos mudaram. Podemos chamá-lo de "Barbaroux" agora que a Convenção está chamando de volta os proscritos... Estou pensando: Desmahis, grave-me então um retrato de Charlotte Corday.

Uma mulher grande e bela, de cabelos escuros, envolta em peles, entrou na loja e fez ao cidadão Blaise um aceno leve, íntimo e discreto. Era Julie Gamelin; mas não usava mais aquele nome desonrado: fazia-se chamar "a cidadã viúva Chassagne" e vestia, por baixo do casaco, uma túnica vermelha, em homenagem às camisas vermelhas do Terror.

Julie, a princípio, tinha se sentido reticente para com a amante de Évariste: tudo em que seu irmão tocara era odioso para ela. Mas a cidadã Blaise, depois da morte de Évariste, havia recolhido a infeliz mãe no sótão da casa do Amor Pintor. Julie também tinha se refugiado lá; depois, encontrara um lugar na casa de moda na Rue des Lombards. Seus cabelos curtos, cortados à moda "de vítima", seu ar aristocrático, seu luto atraíram a simpatia da juventude dourada. Jean Blaise, que Rose Thévenin havia mais ou menos largado, ofereceu suas homenagens, que ela aceitou. No entanto, como em dias trágicos, Julie gostava de usar roupas de homem: mandara fazer um belo casaco de *muscadin*[1] e ia muitas vezes, com uma enorme bengala na mão, jantar em algum cabaré de Sèvres ou de Meudon com uma jovem empregada em loja de modas. Inconsolável com a morte do jovem ex-aristocrata, cujo nome ela carregava, essa Julie masculina só encontrou conforto para sua tristeza em seu furor e, quando ela encontrava jacobinos, instigava os passantes contra eles, proferindo gritos de morte. Sobrava-lhe pouco tempo para consagrar à sua mãe, que, sozinha no quarto, rezava seu terço o dia todo, oprimida demais pelo fim trágico de seu filho para sentir dor. Rose havia se tornado a companheira assídua de Élodie, que decididamente se dava bem com suas madrastas.

– Onde está Élodie? – perguntou a cidadã Chassagne.

Jean Blaise fez um sinal de que não sabia. Nunca sabia: fez disso uma regra.

Julie viera buscá-la para ir ver, em sua companhia, Thévenin em Monceaux, onde a atriz morava em uma casinha com jardim inglês.

Na Conciergerie, Thévenin conhecera um importante fornecedor dos exércitos, o cidadão Montfort. Saindo primeiro, por solicitação de Jean Blaise, ela conseguiu a libertação do cidadão Montfort, que, uma vez libertado, forneceu víveres às tropas e

---

1 Nome dado, durante a Revolução, aos monarquistas elegantes. [N. T.]

especulou com os terrenos do bairro da Pépinière. Os arquitetos Ledoux, Olivier e Wailly construíram lindas casas ali, e o valor do terreno, em três meses, triplicou. Montfort era, desde a prisão do Luxemburgo, o amante de Thévenin: deu-lhe uma pequena mansão situada perto de Tivoli e da Rue du Rocher, que era muito caro e não lhe custava nada, tendo sido reembolsado várias vezes com a venda dos terrenos vizinhos. Jean Blaise era um homem galante; pensava que se deve sofrer o que não se pode evitar: abandonou Thévenin para Montfort sem se desentender com ela.

Élodie, logo depois da chegada de Julie ao Amor Pintor, desceu toda enfeitada para ir à loja. Sob o casaco, apesar da dureza da estação, estava nua em seu vestido branco; seu rosto havia empalidecido; sua cintura, afinado; seus olhos arrastavam-se, lânguidos, e toda a sua pessoa exalava volúpia.

As duas mulheres foram à casa de Thévenin, que as esperava. Desmahis as acompanhava: a atriz o consultou sobre a decoração de sua residência, e ele amava Élodie, que, naquele momento, estava mais do que pouco decidida a não deixá-lo sofrer mais. Quando as duas mulheres passaram perto de Monceaux, onde as vítimas da Place de la Révolution foram enterradas sob uma camada de cal:

– É bom no frio – disse Julie. – Mas, na primavera, as exalações dessa terra vão envenenar metade da cidade.

Thévenin recebeu suas duas amigas em um salão à moda da Antiguidade, cujos sofás e poltronas eram desenhados por David. Baixos-relevos romanos, copiados em monocromo, reinavam sobre as paredes, acima de estátuas, bustos e candelabros pintados em bronze. Ela usava uma peruca cacheada, em tom loiro-palha. As perucas, nessa época, faziam furor: punham-se seis, doze ou dezoito nos enxovais das noivas. Um vestido à moda "cipriota" moldava, muito apertado, seu corpo.

Tendo jogado um casaco sobre os ombros, conduziu suas amigas e o gravador para o jardim, que Ledoux lhe desenhara e ainda era um caos de árvores nuas e de entulho. No entanto, ela mostrava ali a caverna de Fingal, uma capela gótica com um sino, um templo, uma torrente.

– Lá – disse ela, apontando para um conjunto de pinheiros – eu gostaria de erguer um cenotáfio em memória daquele infeliz Brotteaux des Ilettes. Eu não lhe era indiferente. Ele era amável. Os monstros o degolaram: eu chorei por ele. Desmahis, você vai me desenhar uma urna em uma coluna. – E ela acrescentou quase imediatamente: – É lastimável... Eu queria dar um baile esta semana, mas todos os violinistas são reservados com três semanas de antecedência. Dança-se todas as noites na casa da cidadã Tallien.

Depois do almoço, o carro de Thévenin levou as três amigas e Desmahis ao Teatro Feydeau. Tudo o que era elegante em Paris estava lá. As mulheres, penteadas "à Antiguidade clássica" ou "à vítima", com vestidos bem abertos, púrpura ou brancos e bordados a ouro; os homens usavam colarinhos pretos muito altos e seus queixos desapareciam em vastas gravatas brancas.

O cartaz anunciava *Fedra* e *O cão do jardineiro*. A sala inteira clamava pelo hino querido pelos *muscadins* e pela juventude dourada, "O despertar do povo".

A cortina subiu e um homenzinho apareceu no palco: era o célebre Lays.

Ele cantou com sua bela voz de tenor:

Povo francês, povo de irmãos!

Aplausos tão formidáveis explodiram que os cristais do lustre tilintaram. Em seguida, ouviram-se alguns murmúrios, e a voz de um cidadão de chapéu redondo respondeu, da plateia, com o hino dos marselheses:

Vamos, filhos da pátria!

Essa voz foi abafada pelas vaias; gritos ressoaram:
– Abaixo os terroristas! Morte aos jacobinos!

E Lays, chamado à cena, cantou pela segunda vez, o hino dos termidorianos:

Povo francês, gente de irmãos!

Em todos as salas de espetáculo, via-se o busto de Marat elevado sobre uma coluna ou posto sobre um pedestal; no Teatro Feydeau, esse busto ficava sobre um pedestal, do lado do "jardim",[2] encostado à moldura de alvenaria que enquadrava o palco.

Enquanto a orquestra tocava a abertura de *Fedra e Hipólito*, um jovem, apontando para o busto com a ponta de sua pesada bengala, exclamou:

– Abaixo Marat!

A sala inteira repetiu:

– Abaixo Marat! Abaixo Marat!

E vozes eloquentes dominaram o tumulto:

– É uma pena que esse busto ainda esteja aí!

– O infame Marat reina em todos os lugares, para nossa desonra! O número de seus bustos iguala o das cabeças que ele queria cortar.

– Sapo venenoso!

– Tigre!

– Negra serpente!

De súbito, um espectador elegante sobe na beirada de seu camarote, empurra o busto, derruba-o. E a cabeça de gesso cai em pedaços sobre os músicos, sob os aplausos da sala, que, erguida, entoa o "Despertar do povo":

Povo francês, povo de irmãos!

Entre os cantores mais entusiasmados, Élodie reconheceu o lindo dragão, o pequeno escriturário de promotor, Henry, seu primeiro amor.

Depois da apresentação, o belo Desmahis chamou um cabriolé e acompanhou a cidadã Blaise ao Amor Pintor.

No carro, o artista pegou a mão de Élodie em suas mãos:

– Você acredita, Élodie, que eu a amo?

– Acredito que sim, já que ama todas as mulheres.

---

2 Na França, o lado "jardim" é o da esquerda do palco. O lado "pátio" (*cour*) é o da direita. [N. T.]

– Eu as amo na senhora.

Ela sorriu:

– Eu assumiria um grande encargo, apesar das perucas negras, loiras e ruivas que estão na moda, se quisesse ser todo tipo de mulher para o senhor.

– Élodie, eu juro...

– O quê! Juramentos, cidadão Desmahis? Ou o senhor é muito ingênuo, ou supõe que eu tenha ingenuidade demais.

Desmahis não encontrou nada para responder e ela se felicitou, como de um triunfo, ter neutralizado todo o espírito dele.

Na esquina da Rue de la Loi, ouviram cantos e gritos e viram sombras agitando-se em volta de um braseiro. Era um grupo de elegantes que, ao sair do teatro francês, queimavam um manequim representando o Amigo do Povo.

Na Rue Honoré, o cocheiro bateu com seu chapéu de dois bicos em uma efígie burlesca de Marat, pendurada no lampião.

O cocheiro, alegrando-se com esse encontro, dirigiu-se aos burgueses e contou-lhes como, na noite anterior, o açougueiro da Rue Montorgueil tinha manchado a cabeça de Marat com sangue, dizendo: "É isso que ele amava", como meninos de 10 anos haviam jogado o busto no esgoto, e como, de modo tão oportuno, os cidadãos gritaram: "Aí está seu Panteão!", enquanto se ouvia cantar em todos os restaurantes e todos os cafés:

Povo francês, povo de irmãos!

Chegando ao Amor Pintor:

– Adeus – disse Élodie, saltando do cabriolé.

Mas Desmahis implorou ternamente, e foi tão insistente com tanta doçura, que ela não teve coragem de deixá-lo na porta.

– É tarde – disse ela –, você só vai ficar um momento.

No quarto azul, ela tirou seu casaco e apareceu em seu vestido branco à antiga, cheio e quente de suas formas.

– O senhor talvez tenha frio – disse ela. – Vou acender o fogo: está preparado.

Ela acendeu uma mecha e a colocou na lareira.

Philippe a tomou nos braços com essa delicadeza que revela força, e ela sentiu uma suavidade estranha. E, como ela já se curvava sob os beijos, afastou-se:

– Deixe-me.

Ela lentamente retirou o chapéu em frente ao espelho da lareira; depois olhou com melancolia para o anel que usava no dedo anular da mão esquerda, um anel de prata em que o rosto de Marat, todo gasto e amassado, já não se distinguia mais. Olhou para ele até que as lágrimas tivessem nublado sua visão, tirou-o e o jogou nas chamas.

Então, brilhante de lágrimas e de sorriso, linda de ternura e amor, ela se jogou nos braços de Philippe.

A noite estava avançada quando a cidadã Blaise abriu a porta do apartamento para seu amante e lhe disse baixo, nas sombras:

– Adeus, meu amor... É hora em que meu pai pode voltar para casa: se ouvir barulho na escada, suba depressa para o andar de cima e só desça quando não houver mais perigo que o vejam. Para abrir a porta, bata três vezes na janela da zeladora. Adeus, minha vida! Adeus, minha alma!

As últimas brasas brilharam na lareira. Élodie deixou cair de volta no travesseiro sua cabeça feliz e cansada.

FIM

SOBRE O LIVRO

FORMATO
13,5 x 20 cm

MANCHA
23,8 x 39,8 paicas

TIPOLOGIA
Arnhem 10/13,5

PAPEL
Off-white 80 g/m² (miolo)
Cartão Supremo 250 g/m² (capa)

1ª EDIÇÃO EDITORA UNESP: 2021

EQUIPE DE REALIZAÇÃO

EDIÇÃO DE TEXTO
Silvia Massimini Felix (Copidesque)
Tulio Kawata (Revisão)

PROJETO GRÁFICO E CAPA
Marcos Keith Takahashi (Quadratim)

IMAGEM DE CAPA
Ilustração de Pierre-Georges Jeanniot
para a edição de *Les dieux ont soif* publicada
por Le Livre Contemporain, 1925.

EDITORAÇÃO ELETRÔNICA
Arte Final

ASSISTÊNCIA EDITORIAL
Alberto Bononi
Gabriel Joppert

Coleção Clássicos da Literatura Unesp

Quincas Borba | Machado de Assis

Histórias extraordinárias | Edgar Allan Poe

A relíquia | Eça de Queirós

Contos | Guy de Maupassant

Triste fim de Policarpo Quaresma | Lima Barreto

Eugénie Grandet | Honoré de Balzac

Urupês | Monteiro Lobato

O falecido Mattia Pascal | Luigi Pirandello

Macunaíma | Mário de Andrade

Oliver Twist | Charles Dickens

Memórias de um sargento de milícias | Manuel Antônio de Almeida

Amor de perdição | Camilo Castelo Branco

Iracema | José de Alencar

O Ateneu | Raul Pompeia

O cortiço | Aluísio Azevedo

A velha Nova York | Edith Wharton

O Tartufo * Dom Juan * O doente imaginário | Molière

Contos da era do jazz | F. Scott Fitzgerald

O agente secreto | Joseph Conrad

Os deuses têm sede | Anatole France